West with the Night

夜航西飞

〔英〕柏瑞尔·马卡姆 著　陶立夏 译

人民文学出版社
PEOPLE'S LITERATURE PUBLISHING HOUSE

著作权合同登记号　图字 01-2024-6039

图书在版编目(CIP)数据

夜航西飞/(英)柏瑞尔·马卡姆著;陶立夏译.
—2 版. —北京:人民文学出版社,2018(2025.7 重印)
(远行译丛)
ISBN 978 - 7 - 02 - 014025 - 1

Ⅰ.①夜… Ⅱ.①柏…②陶… Ⅲ.①回忆录-英国
-现代 Ⅳ.①I561.55

中国版本图书馆 CIP 数据核字(2018)第 060921 号

出 品 人	**黄育海**	
责任编辑	**陈　旻**	
特约策划	**何炜宏**	
封面设计	**汪佳诗**	

出版发行	**人民文学出版社**
社　　址	**北京市朝内大街 166 号**
邮政编码	**100705**
印　　刷	**山东临沂新华印刷物流集团有限责任公司**
经　　销	**全国新华书店等**
字　　数	**197 千字**
开　　本	**890 毫米×1240 毫米　1/32**
印　　张	**12.5**
插　　页	**5**
版　　次	**2010 年 12 月北京第 1 版**
	2016 年 11 月北京第 2 版
印　　次	**2025 年 7 月第 12 次印刷**
书　　号	**978-7-02-014025-1**
定　　价	**89.00 元**

如有印装质量问题,请与本社图书销售中心调换。电话:010-65233595

肯尼亚某块路牌上鼓动人心的地名，一九三五年。

俯瞰桉树成荫的德拉米尔大道，一九三〇年的内罗毕，兴旺发达的肯尼亚殖民地首都。

飞行中的禽鸟式四型飞机。柏瑞尔·马卡姆先是租借，随后于一九三二年二月购买了她那架青绿与银色相间的禽鸟式五型飞机，威尔森航空公司出品，"为淡蓝色天空增添了些许欢乐"。

"……在非洲绝无半点浪费。"双重警戒：一九一二年在肯尼亚拍摄的两只秃鹫。

"我能看见矿场营地显现在荒凉的开阔与几乎无畏的孤寂中：几间茅草棚，几件老旧的仪器，还有瓦楞铁皮盖的储藏室。"二十世纪三十年代初期的肯尼亚矿场。

塞伦盖蒂草原上的狮群在正午的溽热中休息，一九三四年。

"当飞扬的尘土散去，我能看见一小群动物在朝各个方向奔跑……努力想要逃避飞机的轰鸣。"空中俯瞰一群瞪羚在东非某条干涸的河床上奔跑，拍摄于一九三一年。

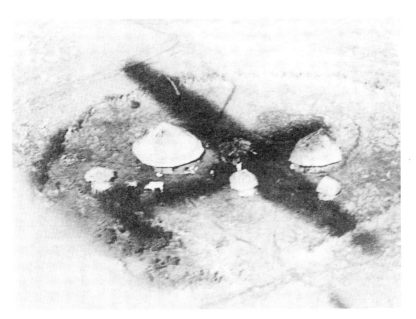

一架飞机将影子投在肯尼亚，一九三三年。

纳迪猎手们，一九〇二年。

二十世纪初期，一群马塞猎手正为捕猎狮子做准备。

帕蒂，埃尔金顿家那头狮子（柏瑞尔·马卡姆十岁时遭到它的袭击），和玛格丽特与埃尔金顿夫人在一起。

吉姆·埃尔金顿与他驯养的一些猎犬在一起，一九〇一年。

建设中的乌干达铁路，全长五百八十二英里，从蒙巴萨沿印度洋通往维多利亚湖边的佛罗伦萨堡（后更名为基苏木）。照片拍摄于铁路四百七十六英里处，一九〇〇年。

"全非洲最长的脖子"可能毁坏乌干达铁路沿线的电话线。

一九〇七年，在内罗毕铁路学院举行的第一届立法会议，詹姆斯·海耶斯·桑德勒爵士（左起第五位）出席。最左边为德拉米尔议员。

手执长矛和盾牌的非洲人在塞伦盖蒂草原上击倒了一头狮子，摄于一九二八年。

关于东非的水彩画，画于一九三四年。

非洲疣猪，"平原上的农夫……相貌平凡但勇气超群的捍卫者，护卫着自己的家人、住处和那布尔乔亚式的生活方式。"

一九○八年，马塞人男女老少在观看非洲流行的赌博游戏"BAO"，这是柏瑞尔·马卡姆孩提时代和她的纳迪朋友吉比玩的游戏。她把苹果做筹码，用地上的洞而不是木板来玩。

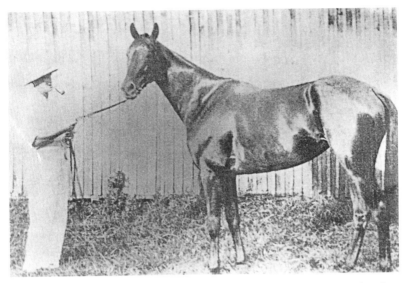

一九三一年，查尔斯·克鲁特巴克：柏瑞尔·马卡姆的父亲和"末尾智者"在一起。由克鲁特巴克训练的"末尾智者"当时被认为是肯尼亚有史以来培养出的最聪明的两岁牝马。

有其父必有其女，一九五八年，柏瑞尔·马卡姆和她的"蓝色小溪"在纳罗莫鲁。

"父亲为我建造的小屋，崭新而堂皇——用的是木瓦屋顶而不是茅草。"一九一五年在恩乔罗农场为柏瑞尔·马卡姆建造的木屋如今依旧矗立。

"都是些高大的杜松与坚硬的雪松，笔直的树干直指天空……"恩乔罗农场上的杉树林，一九三三年。

一九二三年，成为皇家殖民地三年之后的肯尼亚风光。

二十世纪三十年代的穆海迦俱乐部："它宽敞的大厅，酒吧和餐厅……在这间屋子里，我认识的那些创造了非洲的人夜以继日地起舞、交谈、欢笑。"

一九二八年，威尔士亲王与格罗切斯特公爵访问肯尼亚殖民地期间，与当地最优秀的骑士们合影。"阳光般坦诚的高贵骑师"桑尼·邦普斯就站在亲王右边。

一九二八年十月，内罗毕赛马会时的巡游队伍。威尔士亲王在柏瑞尔·马卡姆带领下进场。她在"约克公爵杯"中获得第二名，她的"寒武纪"是坎希斯康的后代，由她亲手培养、训练，被认为是当时最优秀的赛马。

汤姆·坎贝尔·布莱克（右）和威尔逊航空公司的乘客在一起。这家航空业的先锋由纳纽基的佛罗伦斯·威尔逊创立。

"基库尤神明的皇冠"：肯尼亚山，一九三四年。

清晨在内罗毕机场游荡的动物，一九三二年。

"非洲之翼"：威尔逊航空公司的飞机为一群马塞人带来阴凉。一九三五年。

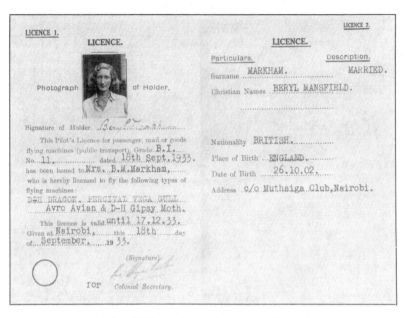

LICENCE 1.

LICENCE.

Photograph of Holder.

Signature of Holder. *Beryl Markham*

This Pilot's Licence for passenger, mail or goods flying machines (public transport), Grade..B.I.. No...11,.............. dated...18th Sept. 1933. has been issued to..Mrs. B.M.Markham,...... who is hereby licensed to fly the following types of flying machines :
D.H. DRAGON. PERCIVAL VEGA GULL. Avro Avian & D-H Gipsy Moth. This licence is valid..until 17.12.33.. Given at..Nairobi,........this ...18th.........day of...September,......19 33.

(Signature)

for *Colonial Secretary.*

LICENCE 2.

LICENCE.

Particulars.   Description.

Surname ..MARKHAM.   MARRIED.

Christian Names .BERYL MANSFIELD.

....

Nationality .BRITISH............

Place of Birth ..ENGLAND..

Date of Birth ......26.10.02..

Address .c/o Muthaiga Club, Nairobi.

柏瑞尔·马卡姆的飞行执照升至 B 级。一九三三年。

　　"很多在非洲生活过的人……都记得丹尼斯·芬奇·哈顿。"丹尼斯·芬奇·哈顿在狩猎中。一九二七年。

CAPT. DENYS FINCH-HATTON.

Killed, May 14, at Voi, in E. Africa,
in an aeroplane accident. Born, 1887.
Famous big-game hunter. In charge
of the Prince of Wales's safaris in
East Africa in 1928 and 1930.
Capt. Finch-Hatton took his pilot's
licence in 1929.

一九三一年五月,《伦敦画报》对丹尼斯·芬奇·哈顿之死的报道。

白人猎手与亲王:布里克森男爵、威尔士亲王和丹尼斯·芬奇·哈顿于一九二八年在肯尼亚狩猎。

　　布里克森男爵摄于一九二七年的照片，他与查尔斯·马卡姆（柏瑞尔·马卡姆丈夫的兄长）一起驾驶照片中的汽车穿越了撒哈拉沙漠，首创驾驶商用四轮汽车穿越撒哈拉的纪录。

　　一九二八年，布里克森和朋友们在无花果酒吧畅饮，该酒吧在肯尼亚的巴巴提颇为热门。

二十世纪三十年代早期在空中拍摄的象群。柏瑞尔·马卡姆是第一位用飞机寻找象群的飞行员，丹尼斯·芬奇·哈顿在一九三一年五月去世前，将这个构想告诉了她。

"那头大公象大约在十码开外……"一头肯尼亚公象的象牙就重达八十磅。
一九二八年。

约翰·卡贝里（爱尔兰贵族，卡贝里爵士）一九一四年在英格兰，六年后他定居肯尼亚并获得爵士头衔。

阿西河畔，拍摄于一九二五年。

二十世纪三十年代早期由布里克森男爵带领的狩猎队伍，在猴面包树下扎营。

汤姆·坎贝尔·布莱克和查尔斯·司考特驾驶他们的飞机哈维德彗星式"格罗斯文纳"号，在一九三四年赢得了从伦敦到墨尔本的飞行比赛。

　　直到去世，柏瑞尔·马卡姆一直珍藏着父亲的这张照片，她在上面写道："爸爸，一九四六年"。

内罗毕当地重要报纸对此次"史上最重要的飞行"的报道。

柏瑞尔·马卡姆去世时依旧保存着的飞行图中的一张，封面上她手写了自己的名字。

一九三四年，尼罗河上的苏德沼泽："一万两千平方英里的沼泽，就像一只史前熔炉，里面翻滚、蠕动着半成型的生物……"

Date	Aircraft		Engines		Journey		Time of Departure		Time of Arrival		Time in Air		Pilot. See Instructions (1) on flyleaf of this book	Remarks
	Type.	Markings.	Type.	H.P.	From.	To.	Hrs.	Mins.	Hrs.	Mins.	Hrs.	Mins.		
						Brought forward					154	55	Self	
4.5.32	Avian	VP.KRN	Gipsy II	120	Assuit	Cairo					3	25	"	Very bad wind & dust
5.5.32	"	"	"	"	Cairo	Mersa Matruh					3	15	"	
6.5.32	"	"	"	"	Mersa Matruh	Tobruk					2	55	"	
10.5.32	"	"	"	"	Tobruk	Benghasi					3	25	"	Bad winds
11.5.32	"	"	"	"	Benghasi	Sirte					3	15	"	Bad winds
12.5.32	"	"	"	"	Sirte	Tripoli					3	55	"	Engine trouble
13.5.32	"	"	"	"	Tripoli	Catania					4	00	"	
14.5.32	"	"	"	"	Catania	Naples							"	
						Carried forward					183	6		

柏瑞尔·马卡姆的一页飞行日志，详细记录了她四次独自从内罗毕到伦敦的飞行中，由埃及艾斯尤特省到那不勒斯的那段航程。

22   **CAIRO AERODROME.**

CLASS: R.A.F. and Civil Customs Aerodrome.
        Size: 900 × 800 yards. Altitude: Sea Level.
        The Customs officials are on duty between 0600 hours
        and 1700 hours. At other times they must be
        summoned and take about 30 minutes to one hour to
        arrive.
SURFACE: Civil aircraft should use the southern aerodrome,
        the surface of which is sandy gravel. Care should be
        exercised as ruts are caused by the tail skids of large
        aircraft.
ACCOMMODATION: Hangar accommodation is always
        available.
FUEL: Petrol and mineral oil are sometimes available on the
        aerodrome, otherwise supplies may be obtained by
        telephone. Number: Zeitoun 299.
TRANSPORT: Taxis may be summoned by telephone..
        Number: Zeitoun 160. The fare to Cairo is about
        7/6 and the journey takes approximately 20 minutes.
HOTELS in CAIRO: Hotel Shepherds. Hotel Savoy.
RADIO: W/T 1600 metres, call X8B.
METEOROLOGICAL: There is a meteorological service
        available on the aerodrome.
TELEPHONE: On the aerodrome Zeitoun 307.

    二十世纪三十年代的航空地图，上面标明飞行员飞往
埃及时需要知道的重要信息。

东北非的等高线地图，显示了该地区一九三五年的政治局势，小图中是意大利政府在利比亚边境树立的铁丝网。一九三六年三月，柏瑞尔·马卡姆完成了她第六次从内罗毕到伦敦的飞行，这也是她最后一次从内罗毕飞往伦敦。这段六千英里的航程因为意大利政府迟迟不允许她和乘客布里克森越过利比亚-埃及边境而延期。

柏瑞尔·马卡姆，拍摄于飞跃大西洋前几天，她骑的纯种马属于阿尔登翰阁下。

柏瑞尔·马卡姆与"信使",为她完成单人从伦敦飞越大西洋前往美国而专门设计建造的"银鸥"。拍摄于肯特郡格瑞夫桑德的佩斯瓦飞机制造厂。

著名飞行员吉姆·莫利森，拍摄于一九三六年。

　　柏瑞尔·马卡姆将"信使"简称为"银鸥"，一九三六年九月四日傍晚六点五十分，它在英国皇家空军机场起飞后不久，经过斯文登上空。

　　迫降："信使"一头栽在布兰顿角岛巴莱尼的泥沼中，距离路易斯伯格只有十英里。

THIS WEEK'S HEADLINES

The Atlantic Flying Boat Launched — Mrs. Markham in America —
The Norwegian Flood Disaster — The Stay-in Strike at Fernhill

　　大西洋的征服者：一九三六年九月六日，也就是在她迫降后的第二天，柏瑞尔·马卡姆开心地向五千名在纽约班内特机场欢迎她的观众挥手致意。

THE ILLUSTRATED LONDON NEWS.

The World Copyright of all the Editorial Matter, both Illustrations and Letterpress, is Strictly reserved in Great Britain, the British Dominions and Colonies, Europe, and the United States of America.

SATURDAY, SEPTEMBER 12, 1936.

柏瑞尔·马卡姆成为首位独自驾驶飞机由英格兰飞越北大西洋的飞行员，这项成就让她成了大西洋两岸媒体的宠儿。

我说的是非洲和黄金般的喜乐。

——《亨利四世》^① 下篇　第五幕第三场

① 《亨利四世》，莎士比亚历史剧代表作，创作于一五九七年。

献给父亲

我要感谢拉乌尔·舒马赫，
为他不断的鼓励以及筹备此书所提供的帮助。

目　录

卷 三

卷 四

序　言

　　《夜航西飞》充满诱惑与神秘。怕叨扰读者的乐趣，我不想对内容多加赘述。一言以蔽之，这本书是由三十年非洲岁月片段串联起来的回忆，讲述一位女性从童年到一九三六年的精彩人生经历。柏瑞尔·马卡姆，常被认为是肯尼亚的喀耳刻女巫[①]，却不是你以为的那种寻常喀耳刻。想象一下，喀耳刻在尤利西斯身上施下咒语，于是她可以与他一同远行，学习航海，见识世界。她还顺便对他的男性同伴们施下魔法，这样他们就不会对她闯入男子汉的世界忿忿不平，反而欢迎她的加入。让众人着迷是容易的事，那是她天性使然，而且她知道自己想要什么：学识与冒险。

　　"自由女性"这个专用名词总是让我担忧。它暗示着普遍存在的"从属关系"，最终，在我们所处的人生与时代，女性必须抬起她们低垂的头，奋起反抗。它也暗示着男人是自由的，但他们并非如此。在我看来，整个人类都正经历困

---

　　① 喀耳刻女巫，希腊神话中住在岛上的女巫，善于用药。在《奥德赛》中爱上尤利西斯。

境，男人与女人应该，而且将会结伴而行，从伤害大家的偏见与愚昧中解脱出来。但是女人，可以和男人一样，拥有勇气和意志力，永远走她们选择的人生路，无视任何约定俗成的界限。

我怀疑柏瑞尔·马卡姆是否听说过"自由女性"一说，或者，作为一位彻头彻尾的魅力女性，她是否曾考虑过女权主义。一九一九年，她十七岁的时候，将所有的家当装进两只马鞍包，以她唯一知晓的方式独自谋生。她没有家，也没有家人等她回去。《夜航西飞》记录的正是这种初生牛犊的勇气，一个勇敢得令人动容的十七岁女孩，决定了她未来的人生。

开始，柏瑞尔·马卡姆一直保有无畏、勤奋和非同寻常的成功。她并不自比先锋人物，也不以女性解放者榜样自居。她乐享肯尼亚的生活，那里是非洲的天堂，她也乐享自己的工作。

我只见过柏瑞尔·马卡姆一次，因为某个记不得的原因被召集到她位于奈瓦沙湖边的家里喝了一杯，房子是她租的，她在那里养赛马。那想必是在二十世纪七十年代早期。我从自己朴实无华的山间别墅出发，别墅就建在大裂谷中的隆格诺特火山上。开车驶过尘土飞扬的小路时，我寻思着自己干吗要走这一遭。我对马一无所知，更不关心。如果这位内罗毕女士是位猎场看守、古生物学家或是牧场经理，我倒会极度感兴趣，热切地希望求教。生活在内罗毕的欧洲社交圈之外，我从未听说过柏瑞尔，我就这样无知地去了，刚抵达就已为返程后悔，漆黑之中要在那坑洼洼的路上开十六英里呐！

柏瑞尔在一间很典型的客厅里接待了我。房间是"殖民地式"装潢风格，大椅子和沙发上套着印花布，一张结实的桌子上放着饮料和杯子。没有书。总是留意书籍是我的职业病。柏瑞尔穿着黑色的紧身长裤和黑色的高领丝质套衫，这在卡其装盛行的内陆地区是颇具异域风情的穿着。她看起来魅力非凡，金发，皮肤晒成褐色，身材极瘦削。总之绝对不是我原本以为的那种牧马人样貌。我草率地做出了错误论断：不管用意何在，这位穆海迦高尔夫俱乐部——内罗毕社交圈乏味又老掉牙的核心的宠儿，训练赛马不过是为了取乐。

来拜访的还有两位仰慕者，一位年长些，另一位年轻些。他们起身为柏瑞尔端饮料，而柏瑞尔优雅地等候他们服侍的样子让我印象深刻。那时候柏瑞尔已经快七十了，我却以为她是个容貌出众的四十岁女人。我们漫不经心地说着些无关痛痒的话，我猜她跟女人相处时一定不太自在，尽管她对驾驭男人很在行，对马就更不用说了。她说她写了本书，大概这就是我被邀请的原因，她想谈谈关于书的事。我错过了这次机会。我没有在意，尽管唯一的中间人 E. M. 福斯特反复提及。外表有欺骗性，但本该由我去发掘外表下潜在的东西。我谢过柏瑞尔，和来时一样无知地回去了。现在，事过十多年之后，我为自己的愚蠢和错失良机感到懊悔。

要是我那时读过她的书，我会向她追问《夜航西飞》中所有未解答的问题。诚然，正如柏瑞尔所说，她的书不是自传。它缺乏自传所需的关键信息。

她一定已经不记得出生地莱斯特郡，四岁时她就离开那里随父亲前往未知的肯尼亚。但为什么桑赫斯特[①]出身的克伦特巴克上尉会带着女儿到非洲，而把儿子留给了感情不和的妻子[②]？柏瑞尔没有提及她的哥哥和母亲，没有提及自己的婚姻（她结过三次婚），也没有提及一九二九年出生的儿子。她带着爱意与仰慕写她的父亲，但还需要更多。在她讲述的高潮迭起的故事之间，疑云重重。

现在我向别人打听柏瑞尔。和以前一样，她还住在租借来的房子里，这间临近内罗毕赛马场的小房子是赛马会赠与的。她依旧训练赛马，也骑这些赛马，还曾对一位友人说，她在马上比在地上更自在。我还听人说，有人看见她走在内罗毕大街上，步履矫健、金发飘飘，你会以为她是个妙龄女子。她租来的住处最近被抢劫了两次，第二次她被打成重伤，但她仍住在那里。没有女人比她更不在意自己的物质环境，这大概是因为她在灌木丛中的小泥屋里度过了幼年时光，她父亲在开垦农场。

---

① 桑赫斯特，英国陆军军官学校所在地。
② 此处玛莎·盖尔霍恩的说法与事实有出入，一九〇六年，克伦特巴克上尉举家前往肯尼亚，而并非只与女儿同行。一年后，克伦特巴克太太才带着已到入学年龄的儿子回英国读书。

人们带着担忧说起柏瑞尔"还和往常一样手头紧"。这个令人仰慕的女人，她搜集各式战利品，除了钱。

《夜航西飞》在我看来是个错误的书名，不恰当地暗示了本书的散文式文体。我认为，它是诗意的，抒情的，换个词说还是"能引发共鸣的"。对第一本（也是最后一本）书来说，它文学气息浓郁的遣词造句令人惊讶。绝大多数时候，这种风格很奏效，有时很悦目，有时则甜得发腻。温柔的语句掩盖了严峻的事实、来之不易的成就，以及危险坎坷的人生。你必须透过字句领会其后的危险与艰难。即便是柏瑞尔·马卡姆那次从东到西飞越大西洋的创纪录飞行，也被这样的文体抚平了叫人胆颤心惊的棱角。

尽管不公平，但时机意味着一切。《夜航西飞》于一九四二年在美国出版，虽获得了压倒性的赞誉，但那是二战期间的衰落年份，人们的思维无暇沉醉于黄金般的非洲。一九四三年，《夜航西飞》在英国仅出版了一个小版本后，纸张配给制度就埋葬了书的前程，而缩减的报纸版面也没有什么位置留给书评。但在一九三七年，英国阅读界自认仍处于和平状态，卡伦·布里克森的《走出非洲》面市了，以后几年销量上升，最后成为公认的经典，成为那个时代非洲最知名的画像。读过刚出版的《夜航西飞》之后，我第一次重读了《走出非洲》，边读边比较。我觉得它该获得与《走出非洲》比肩的地位。

这么说并不是要做出评论家式的论断。这完全关乎主题，而非文体。卡伦·布里克森在写作《走出非洲》时已经是专业作家，在非洲写作而不是务农。伊萨克·迪内森①就像她所证明的那样，她真正的人生目标是成为伊萨克·迪内森。而柏瑞尔·马卡姆是个行动派的女人，就和男人一样。她的著作是她职业生涯中一个怪异插曲。两本书的语调颇为相似，但我可以不加犹豫地同意，卡伦·布里克森的作品有上佳的写作水准，感情的抒发更加训练有素。《走出非洲》深得像一口井，如同卡伦·布里克森的农场和农场生活。《夜航西飞》则和当年欧洲的地平线一样宽广。尽管卡伦也了解农场生活，但作为一个拓荒的孩童和女生，柏瑞尔·马卡姆懂得更多。她描写在未开垦丛林地带的初次飞行，场面令人难忘。再没有其他描写更能表述那种广阔感、危机感和那片陆地并不友善的美丽。两本书都是写给非洲的情书，她们的非洲，并不互为敌手，而是互为补充。

《夜航西飞》中，我最喜欢的章节和其余章节不太一样，没有任何文学性。那是柏瑞尔在飞机座舱内潦草写下来的，然后被装进一只邮件包，扔出了飞机，扔给一个名叫布里克森男爵②的白人猎手，他一直在地面上等待着。柏瑞尔接着飞过塔纳河畔③茂密的丛林地带，那里租给布里克森的顾客，来狩猎旅行的

---

① 伊萨克·迪内森，卡伦·布里克森最为知名的笔名，据说她使用这个男性化的笔名是为了获得男性读者。
② 布里克森男爵，卡伦·布里克森的远房表弟，也是她的丈夫。
③ 塔纳河，肯尼亚东部河流，长约八百公里。

人们在那儿观看大象。

　　很大的公象——象牙也是，我猜有一百八十磅。象群里大约有五百头象。还有两头公象和很多小象——在平静地进食。植被很茂密——树很高，两个水塘——其中一个在象群东北偏北半英里处，另一个在西北偏北约两英里处。你们和象群之间畅通无阻，半路有块林地。很多足迹。象群西南面有水牛。没有看见犀牛。在你二百二十度方向。距离约十公里。一小时后回来。努力工作，相信上帝，保持肠道畅通。

　　　　　　　　　　　　　　——奥利弗·克伦威尔 ①

　　我感觉这部分最贴近真实的她，无畏、能干、专业，而且风趣。《夜航西飞》的谜依然未解，那就是——柏瑞尔自己。

　　　　　　　　　　　　　　　　玛莎·盖尔霍恩
　　　　　　　　　　　　　　　　一九八四年于西纽彻奇

---

　　① 奥利弗·克伦威尔（1599—1658），英国政治家、军事家、宗教领袖，领导了英国清教徒革命。

卷　一

第一章
来自南格威的消息

该如何为记忆建立秩序？我想从最初的地方开始，用织机旁的织工般的耐心回忆。我想说："故事就从这里开始，再无他处。"

但故事可以从上百个地方开始，因为存在着上百个名字：姆万扎、塞伦盖蒂、南格威、摩罗、纳库鲁……要找出成百个地名再容易不过。我最好选择其中一个作为开端，这并不因为它最先存在，也不因为它从广义上说具有重要的探险意义——不过是碰巧罢了，它出现在我飞行日志的首页。毕竟，我不是什么织工。织工们创造，而我回想：在记忆中故地重游。这些地名就是钥匙，开启一条条通道，这些通道已在脑海中被尘封，而在我内心却依旧熟稔。

所以南格威这个名字——它和其他名字并无区别，就这样出现在日志中，即便未必能给记忆带来秩序，也可让它鲜活起来：

日期：16/6/35

飞机型号：Avro Avian（禽鸟）

编号：VP-KAN

路线：内罗毕——南格威

时间：三小时四十分

接下来还写着"飞行员：自己"；而备注部分则一片空白。

但或许发生过一些什么。

南格威如今大概已经荒芜，再无人记得。一九三五年我到达时它几乎奄奄一息。它位于内罗毕西南面，在维多利亚湖的最南端。那里不过是个贫瘠的偏僻村落，只有些肮脏的棚屋。这些棚屋的存在也不过是因为有个疲惫而沮丧的探勘者，某天他在鞋跟边的泥土里发现了一点黄金，便用猎刀的刀尖将它挑起，目不转睛地看着，直到它在想象中从微小而斑驳的一点变成了金砖，然后又从金砖变成了大笔的财富。

他并不是个行事鬼祟的人，但他的名字逃脱了记忆的追捕。尽管南格威不过是个地名，却一度成为圣地麦加与海市蜃楼。许多和他一样的探险家，对这个国家灼烧般的高温置若罔闻，也没把疟疾、黑水热，以及严重缺乏交通的现状放在心上。那里只有靠步行才能穿越的森林，而他们带着铲子、锄头、奎宁、罐头食品和无限的期许前往，开始挖掘。

即便他们有所收获，我也从没知晓挖掘究竟给他们带来了什么，因为当我的小型双翼飞机降落在狭窄的跑道上时，他们已经从丛林里走了出来。夜色中，厚铁皮桶里浸了油的毛毡被点燃，火光指引我着陆。

那样的光线中什么都看不清楚：几张仰望的黝黑脸庞，神色冷漠而坚忍；几条半举着的手臂，做着召唤的姿势；有条狗懒洋洋地穿行在火光中……我记得这些景象，还有那个在南格威迎接我的人。但我在破晓时分再次起飞，对他们工程的成败或是矿藏的多寡一无所知。

他们并非刻意掩饰，而是那个晚上有别的事要考虑，它们都与黄金无关。

我在内罗毕郊外以担任自由飞行员为生，穆海迦乡村俱乐部就是我的总部。即便到了一九三五年，要在东非弄到架飞机仍是件不容易的事，而想不靠飞机到达国境的另一端则几乎没有可能。当然，有很多公路通往内罗毕城外的各个方向。这些路开始的时候足够宽阔，但几英里之后就会变得越来越窄，最后消失在怪石林立的山丘中，或迷失在平原与山谷中的那些满是红色泥浆的沼泽地和黑色棉花田里。在地图上，它们看来确切可靠，但要是有人斗胆从内罗毕向南前往马查科斯，或是马加迪，却不用约翰·迪尔拖拉机这样强大的交通工具，那简直就是痴心妄想。据说在旱季，从西面或北面经过奈瓦夏通往英埃共管苏丹的路是"可行"的。但我上次在小雨天经过时，那里的泥土黏得可媲美最受好评的黑糖浆。

这些困难都在其次，奈瓦夏与喀土穆之间还有荒草丛生的沼泽与广阔无垠的沙漠。可兴建此项工程的政府道路部门对这一切等闲视之，在奈瓦夏附近有一块好看醒目的路标，上面写着：

通往朱巴——喀土穆——开罗——

我永远也弄不明白，给闲散游客们提供此类有待商榷的鼓励只是出于最良善的期许，还是某个具有残酷幽默感的官员终于为自己多年被困闷热的内罗毕办公室的不幸际遇找到了发泄方式。无论如何，路标就竖在那里，仿佛一座灯塔般，鼓动所有人前进（甚至连个警告都没有），前方绝不会是喀土穆，也不会是开罗，而是某处无望的深渊，简直就和班扬先生[①]在书中写到的一模一样。

当然，这只是个特例。常有人走的路状况良好，且在短距离内经过了铺设，而一旦铺设路段结束了，如果能有一架飞机的话，就不必长时间困在蹒跚前行的车内——前提是司机的技术能让车蹒跚前行。我的飞机虽说只有双座，且还有来自新兴的东非航空公司的竞争——更不用提发达的威尔森航空公司，

[①] 约翰·班扬（1628—1688），英国牧师、散文作家，代表作《天路历程》讲述一个坚韧的基督徒为寻求永生而踏上布满危险的漫漫长路。

但绝大多数时间都业务繁忙。

内罗毕这座城市也很繁忙，并且正处于发展中——它是一道门，通往一个依旧崭新的国家、一个辽阔的国家、一个几乎不为人知的国度。在过去不到三十年的时间里，这个城市突然发展起来，此前它只是些散落在漫长乌干达铁路旁的破烂铁皮屋，里面混杂居住着英国人、布尔人、印度人、索马里人、阿比西尼亚①人、非洲各地的土著以及很多其他国家的人。

如今仅印度市集的面积就已有好几英亩，城里的酒店、政府大楼、赛马场，还有教堂，都很醒目，证明摩登时代及其生活方式最终在东非赶了上来。但它的内心依旧粗犷，几乎丝毫未被英国式的官僚作风软化。生意在继续，银行蒸蒸日上，汽车在政府大道上煞有介事地来去，营业员们思考、行动、生活，他们在其他国家任何一个拥有三万多人口的现代城市里也会做同样的事。

这个城市隐藏在阿西平原内，就在连绵的基库尤山脉的山脚，北朝肯尼亚山，南向坦桑尼亚的乞力马扎罗山。它是荒野中的财会室——这地方关乎先令、英镑、土地买卖、贸易，关乎飞黄腾达与穷困潦倒。商店里出售你的一切所需。周围是纵深一百多英里的农田和咖啡种植园，送货的火车和卡车每天为市场运来农产品。

----

① 阿比西尼亚，埃塞俄比亚的旧称。

对于如此广阔的土地来说，一百英里的距离又算得上什么？

依旧沉睡在丛林中的村落，位于广阔的保护区内。在这些村庄中居住的人们只是隐隐约约地感觉到，白人世界那些顽固不化而又不可抗拒的压力或许会以某种方式危及他们的族群生活。

但白人的战争发生在非洲的边缘——你从海岸出发，端着冲锋枪向内陆前进三百英里，也依旧处于非洲的边缘。自迦太基时代以来，甚至更早，人类就开始杀戮征伐，想在海岸沿线、荒漠和群山获得永久的立足之处。一旦获得了这些立足之处，它们的拥有权却又挑起了无尽的冲突与流血。

争先恐后的征服者们忽略了非洲之魂的根本，那正是抵御征服的原动力。这灵魂没有消亡，只是沉寂。它的智慧并不缺乏，却如此单纯，被现代文明的狭隘眼光视若无物。非洲大陆年代久远，许多子民的血脉如真理般庄严而纯粹。马塞人的祖先或许就生活在伊甸园附近，而那些近世纪才发迹的种族，只懂得以武器和自负武装自己，他们又如何能与马塞人的纯洁血统相提并论？野草不会腐朽，它的根吸取了天地开辟之初的第一缕生机，并依旧守护着它的精华。野草总能复生，人工栽培的花草在它面前退却。种族的纯净与真正的高贵并不靠官方文告确立，也不靠生搬硬套，它保存在自然力量与生活目标的紧密关联中，土著牧羊人对它的了解并不逊于头戴学士帽的学究。

军队会继续征伐，殖民地将数易其手，但无论发生什么，非洲就这样躺在他们面前，一如既往，像个伟大、睿智、沉睡的巨人，丝毫不被帝国列强此起彼伏的吵闹干扰。这不仅仅是一片土地，这里寄托着人类的希望和幻梦。

因此，有很多种非洲，数量和关于非洲的书一样多，而书的数量又多得够你闲读终生。不管谁写了一本新书，他都可以骄傲地认为自己提出了与众不同的全新观点，但也可能会被那些信奉另一个非洲的人嗤之以鼻。

利文斯通医生①笔下的非洲非常黑暗，自那时起，便出现了无数种面目的非洲，有的更为黑暗，有的则较为光明，但绝大多数都充斥着动物和侏儒，还有些则为气候、丛林和狩猎而近乎痴狂。

所有这些书，起码是我读过的那些，都准确描绘出作者眼中的非洲，但那不是属于我的非洲，或许也不属于早期的开拓者，或参加过布尔战争②的老兵，以及到非洲来猎杀斑马和狮子的美国富翁，那是只属于作者一个人的非洲。既然对作者们来说，非洲是千万种面貌，那么我想，对所有的读者来说，非洲也可以是万千种面貌吧。

神秘的非洲，狂野的非洲。它是炼狱，也是摄影师的天

---

① 戴维·利文斯通（1813—1873），出生在苏格兰，在伦敦加入公理会，作为传教士先锋到非洲提供医疗帮助。
② 布尔战争，荷兰裔的南非人称为布尔人，一八九九年至一九〇二年，英国人与布尔人为争夺土地发生了战争。

堂。它是狩猎者的瓦尔哈拉①，也是遁世者的乌托邦。它是你心中的愿望，禁得起所有的诠释。它是死亡世界最后的一丝残余，也是闪亮生命的摇篮。但对于很多人，也包括我，它只是个"家"。它有各种各样的性格——除了沉闷。

我四岁那年来到英属东非，少年时光都在光着脚和纳迪人一起捕猎野猪，后来以训练赛马为生，再后来驾驶飞机在坦噶尼喀湖，以及位于塔纳河与阿西河之间的干旱丛林地带中寻找大象。我一直是个快活的乡下人，直到我在伦敦生活一年之后，才明白需要用脑的生活多么无聊。无聊，就像钩虫，是挑地方的疾病。

我曾驾驶我的飞机从内罗毕机场起飞过一千次，但每当机轮滑过陆地进入半空，我都能感觉到飞机的不确定与兴奋，就像是开始第一次冒险旅程。

凌晨一点，要求我去南格威的电报从穆海迦乡村俱乐部转到我的小木屋，它就在离俱乐部不远的桉树林中。

电文简明扼要，要求立即用飞机送一罐氧气到定居点，抢救一位因肺病而奄奄一息的矿工。发出求助信号的人我从没听说过。我心想，发出求救信号这个举动本身就带着近乎可悲的乐观，因为要将这条信息送到我手里，唯一的办法就是到姆万扎②发电报，而那儿距离南格威一百英里，只有靠当地人步行才

---

① 瓦尔哈拉，北欧神话中主神兼死亡之神奥丁接待阵亡将士英灵的圣殿。
② 姆万扎，坦桑尼亚西北部城市，位于维多利亚湖南岸。

能到达。电报在路上的这两三天，需要氧气的人要么已经死亡，要么展现出过人的求生意志。

据我所知，那时我是非洲唯一的专业女飞行员。在肯尼亚，我没有别的竞争对手，无论男女。所以像上面这种十万火急的电报，或者其他不那么紧迫、伤感的电报，多得足够让我白天黑夜忙个不停。

即便在有航道的地区，即便有仪器的帮助和无线电的指引，夜航依旧是种孤独的工作。而飞越牢不可破的黑暗，没有冰冷的耳机陪伴，也不知道前方是否会出现灯光、生命迹象或标志清晰的机场，这就不仅仅是孤独了。有时那种感觉如此不真实，相信别人的存在反而成了毫无理性的想象。山丘、树林、岩石，还有平原都在黑暗中合为一体，这黑暗无穷无尽。地球不再是你生活的星球，而是一颗遥远的星星，只不过星星会发光。飞机就是你的星球，你是上面唯一的居民。

开始这样的飞行前，正是对这种孤独的预料比身体可能遭遇的危险更令我忧虑，也让我怀疑这份工作究竟算不算世界上最好的差事。而结论永远是：不管孤独与否，它都让你免遭无聊的荼毒。

一般情况下，我会在半小时内到达机场，准备飞往南格威，却发现自己遇到了问题，那就是凌晨一点的半睡状态。那是看来无法解决的问题，事实也确实如此：你一旦被它纠缠住，就无法逃脱，也无法忽略它的存在。

有个为东非航空公司工作的飞行员，名叫伍德，他消失在塞伦盖蒂大草原的某处，已失踪了两天。对于我和所有的朋友来说，他就是伍迪：一个优秀的飞行员和一个好人。伍迪这个名字在内罗毕并不陌生，他失踪的消息却没有很快引起注意。一旦人们意识到这并非航程延误，而是失踪，顿时一石激起千层浪。其中一部分原因，我想是公众对悬疑剧和肥皂剧的喜闻乐见，尽管在内罗毕这两样都不缺。

对伍迪的不幸遭遇最为感同身受的，当然是他的同行们。我指的不单单是飞行员。很少有人意识到，如果自己经手的飞机未能返航，一位尽心尽责的地勤机械师会承受怎样的痛苦和焦虑。他不会考虑坏天气的因素，或是飞行员的判断失误，相反，他会拿线路排布、燃油管道、碳化器、油门是否安装妥当这类无法回答的问题，以及其他上百件他必须考虑到的事情折磨自己。他会觉得，如果出现这样的状况，他一定是遗漏了什么：一些细小但关键的调整。正是他的疏忽导致了飞行坠毁或飞行员丧生。

不管机场的设备有多简陋，空间有多狭小，一旦有发生事故的可能，所有地勤人员就会分担同一种忧虑和紧张。

由于风暴、引擎故障或随便什么原因，伍迪失踪了。在过去的两天里，我一直驾驶飞机在塞伦盖蒂北部和半个马塞马拉保护区上空盘旋，却没有看见一丝烟雾信号或是阳光照在破损机翼上的折光。

焦虑日渐严重，甚至转为忧虑，我原本打算在日出时再次起飞，继续搜救工作。但南格威的电报却从天而降。

所有专业飞行员都属于一个同盟，这同盟既不派发执照也无明文规定。它也没有入会要求，只要你了解风、指南针、方向操纵杆和无私的友谊就可以参加。这种情谊，对那些曾驾驶木船在尚未开辟航道的海域航行的船员来说并不陌生，它也维系着他们的生命。

我是自己的老板，自己的飞行员，时常兼任自己的地勤人员。所以，我可以轻易地拒绝前往南格威的飞行，这么做或许也合乎情理，我可以辩解说营救失踪的飞行员更加重要——对我来说，确实如此，但其中掺杂的私人情谊却让这样的理由缺乏说服力。就像他的一大帮朋友，我对伍迪几乎一无所知，却又熟稔得懒于牢记他的姓氏。但如果换作是伍迪，他也宁愿拒绝这个有利于自己、却会牺牲维多利亚湖畔一个不知名矿工性命的决定。

最后我致电内罗毕医院，确定氧气瓶已经备妥，然后准备向南飞。

三百五十英里可以是短暂的航程，也可以像从你所处的位置到世界尽头那般遥远。有许许多多的决定因素。如果是夜晚，它取决于黑夜的深度和云层的厚度，还有风速、群星、满月。如果你独自飞行，它也取决于你自己。不仅仅是你控制航向或保持高度的能力，也取决于当你悬浮于地面与寂静天空中时，会出现在你脑海的东西。有一些会变得根深蒂固，在飞行成为回忆之后依旧跟随着你。但如果你的航道是在非洲的任何一片天空，那些回忆本身也会同样深刻。

我曾飞过南格威、的黎波里①、桑给巴尔，以及其他偏远的地区，有时也会飞往奇怪的地方。在这些飞行过去很久很久以后，我由东向西飞越了大西洋，随之而来的是头条新闻、大肆吹捧，对我来说，还有许多不眠之夜。一家宽宏大量的美国媒体认为那次旅行非常伟大，而伟大就意味着新闻价值。

但离开内罗毕抵达南格威的旅程并不伟大。它没有什么新闻价值，只是从这里到那里而已。对于那些不了解非洲草原，不了解它的沼泽、夜色与寂静的人来说，这段旅程不仅算不上伟大，或许还有些乏味。但对我来说并非如此，因为自童年时代起，非洲就是呼吸一样的存在，是我的生命源泉。

它依旧主宰着我内心最深切的恐惧，总是孕育着复杂而又无法解答的谜题。它是记忆中的阳光与青山，清凉的河水与暖黄色的灿烂清晨。它和海洋一样冷酷无情，比沙漠更顽固不化。它从不隐藏自己的好恶。它不会有分毫妥协，却又对全人类奉献良多。

但是非洲的灵魂，它的完整，它缓慢而坚韧的生命脉搏，

① 的黎波里，利比亚首都，临近地中海。

它独有的韵律，却没有闯入者可以体会，除非你在童年时就已浸淫于它绵延不绝的平缓节奏。否则，你就像一个旁观者，观看着马塞人的战斗舞蹈，却对其音乐和舞步的涵义一无所知。

于是我起飞前往南格威：一个愚蠢的名字，一个愚蠢的地方。这地方只有渺茫的希望与渺茫的成就。它就像一笔无足轻重的财富，被想象力丰富的守财奴藏在了一个极为遥远，又无人愿意去的地方，须越过穆阿悬崖、斯皮克湾和未被西部各省开发的荒野才能到达。

为一名生病的矿工送氧气，这不是什么英勇的飞行，甚至都不浪漫。这是一件劳累的工作，还要在很辛苦的时间里完成，我满眼睡意、一口怨言。

鲁塔向我示意，然后转动螺旋桨。

鲁塔是纳迪人，按人类学的说法，他是尼罗河流域的土著人，这是一个小型的部落，优秀的部落，由极度敏锐却又不屈不挠的成员组成。他们是各类种族的后裔，毫不排外。

在他的部落，人们尊敬轻柔的嗓音和有力的手，还有茂盛的花朵与瞬间降临的死亡。他时常大笑，自由自在，享受工作的同时，也坚定地热爱着生活。他不是黑人，他的肤色散发着古铜色的光泽和温暖。他的双眼漆黑，间距略宽，鼻梁高耸，显得心高气傲。

现在他就很自傲地转动着螺旋桨，双手置于弯曲的木片上，从气流的反推力中感受到熟悉的喜悦。

他用力转动着，引擎发出一阵脆响，像睡梦中的工人发出沉闷的咳呛声。我在驾驶室里轻轻推动油门操控杆，点着了引擎，添加燃油，让它保持流畅。

鲁塔移开垫在飞机轮子前的木块，退后几步远离机翼。机场周围都是用原油点燃的火把，它们纷乱跳动的红色火焰染红了非洲的夜幕，也点亮了他机警、硬朗的面庞。他抬起一只手，我点了点头。这时螺旋开始快速旋转，快得再也看不清楚，它拽着飞机前行，将他甩在身后。

我没有留给他任何指示或命令。当我返航的时候，他会在那里。这是多年培养出来的默契，从鲁塔来到恩乔罗农场为我父亲工作的第一天起，我们就拥有了这种无需言语的默契。他会在那里，作为一个帮手，作为一位朋友：在那里守候。

我凝视着前方的狭窄跑道，迎着风，并利用这风势，加快了速度。

机场四周围着高高的铁丝网，铁丝网后面则是深深的沟渠。世上还有别的什么机场需要防范动物？晚上，斑马、牛羚、长颈鹿、大羚羊潜伏在高高的围栏外，瞪着好奇的大眼睛打量着，感到自己受了欺骗。

它们被远远地挡在外面。这是为它们好，也是为我好。要是下半辈子，朋友们都记得你曾因为一匹四处游荡的斑马而耽误了起飞，那是多么受挫的命运。"想起飞却撞上了斑马！"这简直比撞进蚁丘更伤自尊。

小心铁丝网，小心灯光信号。我留心着它们，飞向夜色。

出现在我面前的是一片不被其余世界了解的土地，即便非洲人自己也是懵懵懂懂：它奇怪地组合起草原与灌木，沙漠就像南方的海洋扬着悠长的波浪。这里的树林、静止的水塘和古老的山峦，像月球上的山脉一样荒凉、恐怖。这里有盐湖和没有水的河流，还有沼泽与荒野。既是没有生命的土地，又是充溢着生命的土地：所有风尘仆仆的过去以及所有的明天。

空气带领我走进它的王国。夜色完全将我包裹，让我与地面失去联络，将我留在自己小小的移动世界里，活在群星的世界中。

我的飞机是一架双座轻型飞机，VP-KAN 几个粗体字母漆在它银绿相间的机身上。

白天，它是浅蓝色的天幕中一个微小而欢快的点缀，就像清澈洋面上一尾鲜亮的鱼。而在此刻的黑暗中，它不过是转瞬即逝的低喃，地面上方一声柔和断续的低喃。

因为它的注册编号如此，我的朋友无需拿出多少想象力与幽默感就将它简称为"可汗"①，它确实是一位可汗，对我来说也是如此。这不是诋毁，这样的昵称都是出于爱。

---

① 飞机的型号 Kan 与"可汗"的英文拼写 Khan 谐音。

对我来说，它拥有生命，也会交谈。我可以经由踩在踏板上的脚底，感觉到它的意愿和肌肉的收缩。它的排气管发出嘹亮的声响，音色比木头和金属所能发出的声音更为清晰，比电线、火花和活塞的震颤更有活力。

它现在正对我说话。它说风力合适，夜色美丽，所有的要求力所能及。

我快速地飞着。我高高地飞着：西南偏南，越过恩贡山脉。我放松身心，右手停在操纵杆上，通过它与飞机的意愿和习惯轻松沟通。我坐在后座上，前座上绑着沉重的氧气瓶，它坚硬又傻气的圆顶让我想起因初次飞行而全身僵硬的乘客。

线路中的风声就像柔软的丝绸正被引擎和螺旋桨协力撕碎。时间与距离在我的机翼下无声滑过，永不复返。我向下俯瞰大裂谷的暗影，心想，那个失踪的飞行员伍迪是否会在那里，是否正带着渺茫的希望与无望，倾听飞机吟唱着低沉而冷漠的曲调，飞向他方。

第二章
黑水热患者死了

当穿越黑暗的飞行结束之时，有种已成定局的决然感。在数小时远离尘世的轰鸣声中与你切肤相伴的一切，戛然而止。飞机前端向下，两翼紧拽着地面上更牢不可破的气流帘幕，机轮触地，然后引擎叹息着陷入沉默。当生长在世俗世界里的牧草与盘旋的尘埃出现，在蹒跚而行的人类与扎根的树木无限的耐心面前，飞翔的梦想突然消失。自由再次弃你而去，片刻之前你曾拥有的双翼不亚于猎鹰，甚至比鹰翼更为迅捷，如今它们再一次还原为铁与木，呆滞而沉重。

距离破晓还有一小时，南格威的空地出现在地平线上。隔着一千英尺的距离看来，摇曳不定的火把光只不过划出了一条窄窄的跑道——蔓延不绝的广袤原野上一条细小的伤疤。

我盘旋了一周，看着火焰屈服于渐长的风势，以推断风向。移动的人投下阴影，交错在空地上，变幻不定，最终定格。

轻轻牵引油门，让引擎发出放松的低鸣。我将机头对准指路的火光，直到地面在机身下渐渐加速，然后机轮触到坚硬的土壤，在一团混乱的烟尘和闪烁的橙色光芒中，飞机被猛然推向跑道。我熄掉引擎，在座位上稍作休息，让耳朵适应寂静的空茫。

因为生命正消逝其间，所以空气凝重不堪。人声穿过跑道传来，越来越响。习惯了飞机深沉的轰鸣，它们听来就像芦笛尖锐的颤音，或是竹林里的哨声。

我爬出驾驶员座舱，看着一群模糊的人影背对跳跃的火光走近。以他们的举止和衣着判断，我能看出他们中大多数都是黑人——卡韦朗多人，他们半裸着健壮的大腿。跟在他们后面的两个白人则踩着更为快速迫切的步伐走过空地。

有辆老爷车在某处轰鸣着发动了引擎，老旧的活塞和轴承的声音像敲击的鼓点。炙热的晚风在空地周围的刺柏和灌木丛间徘徊不去，夹杂着沼泽地与维多利亚湖的味道，还有野草丛、酷热旷野与纷乱灌木丛的气息。它抽打着火把，紧攥住机身。但这风里还夹杂着孤独以及迷惘，仿佛它的经过只是无果的过场，甚至都没带来有关雨水的承诺。

我靠在机身上，看着一个矮胖的人在摇曳不定的火光中走来，他的脸逐渐变大，最终定格在我的面前。那脸长在灰发下，肌肉松弛，一双棕色的眼睛像是困在皱纹织成的蜘蛛网里。

这张脸的主人微笑着伸出手来，我握住了。

"我是医生。"他说，"是我发的信号。"他朝站在他手肘边的另一个白人侧了下头："这位是艾伯特。有什么需要都找他：茶、食物、随便什么。都算不上好货色，但你请便。"

我还没来得及回答，他已经转过身，嘟哝着去料理患者了。夜色中，箱型福特车正缓慢踉跄地穿过跑道，过来装载氧气。在他的带领下，走来半打卡韦朗多人，随便哪个都强壮得足够拎起小个子的医生，其实单手就能抄起他，就像抄起只小山羊。但他们都尽职地垂首站在他身后，相隔一小段距离。我想这距离保持得如此精确，一定是出于纯粹的畏惧与诚挚的敬重，这两者完美地掺和在一起。

"你来得很早，"艾伯特说，"很及时。"

他高大瘦削，穿着带污渍的灰色衬衫与打了很多补丁的宽松灯心绒裤子。他的语气中带着道歉的意思，好像我这个来自遥远而浮华的内罗毕文明的访客，有权觉得自己受到的招待逊色于预期。

"我们修理了跑道。"他说，"尽我们所能。"

我点点头，看向一张清瘦而黧黑的脸庞。

"干得不错。"我想让他宽心，"比我料想的要好。"

"我们还装了个风向袋。"他扬手指向一根纤细的杆子，底下围着半打火把。杆子顶部挂着一个由廉价"美国"棉布缝制的圆筒，颤巍巍的，看着像条被锯下来的睡裤腿。

在这样的风力下，风向袋应该完全鼓起，但相反，它藐视基本的物理定理，只是垂着，对风力与风向显示出不知羞耻的漠然。

走近些我才发现，风向袋的底端用针线尽可能牢地缝住了，如此这般，作为一件本该用来指示风向的工具，它还真不如一条睡裤来得有用。

我向艾伯特解释了这个技术性失误，在火把暗淡的火光中，满意地看到他的脸庞放松下来，展露出我怀疑是许久以来的第一个微笑。

"是'短袜'这个词，"他说，"让我们弄不明白了。我们没法想象，一双像样的袜子脚趾上会有洞——就算是风向袋也不应该啊！"①

在陷入深思的小个子医生的帮助下，我们解开了氧气瓶的带子，从前排驾驶室将它抬了下来，放到地上。它虽不是重得可怕，但卡韦朗多人欢快地捡起它朝福特车走去的样子，让那只厚金属做的气瓶看起来轻得像一卷铺盖似的。

正是这种身体的强壮和对劳动的自愿，让卡韦朗多人成了东非最驯良可靠的劳动力。

他们的原始居住地边界模糊，原本自埃尔贡山②向南，延伸约两百英里，直到维多利亚湖东岸，但他们四处迁徙，一路交友、打工、欢笑，使得原本偏僻羞怯的小部落成为现今到处可

---

① 表示风向袋的词（windsock）由 wind（风）和 sock（短袜）组成，此处指艾伯特无法理解风向袋两头都要开口。

② 埃尔贡山，死火山，位于肯尼亚与乌干达接壤处。

见的种族，眼力不好的游客到了东非，还以为所有土著都是卡韦朗多人。这种误解本身并无害处，但最好别被纳迪人、索马里人或者马塞人这些火暴脾气撞上，这些人的种族主义虚荣心可绝不亚于英国人最引以为豪的自尊。

虽然卡韦朗多人并无种族意识，却有起码的知足常乐意识，且单从这乐观的认知中就能获取源源不断的快乐。他们是非洲的脚夫、全能劳力、享傻福的傻人。其他更有信念的部落指责他们不仅不实行割礼，还吃未经过合法屠宰的肉。他们带着温和的漠然。他们对白人文化入侵的抵抗是消极的，主要策略就是痛快地吃、尽量地生。或许有一天，人们会发现这才是令人生畏的妙计。

我运送的氧气卸下了，然后看着这么一群高大强壮的人将我的飞机团团围住，带着叫我受宠若惊的好奇打量着机身上的条纹。其中最高大的那个，张嘴盯着飞机足有一分钟后，突然仰头大笑起来，那声量要是没让最靠近的土狼惊起，也让它颜面无光。

我用斯瓦希里语让他解释这个笑话，他受到了深深的伤害。根本没有什么笑话，他说，只是飞机这么光滑，机翼又这么有力，让他想笑！

我不由得想到，要是有如此体格的卡韦朗多人具备与之相应的智慧——或者我该说，和他们的白人兄弟同样的狡猾，非洲将会是什么模样。

我猜，通往南格威的道路会宽阔敞亮，沿途设有加油站；维多利亚湖边会布满休闲度假村，由铁路与内罗毕和海岸相连；竞争激烈的铁路公司大概会大肆宣传自己为卡韦朗多线或者基库尤线。未开发的乡野将由蛮荒之地变成满是郊区民宅、海滨小屋与热门沙滩的乐园，在炎热的天气里，它们全都散发出芬芳气息，那种欧洲式的微妙香气。但变化的精髓所在是时间，我们只能等待。

据艾伯特——我的这位依旧带着歉意的东道主说，小个子医生起码还要开一小时的车才能到达真正的南格威矿场，他的病人就躺在那儿的茅草棚里，病得太重，无法移动。

我们听着福特车的声响渐渐消失。"医生试了所有办法。"艾伯特说，"节食、药物，甚至巫术，我想。现在又是氧气。生病的家伙是个挖金矿的，肺完了，心脏很弱。他还活着，但上帝知道还能活多久。他们源源不断地来到这里，又陆陆续续地死掉。这儿是有金矿，但不会兴旺发达的——除了丧葬业。"

如此悲观的预言似乎并没有答案，但我觉察到，说这话的时候艾伯特至少带着近乎酸涩的微笑。我又想起了伍迪，寻思着在回内罗毕的路上是否有哪怕渺茫的希望能够找到他。或许没有希望，但我已经下定决心，一旦可以得体地抽身，我就立即离开。

我看见飞机稳妥地停在跑道上，接着，我和艾伯特一起经过火把走向停靠点，晨曦中火光已变成萎靡的粉红色。

灰色的光线正要撕开黑暗，不消片刻我就能看清显现在荒凉的开阔与几乎无畏的孤寂中的几间茅草棚、几件老旧的仪器，还有瓦楞铁皮盖的储藏室。瘪着肚子的狗无精打采地在尘土中伸懒腰，穿过周围那些刺柏树纠缠的树枝，旷野像遭遗弃的舞台背景，污秽泛黄。

我没看见妇女，也没看见孩子。在毒辣的非洲烈日下，这片土地没有人类社会的暖意，整个区域甚至没有笑声。

艾伯特带我走进最大的一间茅草棚，许诺要去沏茶，满怀希望地表示，我或许不会觉得茶太糟糕，因为，仅在八个月以前，他的仓库刚接到来自基苏木一家印度商店的补给。

他消失在房间后面的出口，我靠在椅背上四处打量。

防风灯放在被当作桌子的长木板中央，烟囱破了，布满煤烟。长木板由两个反扣在泥地上的大桶支撑，木板后面的架子上稀稀拉拉地摆着些牛肉罐头、蔬菜罐头和罐头汤，绝大多数是美国出产。木板一头堆着几本旧《笨拙》①，在我座位对面的椅子上放着一本《伦敦新闻画报》②，上面的日期是一九二九年十月。

有台无线电，但想必已经静默了数月：真空管、电线、电容器以及调节器都带有频繁却显然不见效的修理痕迹，最后一股脑堆在板条箱里，箱子上写着：途经蒙巴萨。

我看见装着黑砂的罐子，砂里应该含有黄金，或者含有如

---

① 英国讽刺漫画杂志。
② 由英国人赫伯特·英格拉姆和马克·雷蒙于一八四二年创办的周刊。

此的希望。别的罐子上标着我不认识的神秘符号，但怎么看都是空的。一面墙上钉着张设计图，一只蜘蛛从茅草屋顶上垂下来，然后又回到它呈完美几何图形的网内，并未被打动。

我起身走到窗前，窗户不比一只小茶盘大多少，下半部分装着铁丝网。阳光下，零落的灌木与丛生的野草在地上投下交错的阴影，就在阴影最浓密的地方，一条胡狼正在垃圾堆里满怀希望地搜寻食物。

我回到座位上，情绪低落，还有些许忧虑。我又想到了伍迪——起码是对伍迪的事觉得纳闷，因为实在没什么事情好想。

那条胡狼让我想起一个并不让人宽慰的结论：在非洲绝无半点浪费。尤其是死亡，从来不是浪费。狮子留下的会成为土狼的盛宴，之后的残羹冷炙则会成为胡狼、秃鹫，甚至蚀人烈日的佳肴。

我从飞行服口袋中掏出一支香烟，点燃，想要试着摆脱袭来的睡意。但这只是徒劳，好在艾伯特不久就回来了，端着放满茶具的托盘。我睁开眼睛，看着他忙碌。我注意到他的神色再次变得忧郁而深沉，好像在他离开这间屋子的时间里，某种旧的愁绪，又或者是某种新愁绪开始在他的脑海扎根。

他把托盘放在长木板上，摸索着从架子上拿下一罐饼干。阳光，浓郁而强烈的阳光，开始为小屋内寡淡的色调增添暖意。我俯身吹熄了防风灯内的火焰。

"你听说过黑水热吧。"艾伯特突然说。

我从椅背中直起身来，将烟头在泥土地上踩熄。我的记忆闪回到恩乔罗农场的童年岁月。正是在那些时日里，"疟疾"与"黑水热"这类词汇第一次出现在我的意识中，随之而来的是晚到一步的果阿或是印度医生，当地土著们惊恐地散播瘟疫的传言，死亡，还有黎明到来前，在我们硅镁矿和围场边雪松林里进行的无声葬礼。

　　那是阴郁气氛弥漫的黑暗时光。童年时代的所有微小快乐：游戏、与纳迪玩伴之间的友情，全都黯然失色。光阴变成了重负，直到尸体都被挪走，青草重新在墓地的新土中扎根，女人们清扫干净死者留下的空屋，直到能重新看见阳光。

　　"我们这儿有个人，"艾伯特说着将茶递给我，"得了黑水热。请你帮忙带氧气来要救的那个人或许还有一线生机，但这个人没可能了。医生无计可施，也不能移动得了黑水热的人。"

　　"对。"我将茶杯放回桌上，记起得黑水热的人要是被挪动就会死亡，但如果被单独留下，基本上也一定会死亡。

　　"我感到非常难过。"我说。

　　一定还有些别的话可说，但我不知说什么了。我所能想到的是，我曾将一名患黑水热的病人从大象聚集的马松加莱尼运送到内罗毕的医院。

　　我永远都不曾知道，那段航程中有多少小时是和一具尸体同行的，当我降落的时候，那人已经死了很久。

　　"有什么可以效劳吗……"所有的话在这种场合都是陈词

滥调。惟有那些老套又无用的话才最可靠："非常难过"，还有，"有什么可以效劳吗……"

"他想和你说话。"艾伯特说，"他听到了飞机的声音。我告诉他你可能要在这里待上一天，明天早上走。他可能都活不了这么久，但他想和外面来的人说说话，我们南格威这儿的人都有一年多没去内罗毕了。"

我站起身来，都忘了喝茶："当然，我会和他说说话。但我不能留下，有个飞行员在塞伦盖蒂的某个地方失踪了……"

"噢！"艾伯特很失望，从他的表情看来，他和那个病人一样，因为得不到"外面"的消息——来自内罗毕的消息而怅然。而在内罗毕，人们只想知道伦敦来的消息。

无论你住在哪里，仿佛都必须获得来自别处的消息，来自更繁华的某地。所以这个人，躺在维多利亚湖边的沼泽地里行将就木，却并不关心来生，而更关心此世新近发生的事情。正是这点让死亡如此艰难：尚有好奇心未满足。

假如对死亡的蔑视可以被理解为勇敢，那么艾伯特这位垂死的朋友是个大无畏的人。

他躺在行军床上，盖着一床气味难闻的薄被子，面目模糊。疟疾和黑水热症状对他身体的影响，就像埃及人用药物处理尸体的手法。

我曾见过生动物皮被撑在木杆上，放在阳光下晒干，但艾伯特让我在小屋内看到的濒死躯体比那些皮毛更加干瘪无肉。

这是间小茅屋，有扇围着铁丝网的寻常窗户，寻常的茅草屋顶像棵腐坏的树般掉着叶子，寻常的泥土地面上散落着烧过的火柴梗、纸张和烟草屑。

污秽似乎从没有存在的借口，但有些时候，比如现在，就很难为整洁找到理由。"贫穷，"有句老话说，"是肮脏而非羞耻。"这里的贫穷是缺乏女人的帮助，缺乏希望，甚至缺乏生机。据我所知，小屋里可能埋有大把黄金。即便如此，那也是最为贫瘠的慰藉。

病人名叫伯格纳，或许是荷兰人，又或者是德国人。不是英国人，我想，不管他曾有过怎样鲜明的种族特征，如今都已从他皱缩的头颅上那张近乎恐怖的面容上消逝了。

只有他的眼睛看来还活着。它们很大，在眼窝里移动的时候好像不受身体的约束。它们从病榻上凝视我的样子流露出趣味盎然的意思，几乎算得上忍俊不禁。它们好像在说："要如此这般才能得见一位内罗毕来的年轻姑娘啊——但你瞧，世事真难料！"

我微笑了一下，笑容有些苍白，我想。然后向艾伯特转过身去：他刚才还在那地方。艾伯特施展出可媲美最高阶印度苦行僧的敏捷身手，没了踪影，留下我独自一人和伯格纳相处。

我在屋子中央站了一会儿，忘记自身，体会着当一个人听见墓穴门在自己身后关上时感觉到的那种恐慌。

这比喻如今看来有些言过其实，但事实上，我这一生都对疾病心存厌恶，几乎到了恐惧症的程度。

这事毫无缘由，不是怕感染，因为非洲已经让我见识过疟疾和其他疾病，时不时地，像是获得某种补偿一样，我能抵御这些疾病。我的恐惧是身体上对病人不可理喻的抗拒，而不是抗拒疾病本身。

有些人一想到蛇就会觉得毛骨悚然，我对疾病的惧怕如同这些人想起树眼镜蛇、巨蟒、鼓腹毒蛇，还有它们的兄弟们，它们都是我生活中的常客，要么出现在林间小路上，要么出现在捕捉大象的时候，又或者，出现在我儿时游荡的灌木丛里。但当我学会了躲避蛇类，我自认为也从此具备了相关的第六感。我觉得，如果有必要的话，我能够镇定地面对树眼镜蛇，却无法镇定地面对一个被包裹在腥甜疾病气息中、死亡只在须臾之间的病人。

身处这间小屋，站在这个缠绵病榻的陌生人身边，我必须苦苦挣扎，才能不让自己夺门而出，冲过跑道躲进避难所一般的机舱。一个念头随之而来，如果伍迪依旧奇迹般地活着，那随着太阳每上升一英寸，气温每升高一度，我多耽搁一小时，即便我的拜访能带给伯格纳安慰，也无法冲淡可能产生的悲剧。

那一刻，在南格威的另一端，某个地方，小个子医生想必正将氧气输进另一个人的肺部，假如这个人还活着的话。

我拖过一把椅子，坐到靠近伯格纳床头的地方，想要找些话说，但他先开了口。

他的声音轻柔克制，而且非常疲惫。

"我希望，你不介意到这儿来。"他说，"我离开内罗毕已经四年了，也没什么信。"他用舌尖舔了舔嘴唇，努力想挤出个笑容。"人们都善忘。"他接着说，"一群人很容易就忘记了某个人，但如果你身处这样偏僻的地方，你会记得你遇见过的每一个人。你甚至会为从未喜欢过的人挂怀，你开始想念自己的敌人。这些是所有能想到的事，所有有益处的事。"

我点了点头，看着汗珠从他的前额流下。他在发烧。我情不自禁地猜想，下一次不可避免的神经错乱会在何时带走他的神志。

我不知道黑水热的专业说法，但非洲居民对它的称呼再恰当不过了。

患疟疾的人可能经历数年的折磨才去世，承受着寒冷、高烧和噩梦。但是，假如某天，他发现自己的尿液变成了黑色，就知道自己再无可能离开那个地方了，无论他身处何地，也无论他想去往何方。他知道前面有怎样的日子在等待自己，漫长、乏味、无始无终，昼与夜只是交替，不分颜色，不分声音，也找不到意义。他将躺在病榻上，感觉分分秒秒都像由无尽痛苦交织而成的绸带般，经过他的身体，因为彼时，时间本身已成为痛楚。光亮与黑暗也成了痛楚，他所有的意识只为感受这痛楚而存在，任其一次次不间断地侵入他的意识，事实简单明了：他要死了。

床上的男人正在这样死去。他想说话，因为通过交谈才可能忘却自身，如果只躺着思考，就不可能做到。

"海斯廷，"他说，"你一定认识卡尔·海斯廷，他曾当过猎手，然后在恩贡山西面的咖啡种植园里住了下来。我不知道他结婚了没有。他曾说过永远不结婚，但没人相信他。"

"然而，他结婚了。"我说。我从未听说过这个名字，但撒个有关这位素未谋面的卡尔·海斯廷的小谎似乎也无伤大雅——甚至，如果有需要的话，可以再给他安排个妻子。

在伯格纳离开的这四年里，内罗毕迅速发展，像成熟的果实般鼓胀开，它再不像过去那样小巧宜人，不再鸡犬相闻，互为知己。

"我就知道你认识他。"伯格纳说，"所有人都认识卡尔。你再见到他时，告诉他他欠我五英镑，某个圣诞节我们在蒙巴萨打过赌。他打赌说永远不会结婚——反正不会在非洲结。他说，你可以到处吹嘘，自己活在一个男性的国度，但你甭指望会在那里找到一个能娶的女人！"

"我会告诉他的。"我说，"我可以让他通过基苏木公路把钱送来。"

"对啦，从基苏木公路送来。"

伯格纳闭上眼睛，薄毯下的身躯因为痛楚而颤动。他就像是个被困在暴风雨中的人，在迎面而来的飓风中寻找到一道庇护的墙，然后继续快步赶路，直到下一阵狂风将他驱赶向另一个藏身处。

"还有斯坦利酒店的菲利普,"他说,"和汤姆·克劳斯莫尔。你该认识他们两个,还有乔·莫里。我还想问问你好几个人的事情,但不急在这一时。艾伯特说你要在这里过夜。当听见你飞机的声音时,我几乎想祈祷你爆了胎,或者飞机上的什么东西出了问题——祈祷一切机缘能让我见见新面孔、听听新声音。这不厚道,但你要是住在这种破地方就会变成那样——或者是死在这种破地方。"

"你不会死在这里的。你会康复,到时候我回来接你到内罗毕。"

"或者干脆到伦敦。"伯格纳微笑了,"然后我们可以试一下巴黎、柏林、布宜诺斯艾利斯,还有纽约。我的前途越来越广阔。"

"你忘了好莱坞。"

"没有忘。我只是觉得,一口气期望这么多太过奢侈。"

我留意到,尽管他意志坚强、勇敢无畏,但他的声音越来越微弱,越来越不确定自己的音量。他仅仅依靠意志力支撑着自己,这努力让小屋内的气氛紧绷着。

"那么,你**会**留下来过夜的吧?"他的问题带着突如其来的紧迫。

我不知该如何解释自己必须离开,感觉到他不会相信我的理由,因为神志不清和顽疾带来的猜忌,会让他以为我只是想逃跑。

我嘟哝了几句，说什么能留下来该多好，如果我能，我会多待一段时间，但还有别的事情——一个飞行员坠机了，飞机要补充燃料……

我猜他根本没有听到这些话。他再次开始出汗，双腿在毯子下猛烈抽搐。唾沫涌上他的嘴唇。他开始说些毫无意义的断续话语。

我不能听清楚所有他说的话，但即便是胡言乱语的时候，他也没有怎么哭泣或抱怨。他喃喃地说着些微不足道的事，他认识的朋友、非洲的一些地名，有一次他几乎用清楚的句子说到了卡尔·海斯廷和内罗毕。我必须靠近病榻，俯身聆听，感到自己体内涌出阵阵不适。为了让他安静下来，我说着话，但这努力白费了。他伸手抓住我宽松的飞行衣，想拉着衣摆从床上起来。

我想叫艾伯特来，随便什么人都行。但我什么都不能说，也没人会听见。所以我坐在那里，双手按着伯格纳的肩膀，感觉他肌肉的颤抖传过我的指尖，听着他残存的生命从毫无意义的断续语句间流逝而去，未带走任何秘密——或许他根本没有秘密。

最终，我离开他，蹑手蹑脚穿过小屋的门，反手快速将它关上。

后来，伯格纳可能还活了一段时间，还有南格威那个小个子医生为其订购氧气的人也是一样。但我自此再没有去过那里，所以也无从得知。

数年后，我确实在一个鸡尾酒会上遇见了一个叫卡尔·海斯廷的人。在那种场合，遇见的人与说过的话到晚饭时间就已从你的人生和记忆里消失。

"有个叫伯格纳的人，"我开口道，"是你的一个朋友……"

海斯廷先生高大潇洒，仪表堂堂。他举起酒杯，在杯沿后皱起眉头。

"你是说伯纳德?"他说，"拉尔夫·伯纳德?"

"不是。"我摇了摇头，"是伯格纳。你一定记得，蒙巴萨的圣诞节，打了一个关于结婚的赌? 我在南格威见过他，是他告诉我的。"

"嗯。"海斯廷先生抿了抿嘴唇，苦苦寻思起来。"关于人的事情很有意思。"他说，"非常有意思。你遇见那么多，记得的却很少。如今说到你讲的这个人……你刚才说他的名字叫巴克?"

我的手边有一托盘的鸡尾酒，所以我伸手拿过一杯。

"干杯!"海斯廷先生说。

我抿了一口酒，记起从南格威起飞的情景，再次看清它的样貌，每个细节都历历在目。

那里有帮忙抬氧气瓶的卡韦朗多人，有依旧带着歉意与些许失望的艾伯特，还有那个无精打采的风向袋，它的下端依然被缝着,从木杆上夺拉下来的样子仿佛它是某个小领地可悲的旗帜,那领地太小了,都没人会多加理会。

在这一切之上,是足够的风力与太多的阳光,还有飞机强有力的轰鸣。再过一小会儿,斯皮克湾①就将出现,像天空一样深且蓝。然后,就是塞伦盖蒂草原。

---

① 斯皮克湾,位于维多利亚湖上,以英国探险家约翰·汉宁·斯皮克的名字命名,他是第一个发现维多利亚湖的欧洲人。

第三章
荒野的印记

塞伦盖蒂大草原自坦噶尼喀的尼亚萨湖 ① 开始，向北延伸至肯尼亚殖民地的低洼边界。它是马塞人最广袤的庇护所 ②，在这里寻找避风港的野生动物多过其他所有东非地区。在旱季，它就像干燥的淡黄色狮子皮；在雨季，它为所有孩子图画书中出现过的动物带来嫩草的恩赐。

塞伦盖蒂广阔无垠，但它就像温暖的热带海洋般蕴含着生命。草原上，角斑羚、角马、汤普森瞪羚的足迹纵横交错，上千匹斑马踩过草原的洼地与河谷。我曾看见一群水牛在偶尔出现的棘树下吃草，突然，模样怪异的犀牛蹒跚着走过地平线，仿佛一块灰色的巨石拥有了生命，来到野外。草原上没有路。没有村庄，没有城镇，没有电报机。目力所及之处，走路或骑马所到之地，除了野草、石头、几棵树以及在那里生活的动物，

---

① 尼亚萨湖，因东非大裂谷而形成的淡水湖，与坦噶尼喀湖、维多利亚湖并称非洲三大淡水湖。

② 塞伦盖蒂在马塞语中意为无边无际的平原。

一无所有。

几年前，一位罗斯柴尔德家族①的成员在乔治·伍德上校的带领下——如今上校已经是温莎公爵殿下的副官，来塞伦盖蒂打猎，他把营地扎在一个巨大的岩石群旁边，那里可以挡风，也有水源。

自此以后，那里举行过不计其数的狩猎派对，即使现在，罗斯柴尔德的营地依旧是一处地标，对千里迢迢跋涉而来的猎人来说，营地仿佛是天堂，他们已经很久没有享受到身后那个世界的舒适。

罗斯柴尔德的营地上没有飞机起降场，但如果风势适宜、驾驶员谨慎，有块足够平坦的空地也可以停飞机。

我经常在那里降落，当我向地面滑行的时候一般都能在那块空地上看见狮子。有时它们像狗一样踱着步，漠然而懒散，也有时它们会停下来坐着，悠闲地坐成一群：雄狮、母狮和幼崽瞪着飞机，那神情简直就是镶在金色画框内的"紫红色十年"②作家群像。

我的意思并不是说，塞伦盖蒂的狮子已经对摩登探险家的摄像机熟视无睹，所以它们养成了好莱坞式的爱摆造型的习惯。

---

① 罗斯柴尔德家族，世界上最著名、最神秘的金融家族，发迹于十九世纪初，曾对欧洲与美国的经济产生过重大影响。
② 紫红色十年，十九世纪九十年代出现的艺术流派，尊崇唯美主义和颓废风格，是二十世纪末欧洲文坛的独特景观。

但它们中的太多狮子已经被新宰杀的斑马或是珍馐美味贿赂了，如果坐在车内，有时你可以带着拍摄设备到达距它们三十或是四十码以内的地方。

对斗胆步行靠近它们的人来说，他们会在须臾之间惊恐地发现，狮子和猫咪的相似之处，仅仅局限于胡须。但既然人类争强好斗，还是可以乐观地希冀，狮子因为看不懂我们眼中对不道德的流血事件的厌恶，最终只落得带着受伤利爪撤退的下场。

从南格威回来的路上，我朝罗斯柴尔德营地飞去，因为这个地方也在伍迪从坦噶尼喀西面的希尼安加到内罗毕的航线上。而且我也知道，不管生死，他都不会偏离自己的航线太远。

他驾驶一架德国产的克莱姆式单翼飞机，配备九十五马力的英国博乔引擎。如果说这样的组装在如此广大而无可预计的国度有什么优势，那就是它超长的翼展可以让它长距离滑行和减缓着陆速度。

迅捷、长途飞行以及应对恶劣天气条件，这些都不属于克莱姆的特长。无论机身还是装载的引擎，都是为航线图精确的国家上空那些消遣式的飞行而设计的。它被东非航空公司用来载客和拉货，对我们这些在肯尼亚以飞行为生的人来说，就是对探险传统的鲁莽坚持。

那时候，能找到的非洲飞行地图都标着"1/2,000,000"的比例尺——一比两百万。地图上的一英寸距离，在空中大约等于三十二英里，相比之下，欧洲的飞行地图上一英寸约等于四英里飞行距离。

还有，非洲地图的印刷商们似乎有个不怀好意的嗜好，喜欢用很大的字母标示出城镇、交叉路、村庄的名字，它们大部分都确实存在，就像一堆茅草屋或是某个水塘也可能存在一样，但它们毫无意义，因为从驾驶舱内完全看不见。

比这些都更令人不安的是，在约定的飞行前检查地图时，往往会发现你需要飞越的地区仅仅标着一句话："未经测量。"

好像地图绘制者说："我们知道，从这个地方到那个地方之间有几十万英亩的空地，但除非你需要紧急迫降，否则我们不会知道那块地是沼泽、沙漠或丛林——很有可能，就算到那时候我们也不知道！"

这些情况，再加上没有无线电，也没有监测所有进出港飞机的系统，所以飞行员要么培养出最高水平的直觉，要么对人生怀抱宿命主义。那时我在非洲认识的飞行员大都成功做到了两者。

从南格威起飞寻找伍迪的路上，天气晴朗，能见度一流。我保持在五千英尺高度，获得最广阔的视野，然后在航线上蜿蜒前行。

从敞开的驾驶舱中，我可以直视前方，也可以越过银色机翼回头望，向下看。在下方蔓延的塞伦盖蒂像一只碗，碗的边沿就是地球的边缘。它是只蓄满热气的碗，可清楚地看见热气向上蒸腾，向飞机施加压力，托举着它，如同文火中散发的热气托起一小片灰烬。

时不时地，会有一块岩石或是一道阴影被我想象成一架受损飞机的样子，或是一堆变形的破铜烂铁，我就折回去，在可疑的目标上空持续降低高度，直到它的形状变得清晰可辨——同时再次陷入失望。地面上任何不明物体都成了落难的克莱姆单翼飞机，一点点风吹草动，都会在瞬息之间变成一个受困者发出的强烈信号。

接近中午的时候我抵达了罗斯柴尔德营地，并在上空盘旋。但那里没有任何动静，没有一点生机——甚至都不见狮子们结实、懒散的身影。只有层层累积的高大灰色岩石，像历尽风吹雨打的教堂遗迹，矗立在地面上。

迎着阳光，我向西北方向滑行，正午的阳光炙烤着大地。

下午两点，我已经飞越了从乌亚索尼伊罗河附近的地区，河流向南流经马加迪地区的碳酸岩盆地，注入纳特龙湖①。

除了狭长的河谷外，这片土地是由贫瘠山脉组成的荒原，看来就像粉笔画成的水面。在白色石头映衬下，不要说是飞机，就算是飞行头盔这样小的东西都清晰可辨。但地上既没有飞机，也没有飞行头盔，除了我自己的飞机投下的影子，什么都没有。

我继续向北飞行，感到睡意越来越浓，但并非因为疲惫。

_____

① 纳特龙湖，位于坦桑尼亚境内。

在这样空旷的大地上持续飞行数小时后感到的孤独，主要是因为地平线上看不到烟雾。白天盘旋上升的炊烟就像是黑夜中的光，它可能出现在你航线的左舷或右舷，它或许只是马塞人的营火，生火的人对你的存在一无所知，就如同他对明天的忧愁一无所知。但它终究是一个航标，代表着人迹的存在，就像沙漠中的一个脚印或一根火柴。

如果没有烟雾标示出炉灶或营地的存在，起码还有别的生命迹象，尽管不是人类，但也弥足珍贵。

在我目力所及的各个方向，有成百个地方会突然扬起一阵细小灰尘，滚过平原，然后再次消失。从高空看去，它们就像无数精灵，一个个从被施了魔法的瓶子里逃脱，打算乘风而去，继续完成它们蓄谋已久的邪恶计划，又或者是一项善举。

但当飞扬的尘土散去，我能看见一小群动物在朝各个方向奔跑，它们四处张望就是不知道抬头，努力想要逃避飞机的轰鸣。

在马加迪与纳鲁克之间，我看见一团黄色的云雾就在飞机正前下方形成，这团云紧贴着地面，当我接近的时候变成了一阵摇曳的巨浪，所经之处，天空与地面草木消失无踪。

这团云雾的最外沿是一大群黑斑羚、牛羚与斑马，正在我机翼的投影下拼命奔跑。我盘旋、减速，一路降低高度直到螺旋桨卷入尘土中，沙粒让我的鼻腔隐隐作痛。

这群动物移动时形成一块黄褐色、灰色、暗红色交错的巨大地毯，不像牛群或羊群，因为它们都是野生动物，身上都带着荒野的印记，这片土地上的自由气息依旧属于自然，而非人类。目睹上万头未经驯化、不带贸易烙印的动物，就如同第一次登上从未被征服过的山峰，发现一片人迹未至的丛林，或是在新斧上看见第一点瑕疵。那时你才会领悟从小就听说的那些事：曾经，这个世界上没有机器、报纸、街道、钟表，而它依旧运转。

在兽群的前面，我看见跑跳着前行的黑斑羚，还有牛羚，炫耀着它们纤细的长角，以一腔苦修士般的狂热在路上拼命蹦跶。我不知道它们为什么这么做，可能是因为错误的平衡感，也可能是因为对世俗闹剧不知羞耻的偏爱，牛羚在受到飞机惊吓的时候，举动永远都像是马戏团里的小丑，歇斯底里地绕着舞台跑了一圈又一圈，想要逃避训练有素的花斑狗。

如果这世上还有小丑，那我要向小丑们致歉，因为我觉得牛羚的举动更好笑，因为我们对它们的了解更少。这或许是因为牛羚多了两条会被绊倒的腿——它们最被需要的时候，也是最派不上用场的时候。牛羚如想转身，就得踮起脚尖急转；如想奔跑，一路就都会像喜剧片中演的那样跌打滚爬。牛羚如何能安全无虞地从一个地方到达另一个地方，似乎是个谜团，不过，要是头顶上没有任何声响，它们走得还不错——不能有观众在旁注视。

这群动物中为数最多的是斑马，它们蹦跳的时候像未被驯服的野马，奔跑的时候伸着尾巴、探着脖子，它们的蹄子踩过茂盛的草，在身后留下一条宽敞分明的小路。

据我所知，斑马是非洲最无用的动物——所谓的"无用"是对人类而言，因为狮子以捕食它们为生，尤其在塞伦盖蒂草原。

但对人类而言，斑马是完完全全的"四不像"：它看着像驴子，但不能被驯养，也担当不了劳力；它奔跑的时候像汤普森瞪羚和大羚羊，吃的也一样，但它的肉连马肉的滋味都不如；它的皮毛，看起来光彩夺目，但牢固程度只够充当纽约夜总会的墙饰，这也是它唯一的丰功伟绩。连鸵鸟和麝猫都能对人类社会的需求作出更多贡献，尽管如此，要说跟不上时代潮流这事没有对斑马一族产生影响，那是不公平的。这个理论的依据是我和一匹小斑马间温情脉脉的友谊，是在不久之前培养出来的，现在我依旧没忘。

我的父亲曾饲养并训练过几匹非洲纯种马，有过一匹叫"小古怪"的小牝马。他绞尽脑汁为每匹马起名字，在恩乔罗农场，他有时数夜不眠，在书桌旁就着煤油灯的光线写下所有可行的名字。之所以将这匹小牝马取名为"小古怪"，是因为再没有更适合它的名字了。

它既不凶也不羁，在赛场上跑得飞快，训练时举止聪慧。除了淡栗色的皮毛和前额上醒目的白色星形花纹，它最特别的地方是与众不同的人生观。它在诺埃尔·科沃德爵士[①]的俏皮话流行前就赢了几次比赛，要是它能在二十世纪三十年代中期的公园大道初次登台，而不是二十年代中期的内罗毕跑马场，它会像那些不爱负责任的聪明家伙一样，被大家形容为"疯得讨人喜欢"。当然，它的疯狂仅仅局限于做些它的同类认为不合时宜的事情。

比方说，任何一匹经过良好训练的马，在主人、训练师、赛马会成员面前训练时，都不会在上个月大雨留下的水坑前突然停下，然后没等别人来得及大喊着阻止，就已经像条伯克郡的狗一样在泥地里打了个滚。但"小古怪"会这么做，只要它面前有个泥潭，背上还有个信任它的骑师。"小古怪"从中获得了多少乐趣，我们不得而知，它有点像那种行事古怪的天才——当主人问他为何把西兰花揉进头发里，他会道歉说，他原以为那是菠菜。

在我十三岁那年的某天清晨，"小古怪"要去练习快慢跑。我骑着它，向农场北面一个长坡走去，那里被称为"绿丘"。我们所有的马，进行慢跑训练时都会被带到那里，那些年里，这块俯瞰荣盖河谷的土地满是野生动物，生机勃勃。

"小古怪"和平日里一样警觉，但它匀称的马蹄踏着地面，美丽的头颅沉思着，微微侧向一边。这姿态在我看来带着忧郁

---

① 诺埃尔·科沃德爵士（1899—1973），英国演员、剧作家、导演，以智慧与谐趣闻名。

的气质，仿佛它终于知道自己犯了什么错误。而当我们到达山顶时，它的样子就像是世界上最受冤屈的小牝马。要是我们绕行在矮树林里，没有那群斑马出现的话，"小古怪"洗心革面的决心就不会半途而废，更不会受到丝毫威胁。

这群斑马穿梭在树林里，也在通往河谷的山坡上。在数公顷的范围内，有数百匹斑马，但最靠近我们的是一匹上年纪的母斑马和它才几个月大的幼崽。

"小古怪"以前见过斑马，斑马也时常见到"小古怪"，但我从未觉察到两个阵营间表露过互相欣赏的姿态。我想"小古怪"谨记着"贵族身段"这一教条，尽管它曾在泥地里打滚过这么多次，但每次当它靠近斑马，甚至牛群的时候，都会倨傲地张着鼻孔，像个十八世纪的贵妇不得已从一群巴黎无赖的身边走过。至于斑马，它们会以同样的态度回礼，带着正直的无产阶级特有的自尊给它让路，因为人多势众，所以更显目中无人。

那匹在绿丘上吃草的母斑马因为受到打扰，所以冷冷地扫了"小古怪"一眼，然后扬起后蹄，缓缓走向斑马群，还扭头对它四肢颤巍巍的幼崽下了道指令，要它跟上。但那匹小斑马却一动不动。

我曾在伦敦的街道上看到一个顽童张口结舌地看着一位穿丝绒华服的美女从车里出来，看得几乎热泪盈眶。当小斑马犹豫地徘徊在草丛里，抬头凝视着纯种牝马时，眼里也有同样的悲怆和渴望。

即便是骑在"小古怪"的马背上观察这一幕，也算是美好的景象。但我离开农场的时候被千叮咛万嘱咐，无论如何都要让它保持镇定，因为训练到这种程度的赛马，在不恰当的时候发一次脾气，就很可能让数周的悉心调教付诸东流。

"小古怪"已经训练有素，而这也是不恰当的时候。一开始它对那匹斑马熟视无睹，但那匹母斑马飞扬跋扈的吼叫立即让局势升级。叫声中包含的信息绝对不仅仅是母亲呼唤它的幼崽，还暗示"小古怪"是个浮夸而无用的东西，没资格获得劳苦大众的景仰。我想，这起码是"小古怪"的理解。

它的耳朵竭尽全力地扭向两边，向犹豫不决的小斑马发出一道低沉而不容辩驳的命令，然后发出一声挑衅的长鸣，足以传遍半个荣盖河谷。

随后发生的事我从未清晰地记住过细节，"小古怪"掺杂着羞辱意味的挑衅，让母斑马暴跳如雷，它于是怀着满腔怒火，扬起头大声嘶鸣，那音量与腔调让文学作品中所有的悍妇都要自叹弗如。在这吼声中，"小古怪"开始流汗、颤抖，猛然弓背跃起，母斑马则绕着圈奔跑，边跑边叫，而那匹小斑马，挣扎于儿女应尽的义务和栗色牝马致命的诱惑之间，像个歇斯底里的孩童般在它们之间跳跃。

最后，有违动物世界与人类世界的公平原则，"小古怪"赢得了胜利。

后来我终于设法让它平静下来，带它慢慢向农场走去，而它脚边还跟着那匹小斑马，神情中依旧带着点迷茫，我想它还在与自己的羞愧感做斗争，兴许还带着点后悔。

在我们身后的绿丘上，母斑马一言不发，气得瑟瑟发抖，身边还围着几个同伴。我猜想，它的同伴肯定会这么说："别太往心里去。孩子都是些忘恩负义的家伙，这样也好。"

几个月后，当这匹小斑马在农场上肆意奔跑过，更别提称霸过一方之后，它贯彻了当初出走时表现出的心血来潮和矢志不渝：有一次我和父亲去了趟内罗毕，回来的时候，小斑马不见了，没人知道它去了哪里。

每天早上，它都曾像小狗一样闯进我的房间，用鼻子推我起床。在厨房里，只要仆人无视它的需要，它就威胁要袭击他们，并以此建立起了恐怖政权。因为它刚来时还很小，所以我用一瓶瓶热牛奶喂它，这个错误决定导致的不良后果就是，我可怜的父亲时常牢牢抓着他的啤酒瓶，飞速穿过屋子跑进花园，而那匹带条纹的小野兽就紧随其后，因为它认为所有的瓶子都是它的奶瓶。

它对"小古怪"的爱慕也从未减退，它就住在"小古怪"的马房里，并让"小古怪"怀有一种母亲的使命感，马夫们能将"小古怪"训练得服服帖帖的，并且再没有到泥潭里打滚。

我叫它"庞达"，在斯瓦希里语中这是"驴子"的意思。它离开的方式和到来时一样，甚至可能更无理可循。或许它像回头的浪子一样重新被族群接纳，或许它被驱逐。动物们并没有多少感情，所以我想，它的际遇大概是后者。

从此以后，当我在塞伦盖蒂上空看见机翼下方这样的兽群，有时会期待看见一匹斑马游离在大部队的边缘。我曾想过，它现在应该已经长大，这些年来学会了应对。但是，不管有没有朋友，它都会甘于孤独，因为它一定记得自己小的时候，曾像个宫廷中的弄臣般生活过。

多么没意义的胡思乱想！飞机的嗡嗡声、舒缓的阳光和漫长的地平线混合在一起，让我暂时忘了时间流逝得要比我的飞行速度还快，整个下午都快耗光了，还没有在任何地方看见伍迪的踪迹。

要是最后会出现什么踪迹，如果我没有不着边际地挂念一匹同样爱东游西荡的小斑马，我可能早就注意到了。

第四章
我们为何飞行？

　　如果在雪后的严冬飞越苍茫的俄罗斯原野，并看见一棵椰枣树映衬着白皑皑的雪地，就像春光般青翠欲滴，你或许会继续飞上大约二十英里，直到冰天雪地里出现的一棵热带树木让你感到有违常理，这才调转航线，回去一窥究竟。你或许会发现那并不是棵椰枣树，如果它依然是，那你的神经就错乱了。

　　在五到十分钟的时间里，我注视着兽群四散开去，就像横扫平原的蛮族。我无意识地注视着，几乎陷进它们扬起的尘埃里，水塘明亮得如同制玻璃的工人桌上的一块碎片。

　　我了解下方这片土地，除了生长着的耐旱草类，它在一年中绝大多数时候都是死寂的。我知道，无论谁发现了什么水源，那水必是污浊泛黄，全被饮水的兽群踩浑了。但我看到的水塘不是泛黄的，它很清澈，被阳光照耀，然后又折射出明亮锐利的反光。

　　就像俄罗斯原野上的椰枣树，这样水晶般明澈的水塘出现在干燥荒芜的塞伦盖蒂，既不合时宜，也不可能。尽管如此，我还是毫不犹豫地往回飞去，飞到它上方，直到它消失在我的视野中，也消失在我的脑海里。

东非没有黄昏，夜色毫不客气地踩着白昼的脚印到来，以严酷而肃穆的寂静将这片土地占领。存在于阳光下的一切都失去声响，这其中也包括四处流窜的飞机的轰鸣。要是它们的驾驶员受过教训，他们该知道夜晚的天气就像永不缩短的距离，还有白天看来机场般大小的着陆地点会背信弃义，消失在夜色中。

我看着岩石悄悄投下暗影，看着灌木丛中黑压压的鸟群回巢，开始想念自己的家、热的洗澡水和食物。期望总是比理智更顽固，但要继续坚持找到伍迪，似乎已无必要，下午都快过去了。如果他还没死，他当然会在夜晚燃起篝火。但我的燃料已经不多，我没有配备急救补给——也没有睡过觉。

我触控右舷的方向舵，将航向转为内罗毕。就在这个时候，有个想法第一次闪入我脑海，刚才我那么平静地飞越的那个闪光点不是水塘，而是克莱姆式单翼飞机的银色机翼，闪闪发光，纹丝不动地躺在斜照的阳光里。

其实那算不上是个想法，甚至都赶不上小说中那些及时闪过英雄人物脑海的毫无缘由的顿悟。那只是种直觉罢了。但有哪个飞行员鲁莽到会无视自己的直觉呢？我就不会。我永远分不清灵感与冲动的界限，我想答案只存在于结局中。如果你的直觉得到善终，那你就受了启迪；如果不得善终，那你就该为盲从轻率的冲动而感到羞愧。

但在考虑这些之前，我早已经调转飞机，下降高度，并再次打开节流阀。这是一场与飞奔的暗影进行的赛跑，是我与阳光之间友好的试练。

当我飞行的时候，我的直觉愈发坚定。我觉得，世界上再没有别的东西会比伍迪飞机的机翼更像反光的水面了。我记得上次看见那机翼时，它们是多么明亮，刚刷过新漆，亮得像白银或不锈钢。然而它们不过是由轻薄的木头、布料以及干涸的胶水制成。

这个小把戏让伍迪很开心。"全金属的。"他会朝克莱姆竖起大拇指说，"全金属的，除了机翼、机身、螺旋桨以及诸如此类的小部件外，其他所有部件都是金属制成——甚至引擎。"

甚至引擎！这笑话只有我们和赤道非洲的狂风才懂。一台鼓噪而癫狂的玩具引擎，一台歇斯底里的引擎，尽管我们和伍迪会开它玩笑，但或许，我们都惧怕它最终会心存愧疚。

现在几乎可以确定它的愧疚了，我想，这是我最不想发现的东西——而非不可能存在的水塘。现在一切都已明了，克莱姆像只被射中的鸟一样蜷缩在地上，不是坠毁，但毫无生机、孤苦伶仃，它旁边没有火光，甚至没有飘动着布条的木杆。

我减慢速度，倾斜着向下盘旋。

那一刻我的双唇或许该为伍迪虔诚祈祷，但我并没有。我只担心他有没有受伤，被几个马塞土著抬进了他们的村庄，或者，愚蠢地游荡在没有道路的旷野中寻找水和食物。我想，我几乎稍稍诅咒了他一番，因为当我滑翔到距离克莱姆不到五百英尺的地方时，我能看见它毫发无伤。

这种时刻的情绪可以说是五味杂陈。看到飞机并没有受损那瞬间的宽慰，同时，还掺杂着愤怒的失望，因为没有看见伍迪又饥又渴但总算是活着待在飞机旁。

紧急迫降时的首要原则应该是："不要离开飞机。"伍迪该和所有人一样知道这一点，他确实知道，但他在哪儿？

又盘旋了一周，我看到尽管有凹洞和散乱的石头，但降落还是有可能的。在距离克莱姆三十码的地方，有块茶色矮草的天然草皮。从空中判断，这块空地大约有一百五十码长——对一架没有刹车的飞机来说不够长，但加上逆风的风势，我准备尝试滑行降落。

我减速下降，将发动机保持在恰好不会熄火的转速，飞机因为要在空间有限的场地上降落而飞得很慢。稳定机身，左右摇晃机尾以确定我在地面和前方可获得的视野，我平缓地降落，触地时出乎意料的流畅。当时我在脑海中留意了一下，如果要起飞，尤其是带上伍迪的话，可能会困难得多。

但伍迪不在那里。

我爬出飞机，从储物箱里拿出满是灰尘和凹痕的水壶，朝克莱姆走去。它纹丝不动，但在暮色中依旧熠熠生辉。我站在它的机翼前，没有看见任何事故痕迹，也没有听见任何声响。它栖息在那儿，脆弱而柔媚，在粗糙的灰色地面映衬下，它漂亮的翅膀完美无瑕，螺旋桨随意倾斜着，驾驶室空空荡荡。

世间有许多种静默，每一种都有不同意味。有一种寂静随林间的清晨一同降临，它有别于一座安睡的城市的寂静。有暴风雨前的静默以及暴风雨后的静默，这两者也不尽相同。有虚无之静默，惊惧之静默，疑惑之静默。有一种静默可以从没有生命的物体中散发出来，比如说从一把刚被使用过的椅子，或者从一架琴键蒙尘的钢琴，甚至从任何一件曾满足人们需求的物品之中，不管是为取乐还是为工作。这样的静默会说话。它的嗓音或许忧郁，却也并非总是如此，因为椅子可能是一个欢笑的孩子留下的，钢琴的最后几个音符曾经喧闹而欢快。无关氛围与场合，事物的本质将在随之而来的静默中延伸。它是一阵无声的回响。

我一边把水壶的长背带悬在手上，水壶像个钟摆似的不规则地晃荡着，一边绕着伍迪的飞机走了一圈。但尽管暗影像缓慢流淌的水一般淹没了地面，野草在呜咽的风中低语，四周却没有哀伤或灾难的气氛。

我觉得，属于那架纤弱小飞机的静默洋溢着蓄意的味道——这静默里包裹着一个肆无忌惮的淘气灵魂，仿佛一个爱慕虚荣的女子，为着某个残忍的小胜利所带来的狂喜而展露无声的微笑。

轻佻又无常，我对克莱姆并不抱什么期望，但我突然意识到伍迪没有死。这不是那种静默。

我找到一条小路，上面的草倒伏了，小石子挪动过位置，我顺着这条路穿过几块大石走进荆棘丛中。我大声呼喊伍迪的名字，却只得到自己的回声作为应答。但当我转身想要再次大喊时，看见两块靠在一起的巨石，它们的裂缝间有两条裹在肮脏工装裤里的腿，在前面，是伍迪身躯的其他部分，他趴着，将头埋在手臂下面。

我向他走过去，拧开水壶盖子，俯下身推他。

"是我，柏瑞尔！"我喊着，更加用力摇晃他。一条腿动了，接着另一条也动了。生存有望，我抓住他的皮带猛拽起来。

伍迪开始倒退着离开石头缝，那动作毫无缘由地让人联想起法国南部的美味小龙虾。他在呻吟，我想起因为口渴而濒死的人会呻吟，而他们只需要水。我倒了几滴在他脖子后侧，滴下去的时候引来惊恐的呻吟，让我一阵难受。接着又传来几个"优雅"的词汇，它们是水手、飞行员和码头工人的常用语。然后——伍迪突然直挺挺地从地上坐了起来，消瘦的脸庞藏在脏兮兮的胡子下面，嘴唇干裂，眼睛布满血丝，两颊深陷。他生病了，他在龇牙咧嘴地笑。

"我最恨被当成尸体对待了。"他说，"这是侮辱。有什么吃的吗？"

从前我认识一个人，每次和朋友相见他都会说："哎呀，哎呀，人生何处不相逢！"他现在应该很不开心，因为，我上次看到他的时候，朋友们正纷纷脱离他的轨道如同蜂群离开枯萎的花朵，他的世界变得孤独而空旷。但他了无新意的老生常谈里也包含着真理。我有毕肖恩·辛格的故事为佐证，伍迪是证人。

　　当毕肖恩·辛格在翻滚的尘埃中走来，太阳只剩下一丁点。我们客套地和克莱姆道了别，准备起飞回内罗毕找个医生——还有一台新磁力发电机，如果找得到的话。

　　"有个骑马的人。"伍迪说。

　　但那不是一个骑马的人。

　　我已经帮伍迪坐进飞机前驾驶舱，正站在飞机旁准备转动螺旋桨。这时，那一团尘土闯进了我们这近乎英雄史诗般的场面。六只抖动瑟缩的耳朵从灰尘顶端露了出来，那是三头驴子的耳朵，还有四张风尘仆仆的脸，其中三张是基库尤男孩的脸。第四张则是毕肖恩·辛格的脸庞，黧黑、胡子拉碴，而且忧郁。

　　"你不会相信的，"我对伍迪说，"但那个印度人我从孩提时代起就认识。他在我父亲的农场上工作过好几年。"

　　"你说什么我都信，"伍迪说，"只要你带我离开这里。"

　　"贝露！①贝露！"毕肖恩·辛格说，"我这是在做梦吗？"

　　毕肖恩·辛格是个锡克教徒，所以他蓄着长长的黑发和络

---

　　① 对柏瑞尔的昵称。

腮胡，它们连在一起就像顶兜帽，僧侣戴的那种。

他小巧严肃的脸庞从兜帽中露出，有一双敏锐的黑眼睛。它们会流露善意或是愤怒，和其他人的眼睛一样，但我觉得它们不会流露快乐。我从未见它们快乐过。

"贝露！"他重复道，"我不相信这事。这里不是恩乔罗。这里不是恩乔罗的农场，或是荣盖河谷。这地方离那儿有上百英里远——瞧瞧你，长高长大了，而我老了，正要带东西去杂货店①卖。但我们碰上了。相隔这么些年，我们碰上了。我不相信这事！我不相信②——我不相信！上帝真是关照我！"

"人生何处不相逢嘛。"伍迪在飞机里哼哼着说。

"我很高兴再次见到你。"③我用斯瓦希里语对毕肖恩·辛格说，"我很高兴再次见到你。"

他的打扮依旧是我记忆中的样子——厚重的军靴、蓝色裹腿、卡其布马裤、破烂的皮革马夹，这身打扮的制高点是硕大的头巾，层层缠绕，就像我记得的那样，起码由一千码尺质量上佳的棉布缠成。当我还是个孩子的时候，这头巾总是让我充满好奇。它这么惹眼，而毕肖恩·辛格却那么神秘。

我们站在离他那些点头的驴子几码远的地方，每头驴子都有一个安静的基库尤男孩看管，每头驴子背上都驮着硕大的货物：锅子、锡锅、成捆的廉价孟买印刷品、用来做马塞耳环和

---

①②③　原文为斯瓦希里语。

手镯的铜线，甚至还有烟草，以及土著人编头发时用的发油。

有皮革做的东西、纸张做的东西、赛璐珞与橡胶做的东西，全都堆在那些巨大的包裹上，鼓鼓囊囊，东垂西荡，满满当当。这就是通商贸易：全靠蹒跚的四条腿，缓慢而耐心，不疾不徐，却确信在明天货物将会抵达非洲内陆的某个柜台。

毕肖恩·辛格扬起手臂，指了一下克莱姆和我的禽鸟式飞机。

"飞机！"他说，"白人的鸟类！你不是骑在它们背上吧，贝露？"

"我驾驶它们，毕肖恩·辛格。"

说这话的时候我很伤感，因为这个上了年纪的家伙用左手指着飞机，我看见他的右手萎缩残废，派不上用场了。我上次看见他的时候，不是这样的。

"所以，"他感慨道，"现在都用这些了，光走路不行。骑马也不管用。现在人们一定通过空气从一个地方到另一个地方，就像'迪基·图拉'①。这不会带来什么好处，只有麻烦，贝露。上帝唾弃亵慢之举。"

"上帝已经唾弃过了。"伍迪叹息着说。

"我的朋友被困在这里了。"我对毕肖恩·辛格说，"他的飞机——亮得像簇新卢比一样的那架，出了故障。我们要回内罗毕。"

"不可能！不可能！有不止一百英里路呢，贝露，天要暗

---

① 可能是一个精灵的名字。

了。我要把货从驴子上卸下来，煮点热茶。回内罗毕的路长着呢——即便是你乘着风回去。"

"我们不出一小时就能到那儿，毕肖恩·辛格。就在你生火煮茶的当口。"

我伸出手去，老锡克人握住我的手，紧紧握了一阵，就像十多年前他常常做的那样，那时他比我高——就算不戴他那巨大的头巾也比我高。只不过，当年他用的是右手。他低头看了看右手，薄薄的嘴唇上挂着微笑。

"怎么回事？"我问。

"辛巴①，贝露，狮子。"他耸了耸肩，"有天在去伊科马的路上……这让我们成为兄弟，你和我。都被狮子咬过。你记得小时候在卡贝特那次吧。"

"我永远都不会忘记。"

"我也不会。"毕肖恩·辛格说。

我转身走向禽鸟式飞机的螺旋桨，用右手抓住最高处的叶片，向伍迪点头致意。他坐在前驾驶舱内，准备启动。

毕肖恩·辛格向后退了几步，靠近他的驴子商队。三头驴停止进食，抬起头来，缩了缩耳朵。基库尤男孩站在驴子后面等待。黑暗中，克莱姆失去了光华，不过是飞机中的耶洗别②，

---

① 斯瓦希里语，意为狮子。
② 耶洗别，《圣经·列王记》中，以色列王亚哈的妻子，充满野心，且残忍无耻。

充满悲哀，声名扫地。

"上帝会看顾你。"毕肖恩·辛格说。

"再见，祝财运亨通！"我喊道。

"保持联络！"伍迪大声吼道，接着我摇动了螺旋桨。

最后，他躺在东非飞行俱乐部小屋内的床上，等待食物，等待水，以及——我猜，关怀。

"克莱姆式飞机是个荡妇！"他说，"在非洲，哪个神智正常的人都不该驾驶装博乔发动机的克莱姆飞机。你好好待它，你护理它的发动机，你在它翅膀上刷银漆，但发生了什么？"

"磁力发电机坏了。"我说。

"它就是个精神不正常的女人。"伍迪说，"不可理喻，甚至是个低能儿！"

"噢，比那糟糕得多。"

"我们为什么飞行？"伍迪说，"我们该做别的工作。我们可以在办公室上班，或是经营农场，或是当公务员。我们可以……"

"我们可以在明天放弃飞行。不管怎样，你可以。你可以甩下你的飞机离开，从此再不踏足舷梯。你可以忘掉天气、夜间飞行、紧急迫降，还有晕机的客人，你找不到的新地方，以及你买不起的漂亮新机型。你可以忘记这一切，离开非洲到某个地方，从此再也不打量飞机一眼。你或许会成为非常快乐的人，所以，你为什么不呢？"

"我受不了。"伍迪说，"那太无聊了。"

"生活反正都无聊。"

"即便在卡贝特有狮子咬你?"

"哦，那是我小时候的事情了。某天我会写本书，你会读到这事。"

"千万别!"伍迪说。

卷　二

第五章
它曾是头好狮子

当我还是孩子的时候，整天都和纳迪土著在一起，光脚在荣盖河谷或是穆阿悬崖旁的雪松林里狩猎。

一开始他们不许我带长矛，但长矛是土著人唯一的武器。

除非你熟悉动物的习性，否则你无法用这样的武器捕获任何动物。你必须了解它喜欢什么，害怕什么，在哪里出没。你必须对它的速度和胆量有十足把握。它也同样了解你，有时还会以此占上风。

但我的土著朋友对我很耐心。

"不对！"① 有人会说，"只有迪迪羊才会那样跑呢！今天你的眼睛里全是迷雾，莱克维特②！"

那天我的眼睛里确实全是迷雾，但它们足够年轻，很快就恢复清澈了。还有其他的日子，其他的迪迪羊。还有如此多的记忆。

---

① 原文为土著语。
② 纳迪土著对柏瑞尔的称呼。

有迪迪羚羊和豹子，猞猁和疣猪，还有水牛、狮子和"会跳的野兔"。有上千种会跳的野兔。

还有角马和羚羊。会蠕动的蛇和能攀爬的蛇。有鸟类，还有年轻人，他们像呼啸的皮鞭，像阳光下的雨幕，像面对野兽的长矛。

"不对！"年轻人会说，"这不是水牛的足迹，莱克维特。这里，弯腰看看！弯腰看看这个印迹。看清楚这片叶子是怎么被弄烂的。感觉一下这块粪便的湿度。弯腰看一下，你才能学会。"

就这样，我立马学会了。但有些东西是我独自学会的。

在卡贝特车站旁有个叫埃尔金顿农场的地方。它就在基库尤保护区的边上，靠近内罗毕。以前父亲和我会骑马或是坐马车从市区到那里，一路上，父亲就给我讲非洲的事情。

有时他会讲有关部落战争的故事——马塞人和基库尤人的战争（马塞人总是赢），或者马塞人和纳迪人的战争（他们双方谁都没赢过），以及他们的伟大领袖和狂野的生活方式，在我看来，他们的生活方式要比我们的有趣得多。他会告诉我莱纳纳的事，这个睿智的马塞先知曾预言了白人的到来，他跟我讲莱纳纳的计谋、策略与胜利，还有他的族民是如何战无不胜以及不可战胜——直到他们参与了战斗，对抗拒绝加入国王步枪队的马塞人。英国人列队进入部落村庄，不经意间，一个马塞妇女被杀，作为报复，两个印度店主被土著人杀死。于是，王国那条细细的红色边境线又变得更红了一些。

他会向我讲述有关肯尼亚峰、梅南加火山——它被称为"上帝之山"，或是乞力马扎罗的古老传说。他讲着这些故事，而我骑马与他并行，问着无穷无尽的问题。有时我们也会一起坐在颠簸的马车里，我思索着他刚讲过的话。

一天，在我们骑马去埃尔金顿的路上，父亲说起了狮子。

"狮子比某些人类还要聪明。"他说，"而且比绝大多数人类更勇敢。一头狮子会为它拥有的和它需要的东西而战，它蔑视懦夫，警惕势均力敌者。但它不会害怕。你可以永远信任狮子的表里如一——它不会伪装。"

"但是，"他接着说，神情中父亲的担忧超越往常，"埃尔金顿家的那头狮子除外！"

这头埃尔金顿的狮子在农场周围方圆十二英里内闻名遐迩，因为，如果你恰好在这个范围里，就会听见它的嘶吼。它饿的时候会嘶吼，悲伤的时候会嘶吼，有时则仅仅想要嘶吼而已。假如，夜晚你毫无睡意地躺在床上，听见断断续续的声响传来，开始时听着像困在乞力马扎罗山谷的死亡幽灵在咆哮，结束时听着像这个幽灵突然逃脱枷锁来到你床边，你知道（因为有人告诉过你）那是帕蒂之歌。

那时，有两三个东非的殖民者抓到过狮子幼崽，并把它们养在笼子里。但是帕蒂，这头埃尔金顿家的狮子，从未见过任何笼子。

它已经长大，黄褐色皮毛，黑色狮鬃，无忧无虑。它以新鲜肉类为生，用不着它亲自动手。它醒着的时候（恰好是别人睡觉的时候），在埃尔金顿的原野和牧场上信步由缰，安逸得就像一位帝王漫步在他治下的花园中。

它活在孤寂之中。没有伴侣，却是一副漠然的样子，总是独来独往，无心经营实现不了的想象。它的自由并无物质的界限，但这片平原上其他的狮子，不会让一头沾染人类气息的狮子进入它们最在乎的族群。所以帕蒂吃、睡、咆哮，有时候或许还做梦，可它从不离开埃尔金顿。帕蒂是头被驯服的狮子，这千真万确。它对原野的呼唤充耳不闻。

"我总是很提防那头狮子，"我对父亲说，"但它真的没什么恶意，我曾看见埃尔金顿夫人抚摩它。"

"这不能证明任何事情。"父亲说，"一头被驯养的狮子就是头不符合自然规律的狮子——而任何不符合自然规律的事情都是不可信的。"

一旦父亲做出如此哲学意味浓郁，且如此广义的论断，我就知道没什么好说的了。

我轻轻碰了碰马，然后我们骑着马慢跑过通往埃尔金顿农场的剩余路程。

这个农场没有第一次世界大战前建在非洲的那些农场大，但有幢带宽阔走廊的漂亮房子。我父亲、吉姆·埃尔金顿、埃尔金顿夫人以及其他一两个拓荒者就坐在走廊上聊天，对我来说，他们的话题总是肃穆得不可思议。

他们会喝饮料，但更远一点的地方还有张摆设丰盛的茶桌，只有英国人才会这样铺张。后来，我有时会想起埃尔金顿家的茶桌——圆形、很大、白色，结实的桌腿立在花园内的绿色葡萄藤下，在距离非洲边缘一千英里的地方。

我想，它代表着某种认知而并非奢侈。它是件证据，证明英格兰仍因两样赠予而亏欠着古老中国——茶与火药，它们使扩张成为可能。

蛋糕和松饼没法贿赂我。那时我有自己的消遣，或者说矢志不移的期待。公正无私的记忆吝啬得不肯与我多做寒暄，我快步离开那所房子向前跑去。

我飞奔过埃尔金顿家房子后面约一百码处的方形干草棚，看见了毕肖恩·辛格，我父亲派他先过来照顾我们的马。

我想这个锡克人那时一定还不到四十岁，但他的脸永远都不会透露他的年纪。有时他看起来像三十岁，有时看起来又像五十，这要看天气、时间、他的心情，或是他头巾的倾斜度。要是他把胡须和头发分开，剃了胡子并剪头发，那他活像吉卜林笔下的大象男孩，会让我们大吃一惊，但他从不剃胡子也不剪头发，所以，起码对我来说，他一直是个神秘人。不算年轻也不算老，却历经沧桑，就像漂泊的犹太人。

当我跑过埃尔金顿农场，跑向自由天地的时候，他扬起手臂，用斯瓦希里语和我打招呼。

我究竟为什么要跑，或者有什么目的已经说不上来，但每当我没什么具体方向的时候，就会尽全力快跑，希望能因此找到个去处——我也总是能找到。

等我看见埃尔金顿家的狮子时，距离它已不到二十码。它摊开四肢躺在清晨的阳光里。它是一头庞然大物，长着黑色鬃毛，生机勃勃。它的尾巴缓缓移动着，像打结的绳索头一般拂过粗糙的草皮。它的皮毛光滑闪亮，动作悠闲，在它躺过的地方留下了印子，一个很酷的印子，就算它离开后也会留在那里。它没在打盹，只是有些无所事事。它是棕红色的，而且很柔软，像只可以任意抚摸的猫。

我停下脚步，它以堂皇的闲适姿态抬起头来，一双黄色的眼眸瞪着我。

我站在那儿瞪着它，然后蜷起泥土中的脚趾，嘟起嘴唇发出无声的哨音——我可是个了解狮子的小姑娘。

帕蒂站了起来，微微叹息一声，带着某种无言的预谋凝视我，就像一个头脑不太好使的人琢磨着某个不太寻常的主意。

我不能说在它眼睛里看到了什么威吓，因为根本没有；也不能说它"可怕的下颚"上口水淋漓，因为它的下巴很漂亮，也很干净。然而，它确实嗅了嗅空气，我觉得，嗅的时候几乎能听出它的满意。它没有再躺下。

我记得该记得的规矩。没有跑，而是很缓慢地走着，还开始唱一首忤逆的歌。"kali coma simba sisi，"我唱道，"asikari yoti ni udari！我们就跟狮子一样凶残，阿西卡里人全都很勇敢！"

我唱着歌径直经过帕蒂，看到它的眼睛在厚草丛里闪闪发光，注意到它的尾巴正随我唱的曲调摇摆。

"twendi, twendi——ku pigana——piga aduoi——piga sana！我们出发，我们出发——去战斗，打倒敌人！狠狠地打，狠狠地打！"

有哪头狮子会对国王步枪队的操练歌无动于衷？

我继续唱着歌，加快脚步向丘陵地带走去。如果我运气好，斜坡上会长着醋栗丛。

这个国家是灰绿色的，而且很干燥。太阳紧盯着不放，使得我脚下的土地发烫。没有声音，也没有风。

就是帕蒂也没有发出任何声响，它快速跟了上来。

关于接下来的那一刻，有三件事我记得最清楚：一声只够得上低语的尖叫；一记重击将我扑倒在地；还有，当我把脸埋进手臂中时感觉到帕蒂的牙齿咬住了我的腿。这时一块幻梦般晃动的头巾出现了，那是毕肖恩·辛格的头巾，正从山坡那头显现。

我神志清醒，但我闭上眼睛想要失去知觉。并不怎么痛，只是那声音很可怕。

帕蒂的咆哮回荡在我耳际，我想，只有哪天地狱之门的锁链晃荡着开启，并真实再现但丁诗意的噩梦时，这咆哮声才会再次响起。那是音量极大的咆哮，包围住整个世界，并把我摧毁其中。

我闭上眼睛一动不动地躺着，感觉到帕蒂爪子的重量。

毕肖恩·辛格后来说它什么都没做，我跑开后，它又在干草棚里待了几分钟，接着，出于无法解释的原因，它开始跟着我。然而他承认，在不久之前，他见过帕蒂朝我去的方向走。

当然，看到狮子的攻击意图，锡克人叫来了救兵。半打埃尔金顿的马夫从屋里跑了过来，和他们一起来的还有举着生皮鞭的吉姆·埃尔金顿。

即便不带皮鞭，吉姆·埃尔金顿也够引人注目的。他是那种大块头的人，肚腩似乎妨碍了他做任何寻常动作，更别说利索的动作了。然而吉姆很利索——尽管还不足以和闪电相比，但很像某些光滑的球状物体，而且同样不可抵挡，就如同拿破仑战争时的加农炮弹。毫无疑问，吉姆是个颇有胆识的人，但别人告诉我，此次"狮爪下夺人"，我该永远心怀感激的是吉姆的冲力，而非勇气。

根据毕肖恩·辛格的说法，事情是这样的：

"我正靠在干草棚的墙上休息，先是看见狮子过去了，接着是你，贝露，经过我向野外跑去。这时一个念头闪过我的脑际，狮子和小姑娘是个古怪的组合嘛，于是我跟了上去。我跟到山坡隆起成山接着又下沉的地方，在山脚凹处，我看见你脑袋空空地跑着，而狮子在你身后满脑袋主意地跑着，于是我尖叫让大家速速赶来。

"每个人都很快跑过来，但那头大狮子比所有人都快，它跳到你背上。我看见你在尖叫，却没听见声音。我只听见狮子的吼声，接着我和大家一起开始跑，其中也包括埃尔金顿先生。他叽里呱啦说着很多我听不懂的话，手里还拎着根鞭子①，那原本是用来揍那头大狮子的。

"埃尔金顿先生跑到我前面去了，像个腿脚更轻便、腰围更细的人那样。他挥舞着长长的鞭子，使它像疾风一般呼啸在我们所有人的头顶。但当我们接近狮子的时候，我意识到那头狮子没心思挨什么鞭子。

"贝露，它前半身踩在你背上，你有三五处伤口在流血，它还在咆哮。我认为埃尔金顿先生一定不会想到，在这节骨眼上那狮子是不会愿意挨打的。因为它看起来就不像以前它该挨打时的样子。它看起来就是一副不想被鞭子、先生、马夫或是毕肖恩·辛格扫了雅兴的样子，它用非常大声的咆哮表达着这一态度。

"我认为埃尔金顿先生在距离狮子还有几英尺的时候听懂了它的意思，并且觉得他最好不要在这当口抽打狮子，但他跑得很快，就像滚下斜坡的巨大猴面包树干，大概就是因为这样，他才没办法及时又快速地向自己的脚掌解释他的想法，好让它们在他希望的距离停下来。

---

① 原文为斯瓦希里语。

"情况就是这样，没有半句虚言。"毕肖恩·辛格说，"我琢磨过，因为这样你才可能活下来，贝露。"

"接着埃尔金顿先生朝狮子冲了过去，毕肖恩·辛格？"

"恰恰相反，狮子朝埃尔金顿先生冲了过来。"毕肖恩·辛格说，"狮子扔下你，奔先生去了，贝露。狮子觉得它的主人没资格分享它不假人手亲自获得的鲜肉大餐。"

毕肖恩·辛格带着叫人印象深刻的庄重姿态，竭尽所能对事态进行合理说明，仿佛正向筛选出来的狮子陪审团讲述"狮子一案"。

"鲜肉……"我做梦般重复道，随即把手指交叉起来。

"那接下来发生了什么？"

锡克人耸了耸肩膀又落下："还会发生什么呢，贝露？狮子冲向埃尔金顿先生，他就开始逃跑，跑得很匆忙，没能握紧手里的长鞭子，而是让它掉在了地上，因为这样，埃尔金顿先生才运气地爬上一棵树，他爬了上去。"

"你就把我抱起来了，毕肖恩·辛格？"

他轻轻碰了下他巨大的头巾："我很高兴干了这事，把你抱回到这张床上，贝露。我还去告诉你父亲，说你被一头大狮子'稍微那么'吃了一下，当时他去看埃尔金顿先生的马了。你父亲飞快地跑回来，后来埃尔金顿先生也飞快地跑回来，但那头大狮子却再也没回来。"

那头大狮子再也没回来。那天晚上它杀害了一匹马，接下来的晚上它杀害了一头阉牛幼崽，然后又杀害了一头产奶的牛。

最后它被抓住，关进了笼子。日出时分它却并没有被行刑队带到约定的地点。它度过了数年笼中岁月，在它带着自制力享受自由的时光里，可能从未预见到这样的情形。

人类的思想似乎憎恶对自然天性的抑制，却要用人的标准来限制更为本真的动物天性，有时这显得毫不合理，而且相当怪异。

帕蒂活了下来，人类和它面面相觑，这景况一直持续到它变成一头很老、很老的狮子。吉姆·埃尔金顿去世了，埃尔金顿夫人是真心喜爱这头狮子的，但情况超出了她力所能及的范围，也超出了帕蒂的控制范围。她让管理德拉穆瑞爵士产业的男仆朗射杀了它。

处决执行者的选择本身就是对帕蒂的致敬，因为没有人比朗更热爱、更懂得动物，也没人会比他瞄得更准。

但结局对帕蒂来说并无差别。它的生与死都并非出自它的意愿。它曾是头好狮子。谁会因为它的一个错误而为它盖棺定论？

我依旧保留着它的牙齿和利爪留下的伤疤。但现在它们都已经微小，几近被遗忘。我也不能因帕蒂有过的光辉岁月而嫉妒它。

第六章
大地寂静

恩乔罗的农场广阔无垠，但在我父亲开垦之前那里并没有农场。他在一无所有之中创造出了一切：一切农场所需。他开垦丛林与灌木，利用岩石地与新土壤，依靠阳光与暖雨。他付出辛劳、拿出耐心。

他不是个农民。他买下这片土地是因为它廉价却肥沃，还因为东非是片新兴的土地，站立其上，你能感觉到它的未来。

刚开始的时候它是这副模样：绵延的土地，有一部分是开阔的山谷，但绝大部分覆盖着高高的树木，有雪杉、黑檀木、木薯、柚木和竹子，它们的枝干隐藏在蔓延数里的植被中。这些植被离地有十二至十五英尺高，只有当它们被斧子砍下，然后被荷兰人整日用皮鞭管教的公牛们拖走，你才能看见树冠。

一群叫做旺得罗波的人住在这片丛林里，并以弓箭和带毒的标枪狩猎其间，但他们从未威胁到我们和父亲的工人们。他们不是好勇斗狠的人，只是隐藏在茂密的藤蔓、树林与灌木后面，看着斧子起落和公牛群来去，然后向丛林更深处迁徙。

当农场的存在渐成定局，最初几间茅屋门前的土地被踏平，狗儿们在阳光下伸着懒腰，一些旺得罗波人会走出丛林，用黑白相间的疣猴皮交换盐、油与糖。疣猴皮可以编织成柔软的毯子，用来铺在床上。后来疣猴不再轻易能捕猎得到，农场也已初具规模，但就算时间过去许久，我依然记得那些老旧磨损的毯子。

那时候，有成千的卡韦朗多人和基库尤人在农场上干活，而不再是十几个、二十个；那时候有数百头公牛，而不是寥寥数只。丛林退却了，像个值得敬佩的敌人那样带着决绝的自尊。数个世纪以来，只在原野上存在的岩石和灌木被清除干净。小屋变成房子，小茅屋变成马厩，牛群在草原上开辟出自己的小路。

父亲买了两台旧蒸汽发动机，安装上为磨坊提供动力。好像这世间别处从未有过磨坊，全世界所有的玉米都在等待被研磨，所有小麦都为被磨成面粉而存在。

你可以站在小山顶，俯瞰通往堪皮亚莫托的泥土路，那里的玉米长得非常高大，再高的人走在玉米地里都像是小孩。你还能看见一长溜儿的货车，每一辆都由十六头公牛拖着，上面装满运往农场的谷物。有时候，货车之间跟得非常紧，整体看来好像纹丝不动。但在磨坊门口，你会发现它们不曾有片刻停顿。

磨坊一刻不停地运转，卡韦朗多族工人将重重的货物卸下，把粗糙的谷物磨成细腻的黄色粉末，然后重新装车，他们从清晨忙到天黑，有时入夜还有工作，像著名芭蕾舞团里的替补队员，配合着蒸汽和磨盘的节奏。

农场上所有的产出——面粉、粗玉米粉，几乎都卖给政府，用来供给建设乌干达铁路的工人。

随着铁路不断延伸（从蒙巴萨到基苏木），它显得相当不错，但它在创建之初却并不顺畅。二十世纪末期，这条铁路上的列车都怕在夜间发车，而且理由充分。铁路经过的区域狮子猖獗，若任何乘客或工程师敢不携带武器在偏远的车站下车，那么他们不是胆识超群，就是想自寻死路。

一九〇二年左右，电报线路随火车通到了基苏木——或者说原本打算通到那里。电线杆装好了，电线也装好了，但犀牛开始用它们庞大的身躯摩擦电线杆，并从中获得某种感性而悲情的乐趣。任何一只真正的狒狒都无法抵御在电线上晃荡的乐趣。成群的长颈鹿觉得跨越铁路颇有益处，但不愿屈尊低头去迁就白人入侵者设立的金属线。结果，许多在蒙巴萨和基苏木之间往返的电报线路都被阻断，所有内含玄机的点与线最终都凝结在悬挂于非洲长脖子的金属线上。

父亲用卖面粉和玉米粉赚的钱又买了两台旧火车发动机，装上滑轮组，就此开创了英属东非第一个颇为重要的锯木厂。

同时，原本居住在泥屋里的拓荒者开始用雪松盖房子，用厚木板搭建带顶棚的马厩，地平线上出现了新的色彩和景象。成千捆木材从农场送到那两台来自乌干达铁路的小型发动机的燃烧室内，夜晚，锯木厂里缓慢燃烧的巨大锯末堆就像喷发的火山，只是因为相距遥远而显得矮小。

我们的马厩从寥寥几间变成长长的回廊，纯种马也从两匹增加为十二匹，后来又变成一百匹，那时父亲已经重拾他不曾更改的旧爱：马。我也第一次爱上了马，并从此再无法忘怀。

关于恩乔罗农场的记忆也是如此。

我喜欢站在我们最初拥有的那几间小房子前的空地上，深广的穆阿森林就在我的身后，荣盖河谷从我脚趾尖流淌而下。在晴朗的日子里，我几乎可以触碰到梅加南火山口焦黑的边缘，手搭凉棚，就能看见覆冰的肯尼亚山顶，还能看见利亚基皮亚悬崖后的萨提玛峰在日出时分变成紫色。这时，雪松和新砍伐的桃花心木的味道会和荷兰人在公牛头顶挥动皮鞭的声音一同传来。有时，马夫会在工作时唱歌，母马和幼马整天都会在牧场上嬉戏吃草，鼻腔发出绵长的声响，马蹄踩得马厩里厚厚的干草沙沙作响。不远处，种马，骄傲的贵族，在更宽敞的马房内悠闲地踱步，因得到从不间断的照料而长出坚硬流畅的肌肉。

但我们的农场并非恩乔罗唯一的农场，才华横溢的德拉米尔阁下，以无限的精力对肯尼亚能形成如今的面貌发挥了重要影响，他是离我们最近的邻居。

他的地盘叫做"赤道农场"，因为赤道穿过农场一角。它的总部是几间茅草小屋，紧邻穆阿悬崖的山脚而建。

后来，德拉米尔凭借他的胆略与决心、强硬脾气与温柔魅力，以及远见卓识与对他人意见的不屑一顾，让这些茅草屋成为英属东非领地的模范农场，甚至差点成为一个小型封建领地。

德拉米尔有两大爱好：东非与马塞人。对这片土地，他付出了天赋、绝大部分财产和全部精力。对马塞人，他给予帮助和理解，不受"白人文明丝毫不需向黑人学习"这样的偏见影响。他尊重马塞人的精神、传统、强健体格，还有他们对牛的了解，这是他们除了战争之外唯一在乎的东西。

他和他们说话时，态度像对待他的同辈一样郑重；他朝他们发火时，就像他有时对待他的下属、政府官员一样目中无人。有一次他曾对总督动过怒。

德拉米尔的个性像被切割的宝石一样，拥有许多面，但宝石的每一个琢面都闪烁着独特的光彩。他的慷慨颇有传奇色彩，他有时毫无缘由的大发雷霆也同样如此，他挥霍无度：不管是自己的钱还是借来的，但他从不在自己身上花半分，而且他在任何细微之处都坦诚无私。他以漠视的方式抵御身体的疲惫，但他一生中绝大多数时候都疾病缠身。对他来说，世间没有东西比农业与英属东非的前景更为重要——如此说来，他是个严肃的人。然而，我时常目睹他的快乐与偶尔的肆意，只有兴高采烈的学童才能与他一较高下。德拉米尔的相貌和偶然的举动就像恶作剧的小妖怪帕克，但那些胆敢在太岁头上动土的人会发现他的本性与其说是反复无常，不如说是类似吸血鬼伯爵德古拉。

在我学会飞行前的最后几年里，曾在索伊桑布^①帮他管理马场，那时我还不知道自己会愿意从事除调教马匹之外的其他工作。但我对他，或者说对他在保护区的工作，因为小时候和第一任德拉米尔夫人熟识而颇有了解。

我只和父亲一道住在恩乔罗的农场，从某方面来说，她是我的养母。有段时间里，我去赤道农场拜访德夫人的日子屈指可数。在我记忆中，她对我幼稚的问题总是很了解，给过我很多好的建议。

德拉米尔阁下面对艰巨任务时的决绝意志被人尊敬并牢记——最终他会战胜所有困难。而德拉米尔夫人，那些认识她的人认为，她最艰巨的任务或许就是耐心忠诚地辅佐丈夫的雄才大略，而不是彰显自己的天资。如果说德拉米尔阁下是东非开拓者中的冠军（他也确实当之无愧），那么他的诸多成就与自身的天赋都要归功于德拉米尔夫人的奉献和她的战友情谊。

就这样，两个农场在恩乔罗安家——德拉米尔家的农场和我父亲的农场，尽管看不见彼此的小屋，但它们并肩站在赤道山脉的暗影下，等待着东非的成长。

马夫统领怀尼纳在每天清晨敲响马厩的钟，这沙哑的钟声唤醒了农场。荷兰人开始把牛套到车上，马夫拿过了自己的马鞍，磨坊的发动机开始冒蒸汽。挤奶工、放牧人、羊倌、猪倌、

——————————

① 索伊桑布，肯尼亚自然保护区。

园丁和仆人揉着眼睛，嗅着天气的味道，快步向各自的岗位进发。

在平常日子，布勒和我也是他们中的成员。但在狩猎的日子里，我们在钟声敲响、公鸡在篱笆上展翅之前，就溜了出去。我有些课要上，有些课要逃。

我记得有这样的一天。

一大早，睡梦中的布勒在我床边的泥地上打着滚，它和往常一样，和我一起住在泥屋里——同住的还有吵闹鸣叫的无数昆虫。

我挪了挪身子，伸了伸懒腰，睁开眼睛透过没装玻璃的窗户远眺利亚基皮亚悬崖上的那块平地，然后起床。

水桶里的水泼在脸上很冷，因为东非高原上的夜晚很冷。绑在腰上的生牛皮腰带硬邦邦的，"丛林人之友"短刀的刀刃则显出"生人勿近"的架势。甚至我那把马塞长矛，尽管肯定拥有自己的生命力，但也显得僵硬顽固。它的铁尖躲在一丛黑色鸵鸟羽毛中，看上去像块了无生气的石头。清晨依旧是黑夜的一部分，颜色是灰的。

我拍了拍布勒，它摇晃着粗尾巴，表示它知道该保持安静。布勒是我一切罪行的同谋。它是恶搞以及很多别的事情的行家里手，我从没有过，也从没听说过还有比它更聪明的狗。

它对我忠心耿耿，但我从未觉得它是条感性的狗，或是那种适合出现在赚人热泪的感人故事中的"忠犬"。它太粗野，太强壮，也太好斗。

它是斗牛梗和英国牧羊犬的混血，混得很彻底，以致外表居然不像其中任何一种狗。它的下颚突出，但肌肉结实发达，就像古波斯石头浮雕上的那些美丽猎犬。

它对生活抱着怀疑态度，黑白相间的毛皮上那些长短不一的半月形伤疤记录了它光辉的战斗史。它会为任何值得争取的东西而战斗，如果暂时没有符合这类要求的东西出现，它就捕杀猫。

我父亲曾抱怨说，每当布勒因为这种行为受到责打时——它时常挨揍，它就认为惩罚也是屠杀猫咪行动中不可避免的风险，所以当我们希望通过责罚来纠正它的错误时，受惩罚的却反而像是我和父亲，反正不是布勒。

有天晚上，一头豹——无疑是猫科动物中精挑细选出的复仇者，蹑手蹑脚地穿过敞开的门走进我的小屋，将布勒从我床头劫持走了。布勒的体重超过六十五磅，而且身上绝大部分都是配合默契的进攻型武器。第一回合较量中发出的声响和怒吼有时依旧会在我耳畔响起。但攻击者占了上风。还没等我从床上爬起来，狗和豹已经消失在没有月光的夜色中。

父亲和我拿起一盏防风灯，就着防风灯的亮光沿血迹跟踪到树林里，最后血迹消失了，我们失去了方向。天亮的时候我再次出发去寻找，才发现了奄奄一息的布勒。坚硬的头骨和下颚都被刺穿。我跑去寻求帮助，用帆布做的担架将它抬了回去。

经过十个月的漫长休养，它康复了。除了有点不够对称的头颅外，它还是以前的那个布勒，而对猫的捕杀也从消遣升级为例行公事。

至于那头豹，第二天我们设陷阱捕获了它，但它已经失救。它没有了耳朵，仅剩下部分喉管，美丽的眼睛里流露出深深的幻灭感。据我所知，对布勒来讲也是一样，它是第一条被猎豹捕捉后，还能活着回味那一幕的犬类。

布勒和我一同溜到小屋和食堂之间的空地上。真正的黎明还没有到来，但太阳已经苏醒，天空正在改变颜色。

我偷偷瞥了一眼父亲的小屋——它就在我小屋的附近，看见一两个马夫已经准备打开马厩的大门。

"快乐战士"的马房外头已经有了一堆肥料，说明马夫已经来过。这也意味着我父亲随时都会出来，派第一组赛马出去进行早锻炼。要是他看见我手里的长矛、身后的狗和别在腰间的短刀，他一定不会相信我正全神贯注地想着"英语语法基础""实用算术习题"，他会推算，英明神武地推算，布勒和我正要去附近的纳迪人村庄，和纳迪武士一起去打猎。

但我们对这个游戏了如指掌。我们快步穿过家里的那些小屋，藏到小马驹的马房后面，等时机成熟，再匆忙跑过蜿蜒的小路，这条路是我们和土著的脚步踩出来的，完全被高而枯的野草遮盖。天色尚早，草上沾着重重的晨露，湿意掠过我裸露的脚踝，渗进布勒的皮毛中。

我摇晃着跳跃起来——那是纳迪武士和马塞武士采用的蹦跳式步伐，逐渐接近村庄。

村庄四周环绕着一道荆棘做的防兽栅栏，差不多有牛的肩胛骨那么高。樊篱内，有些看来更是从地底下长出来而不是盖上去的小屋，围成一个圈。它们的墙壁是用从森林里砍伐的圆木做的，一根根竖直摆放，缝隙中则塞满泥土。每间小屋都有一扇门，门矮得只有爬行才能通过，没有窗户。炊烟透过茅草屋顶袅袅上升，在没有风的日子里，如果从远处望来，村庄就像是草原上正在熄灭的火堆，上方缭绕着最后一丝烟尘。

门前以及围在栅栏外的泥土都很平坦，被人、牛、羊踩得硬邦邦的。

我和布勒一走近栅栏，一群混血的狗就摇着尾巴朝我们飞奔过来，有些还会不停地吠叫。布勒像平常一样向它们致意，带着傲慢的冷漠。它太了解它们了。成群的时候它们是狩猎好手，但单独行动时却像土狼一样懦弱。我叫着它们的名字，平息愚蠢的咆哮。

我们正站在武士首领的小屋前，一场纳迪族的狩猎即将开始。即便规模很小，也不能有喧哗或懈怠。

我将长矛的钝尖插在地上，站在它旁边，等待着门打开的那一刻。

第七章
为公牛血而赞美神明

埃拉·迈纳双手捧起盛着血与凝乳的葫芦瓢，仰望太阳，低声吟唱：

"感谢神明赐予公牛血，强健我们的身躯；感谢神明赐予母牛奶，温暖我们爱人的胸膛。"

然后他大口灌下瓢内的血与奶，打嗝声从肚子里翻滚而上，回荡在清晨的寂静里。我们站在这片寂静中，等待迈纳完成这项仪式，这是狩猎前的仪式，也是纳迪人的传统。

"感谢神明赐予公牛血！"我们在村落前齐声说道，然后继续等待。

吉布塔拿来了葫芦瓢，交给迈纳、埃拉·科斯基和我。但她只看着我一个人。

"纳迪战士们的心像石块般坚硬，"她轻声说，"而他们的腿像羚羊般敏捷。我的姐妹，你哪来的力气和胆量，要去跟他们一起狩猎？"

吉布塔和我年纪相仿，但她是个纳迪人。如果说纳迪族男子像顽石，那么他们的女子就像草叶，羞怯而温柔，只做女人的份内事，从不去打猎。

我低头看着吉布塔身穿的那块长过脚踝的兽皮，她走动的时候，那兽皮就像塔夫绸一样窸窣作响。而她则低头看着我的卡其布短裤和裸露在外的竹竿腿。

"你的身体和我一样。"她说，"和我差不多，并不强壮。"她转过身去，目光避开男人的身影，因为这也是规矩。然后，她像只小鸟似的偷笑着快步走开了。

"公牛血啊……"迈纳说。

"我们准备好了。"科斯基从刀鞘中抽出长刀来，试了试刀锋。刀鞘是皮革做的，染成了红色，别在饰有珠子的腰带上，腰带让他的腰身更显柔韧纤细。他试过了刀锋，将刀放回刀鞘中。

"以我母亲神圣的子宫起誓，我们今天要杀野猪！"

科斯基举着盾牌和长矛跟在迈纳身后，我则跟在他的身后，手里握着自己的长矛：看起来还是簇新的，一尘不染，重量要比他们的矛轻些。布勒跟在我后面，既没有矛也没有盾，但有一颗猎手的心，以及可当作武器的利齿。任何狗都不能和布勒相提并论。

我们离开村落的时候，第一道阳光正投射在屋顶上，牛群、山羊、绵羊正沿着小路缓步走向广阔的牧场。肥胖而娇生惯养的牛，都交给还没接受过割礼的男孩子照顾。

成年母牛、小公牛和小母牛们，有水汪汪的棕色大眼睛，湿润而友善的鼻子，黏答答的口水滴在我们的脚上。迈纳举起盾牌，将这些蠢牛的脑袋推到一边。

还有山羊尿刺鼻的味道，牛皮中渗透出的温暖而舒心的芬芳，以及正照射在迈纳和科斯基修长的肌肉上的阳光。

有整天的大好时光在我们面前，有整个世界等着我们去狩猎。

迈纳把简单的仪式忘在了脑后，不再严肃。每当科斯基和我因为踩到小路上的牛粪而脚底打滑时，他就哈哈大笑，还对一头正忙着刨土的黑色大公牛挥动长矛："照顾好你的族群，看你今年还敢不敢拿一头不孕的母牛来侮辱我！"

但大多数时间里，我们只是沿着茂密穆阿丛林边上唯一的小径静静地赶路，绕向北面，走进荣盖峡谷，谷底就在我们脚下一千英尺的地方。

暴雨停止已经八个星期了，河谷中的草长到人的膝盖高，农田里麦穗开始成熟。俯瞰山谷，就像一块染了红褐色、黄色和金棕色的大床单。

我们沿小路前进，那路现在几乎看不见了，在酸楂树叶的清香里，我们快速转身，谨慎地避开刺人的荨麻和长刺的树木。布勒紧紧跟在我后面，身边是成群的当地土狗。

前往山谷的半路上，一群鹧鸪从草丛里飞了起来，喧闹地盘旋着飞向空中。迈纳条件反射般举起长矛，科斯基的肌肉也瞬间紧绷。看着他们的样子，我刹住脚步，屏住呼吸。所有猎人都会有这样的自然反应——警讯出现后聆听。

但什么都没发生。迈纳轻轻放下长矛，科斯基的肌肉放松下来，布勒再次摇晃它的粗尾巴。我们继续前进，一个跟着一个，和煦的阳光将我们的身影织成花纹，投射在林间。

热气从山谷中升腾而起，迎接着我们。有蝉鸣，还有如风中花瓣般扑闪翅膀的蝴蝶，与我们擦身而过，或是徘徊在低矮的灌木丛中。只有能在日光下安全现身的小生物才敢移动。

我们又走了一英里，直到布勒用凉凉的鼻子顶了一下我的鼻子，然后它快速地超过我，超过两个猎手，警觉而一动不动地挡在路中间。

"停下，"我悄声说着，把手搭在科斯基肩上，"布勒嗅到了什么。"

"我认为你说得对，莱克威 ①。"科斯基马上命令那群土狗蹲下。在这方面它们都受过训练。它们瘦长的身子紧紧贴着地面，竖起耳朵，几乎一口气都不喘。

迈纳感觉到要随时采取行动，开始放下他的盾牌，左手的手指依旧触摸着把手上磨损的皮革，他的双腿还弯着。正在这时，一头非洲小羚羊在五十码开外的地方跃到半空。

我看见科斯基的身躯像弓一般弯曲，飞速将长矛举过肩头。

———————

① 科斯基对柏瑞尔的称呼。

但他还是晚了一步，迈纳的长矛在空中闪过一道银色弧线，尖锐的矛尖深深刺进小羚羊的心脏部位，它应声倒下。它还未来得及落地，迈纳就已经挥手将它解决。

"太棒了！我们的头领比飞驰的箭更迅速，比猎豹更有力！"

科斯基赞美着迈纳，跑向倒地的羚羊，从刀鞘中拔出长刀开始屠宰。

我看着迈纳瘦长手臂上那匀称平滑的肌肉，看不出它们会蕴藏如此巨大的力量。迈纳和科斯基一样，身材像嫩竹一般瘦而高，他的皮肤像微风吹拂下的木炭一般闪着光亮。他的脸年轻而硬朗，却又蕴藏柔和的气质，而且充满对生命的热爱：爱狩猎，爱自己的力量，爱他那把长矛的美丽与功用。

长矛由易于弯折的钢制成，这是用他自己部落中的金属锻造出来的。但长矛的意义不仅于此。

对每个纳迪战士来说，长矛象征着他们的男子汉身份，和肌肉一样是身体的一部分。长矛象征着他们的信仰，没有它，他们什么都得不到：没有土地、没有牛、没有妻子，甚至没有荣誉。直到他接受割礼的日子到来，同族的男男女女像野草种子一般从四处汇集起来，站在族人面前，他宣誓效忠于他们，以及他们共同继承的财富。

他从智者手里接过长矛，紧紧握住，从此以后，只要他的手臂还有力量，他的眼睛没有被岁月的云雾遮蔽，他就会一直握着它。长矛代表了他的血统，只要拥有它，他就在瞬间变成了男人。

拥有长矛，从此牢牢掌握它。

迈纳将左脚踩在羚羊身上，小心翼翼地拔出他的长矛。

"我不清楚，但可能刺到骨头了。"他说。

他用染血的手指滑过武器锐利的边缘，唇角随即扬起淡淡的微笑："老天保佑，没有磕出缺口！"他俯身拔一把草，将血迹从光亮、温热的铁器上抹去。

科斯基和我已经用"丛林人之友"短刀为羚羊剥皮。没有时间浪费，因为真正的捕猎野猪行动尚未开始，但羚羊肉可以成为狗群的美食。

"阳光已经照到山谷了。"迈纳说，"如果我们不赶紧，野猪就会像风滚草一样四散开的。"

科斯基将手指伸进羚羊的胃下面，将它从骨架上扯下来。

"拿着，莱克威。"他说，"帮我把内脏拿出来喂狗。"

我拿着果冻般滑腻腻的胃，跪在羚羊身边。

"迈纳，我还是不明白，从你站的地方怎么能及时掷出长矛？"

科斯基笑了。

"他是纳迪战士，莱克威。而一个纳迪战士掷长矛的时机必须永远准确。如果不这样，哪天一头危险的动物就可能比矛还快。那时候，姑娘们不仅不会为他的死悲伤，反而会大笑着说，他该和老人一起待在家里！"

迈纳弯腰从剥光毛皮的羚羊身上割下一大块肉，将它递给我，要我给布勒。他和科斯基把剩下的都留给了狗群。

布勒走到距离屠宰地几步远的地方，将它的奖赏放在一小片树荫下，对它那些不顾仪态的近亲露出不屑一顾的神情。它在用只有我才听得懂的语言清楚地说（还带着点斯瓦希里口音）："以我斗牛梗先辈们的高贵血统起誓，这些动物的举止真像是野狗！"

"现在，"迈纳从羚羊残骸旁站起身来，"我们该为打猎做准备了。"

这两位纳迪战士披着赭黄色的条纹布料，在肩膀上打一个结后，松垮地垂下来，看起来有点像罗马的宽松长袍。他们解开肩膀上的结，仔细地将布料缠在腰上。站在阳光下，他们背上的肌肉在黑黝黝的皮肤下鼓动着，如同水流过岩石河床，扬起波纹。

"谁能穿着衣服自在行动？"科斯基一边说着，一边帮迈纳绑好固定发辫的皮带，"谁见过羚羊奔跑的时候穿着碍手碍脚的破布头？"

"可不是吗。"迈纳笑着说，"科斯基，我觉得你有时候就像头疯癫的山羊一样喋喋不休。太阳已经升高，山谷还在我们下面——而你还在和莱克威扯什么穿破衣服的羚羊！拿起你的矛，我的朋友，我们走。"

我们依旧排成一排，迈纳带头，接着是科斯基、我、布勒，我们朝山谷跑去。

万里无云，阳光笔直地照在平原上，热气从山谷中升腾，如同没有颜色的火焰。

赤道正穿过荣盖山谷附近，即便身处海拔这么高的地方，我们脚下的土地依旧滚烫，犹如还未熄灭的灰烬。偶尔有风吹过，将高大如玉米秆的野草吹弯。除此之外，山谷中再没有任何动静。蚱蜢的鸣叫已经停止，鸟群在天空中悄无声息地失去了踪影。这里是太阳的领地，没人敢觊觎它的位置。

我们在露出地面的一块红色盐碱地前停下脚步。记忆中，我从未见过任何盐碱地像这块一般无人问津。通常，它四周总是聚集着飞羚、黑斑羚、狷羚、大羚羊，以及十几种更小型的动物。但今天这里却空空荡荡。这就像你曾九十九次目睹市场的人气和喧嚣，但在第一百次时，却发现它空无一人，甚至都找不到人来问明缘由。

我将手搭在迈纳手臂上："迈纳，你怎么想？今天为什么没有动物？"

"安静，莱克威，不要动。"

我将长矛插在泥里，注视着两个纳迪武士像树般一动不动地站着。他们的鼻孔张开，耳朵对一切动静保持着警觉。科斯基的手紧紧握着他的长矛，像鹰爪紧抓着树枝。

"这景象真古怪。"迈纳喃喃低语，"盐碱地旁没有动物！"

我忘了布勒的存在，但布勒没有忘了我们，尽管两个纳迪武士见多识广，但它对这种事情还是了解得更多。它从我和迈纳之间的空隙挤过去，湿润的鼻子贴着地面。它背上的毛变硬，颈后的毛直直竖起，接着它颤抖起来。

我们本该开口说什么，但我们没有。布勒以它的方式更清楚地表达了一切。它不发一言，却已经用清晰的口吻说出："狮子。"

"别动，莱克威。"科斯基朝我走近。

"镇定，布勒！"我对狗轻声说，试着安抚它逐渐高涨的好斗情绪。

我们的目光跟随着迈纳的视线，他正凝视着盐碱地边缘不远处的一处沟渠，那里覆盖着草丛。

站在沟渠里的狮子并没有被迈纳的凝视吓住，也没把我们的人数放在眼里。它悠闲地甩动着尾巴，穿过稀疏的草丛也凝视着我们。它的姿态在说："这里我说了算。如果你们想干一仗，那还等什么呢？"

它慢慢走上前来，尾巴摆动得越来越快，炫耀着它浓密的黑色鬃毛。

"啊！糟糕了！它很生气——想要进攻！"迈纳低声说。

不管多快，也没有动物能比几码开外的狮子进攻时更快。它比你的思维还快：你永远都来不及逃跑。

我紧张的手感觉到布勒的肌肉不停绷紧、放松，怒气如波涛般汹涌。布勒快失去理智了，如果不对它加以控制，它会带着自杀式的英勇冲向狮子。我的手指伸进它的毛皮，紧紧攥住它。

迈纳的样子变了。他的面容换上了愠怒、傲慢的神情，方正宽阔的下颚前伸，眼睛梦幻般蒙眬，镶嵌在闪亮的高颧骨上方。我看见他脖子上的肌肉鼓胀起来，就像发怒的蛇一样。他的唇角还开始出现点点白色的泡沫。他被动但坚决地瞪着狮子。

最后，他举起了盾牌，好像只为了确定它还在手中。握着长矛的手垂在身侧，似乎在积聚所有力量，应对不时之需。

他知道，如果狮子发动进攻，他和科斯基的技艺应对起来将绰绰有余。但在这之前，我们中起码有一人肯定会被杀死或是重伤。迈纳不仅仅是个武士，还是武士的首领。他的思索必须和他的战斗一样多。他必须精通谋略。

见他保持静止，回瞪着狮子，我知道他有了行动计划。

"观察它的眼睛，"他说，"它努力思考着很多事情。它相信我们也在想着同样的事。我们必须向它表明，我们和它一样无所畏惧，但它想要的东西，却不是我们想要的。我们必须带着勇气，坚定地走过它身边。我们必须用大笑和高声谈话来藐视它的怒气。"

科斯基的眉头上布满细细的汗珠，他的脸上闪过一抹笑意。

"是的，没有错！狮子会想很多事情。我也想很多事情，莱克威也一样。但你的计划很好，我们试一下吧。"

迈纳将脑袋扬得更高一些，稍稍转过一点角度，确保狮子在他视线范围之内。他将一只有力的脚踩到另一只前面，坚定地走着，就像走在树干做成的独木桥上。一个接一个，我们跟在他身后。我的一只手依旧攥着布勒的脖子，但科斯基让我和狗走在他前面，让我走在两个纳迪武士之间。

"紧紧跟着我，莱克威。"迈纳的声音很焦虑，"见不着你总让我为你担惊受怕。"

科斯基突然爆发出一阵大笑。

"有个故事说，一头犀牛需要一根针，帮它的丈夫缝衣服……"他开始说起来。

"于是它就问豪猪借了一根……"科斯基接着说。

"然后它吞了下去。"我截下话头，"这个故事我已经听过了，科斯基！"

纳迪武士笑得更大声了："但或许我们的狮子朋友没听过呢？看看它，它正听着呢。"

"但它没有笑。"迈纳说，"我们走，它也走，越来越近！"

狮子走出了沟渠。现在，我们能看见它守着一具羚羊的尸体。它的前肢、下颚和胸腔都沾着鲜血。它是个孤独的猎人——个人主义者，一个寂寥的掠食者。它的尾巴已经停止摆动，它偌大的脑袋转动着，频率正和我们的脚步吻合。强烈的狮子气息袭来，带着肉腥，浓郁刺鼻，几乎无法形容。

"吞下刺后……"科斯基说。

"安静。它开始进攻了！"

我不记得迈纳和狮子谁移动得更快。我相信一定是迈纳更快。我觉得纳迪武士在狮子扑过来之前就预料到了它的意图，正因为如此，这是一场关于意念而非武器的战斗。

像弹弓中发射的石块一般，狮子从沟渠的边缘冲了过来。然后又像同一颗石子撞到城墙一般，它停了下来。

迈纳左膝跪地，他身边是科斯基。两人都举着盾牌和长矛，他们的身躯不再是肉身，而是战争机器，纹丝不动，精确而冷酷。布勒和我蹲在他们身后，我的长矛蓄势待发，握着长矛的手不是因为阳光，而是因为兴奋和怦怦的心跳而发烫。

"安静，布勒。"

"不要动，莱克威。"

狮子停了下来，停在距离迈纳牛皮盾牌几步远的地方，紧盯着迈纳在盾牌上端挑衅他的目光，尾巴像钟摆般晃动着。那一刻，我觉得连草丛中的蚂蚁都停下了手里的活儿。

接着，迈纳站了起来。

我不清楚他是如何知道哪一刻会是适当的时机，也不清楚他怎么知道狮子会同意休战。他带着纳迪武士十足的孤傲，决定放下盾牌，尽管只是稍稍放低了，然后站起身来，不再摆出战斗架势，用潇洒的漫不经心向我们示意。但不管怎样，狮子都没有再动。

我们离去时，它粗重的尾巴扫着草丛，皮毛上的血迹正渐渐干涸。它正思考着很多的事情。

我感到失望。我们继续朝我们知道有疣猪的地方前进。过了很久，我还在想，要是狮子朝我们进攻该多好；当它朝两个武士的盾牌爬行时，我能将我的长矛刺进它的胸腔该多好；他们后来会说"要不是有你，莱克威……"那该有多好！

但那时，我太年少无知了。

我们一直跑到莫洛河边。

这条河发源于穆阿悬崖，一路蜿蜒而下到山谷，作为报答，它孕育了无数生机：灌溉了树冠如云层般宽广的含羞草树、长长的藤蔓，还有阻挡了阳光的藤本植物，使河岸两边宜人而幽暗。

河岸上的泥土很湿润，留下了动物的脚印。它们在清晨沿着纵横交错的小路前来喝水，在空气里留下身体和粪便的味道。河边的森林狭长而凉爽，回荡着颜色缤纷的鸟类的歌声，挤满了不喜欢阳光的明艳花朵。

我们放下武器，在树下休息，用手当杯子，喝着凉爽的水。

迈纳在河边抬起头来，温和地笑着。"我的嘴巴像灰烬一样干，莱克威。"他说，"但说实话，这水真比吉布塔精心酿的酒还甜！"

"是更甜，"科斯基说，"而且在这当口上，更招人喜欢。我向你保证，我的胃渴得都快发酸了。"

迈纳看着我，大笑起来。

"莱克威，他说，渴得发酸！我看，是因为在盐碱地遇见狮子才酸吧！人的勇气住在胃里，有时也会开小差——那时候，胃就变酸了！"

科斯基在乱草丛中摊开四肢，露出雪白的牙齿。"话在人的脑袋里，"他回敬道，"但有时它很寂寞，因为有些人的脑袋里没什么好与它做伴的，所以话就从嘴巴离开了。"

我和他们一起大笑，舒适地将肩膀靠在树干上，透过森林的缝隙，仰头看着一只低飞的秃鹫。

"迈纳，你知道吗，我讨厌这种鸟。它们翅膀张开的时候，就像无数的小蛇。"

"你说得没错，它们是恶兆的产物——死亡的送信人。因为太懦弱而不敢自己捕猎，只吃别人猎杀的腐肉就觉得心满意足。"迈纳啐了一口，好像说完某些令人不快的事情要漱口一样。

布勒已经和土狗一起跳进河里，在河边凉爽的黑泥里打滚。现在它回来了，光滑而泥泞，浑身滴着水，无比欢快。它走到两个纳迪武士和我跟前，才开始着了魔似地抖动身体，我们将水和泥浆从脸上抹掉时，它站在一边挥动粗尾巴。

"它用这种方式开玩笑啊。"科斯基看着自己溅了污渍的袍子，说道。

"它也用这种方式告诉我们该出发了。"迈纳说，"猎人躺在森林里，既吃不到东西，也捕不到动物。我们今天花了太多时间在不相干的事情上。疣猪还在等着我们呢。"

"说得对，"科斯基从草地上站起来，"疣猪还在等着我们呢，是谁这么没礼貌，让人家干等？当然不是布勒啦。我们得接受它的建议，速速动身。"

我们走上河岸，再次排成一线，穿越迷宫似的银灰色岩石和棕红色蚁丘。那些蚁丘的形状就像是巫婆的帽子、跪着的巨人或是没了枝干的树。有些蚁丘硕大无朋，比我们住的小屋还高，有的则只有膝盖高，它们无处不在。

"把它们找出来，布勒！"

不过布勒用不着我催促。它曾辨认出疣猪的藏身处，也知道该怎么做。它朝前跑去，甩着满身泥泞的土狗则跟在它身后。

我知道有很多动物比非洲疣猪更有威仪，但都没它勇敢。它是平原上的农夫，泥土中无聊的掘洞人。它是相貌平凡但勇气超群的卫士，护卫着自己的家人、住处和那布尔乔亚式的生活方式。只要受到威胁，它会不顾对方的身量与种类而与之搏斗。它的武器也相当平民化：弯曲的獠牙。它们尖锐、致命，但并不漂亮，主要用来挖土与战斗。

成年的疣猪比家猪更高一点，它的皮肤是泥土色，质地坚硬，长满鬃毛。它的眼睛小而无神，不能表露任何情绪，除了一种：怀疑。不了解的事物，它怀疑。怀疑的事物，它与之奋战。在骑师还在思考进攻策略时，它就已经跳到半空袭击马匹了。它有出其不意从洞里冒出来的本事，几乎无懈可击。

疣猪也擅长隐藏。它躲进舒适的小洞时（这些洞如果不说霸占，就是从食蚁兽那里借来的），尾巴会先进去。所以它从来不会因为毫无防备而被逮住。在等待好奇或粗心的猎物走进攻击范围时，它会用鼻子将一堆细沙垒在洞口，这沙起着烟雾弹的作用，当疣猪从地洞里冲出来时，总是带着遮天蔽日的沙尘。它懂得战略性撤退，却从不投降。如果猎犬不是沙场老手，如果猎手不是经验丰富，那么，流血的肯定不会只是疣猪。

当布勒和我们一起打猎时，我一直都记挂着这事。但要让它不走开，那是根本不可能的。这就像阻止一位天生的军人和他的战友一起行军，或是阻挠一位冠军选手完成一场可能让他受伤的比赛。所以布勒总是跟来，而我也总是担心。

它现在跑在前面，土狗跟在它身边。两个纳迪战士和我围成扇形尾随其后。

我们最先发现的疣猪踪迹是一头被草丛中的土狗吓得尖声大叫的疣猪崽，紧随这叫声，仿佛是全非洲的疣猪崽都开始尖叫，混杂一片，音量不断升高，震耳欲聋。这些小猪受到了惊吓，四处逃窜，就像见到了大花猫的老鼠。它们竖着尾巴，穿梭在草丛里，好像许许多多的草也活了过来，加入了这场疯狂而有些欢快的舞蹈。但这舞蹈并没有看起来那么放肆，因为这些尖声叫喊不是没有意图或意义的，这对它们父亲警觉的小耳朵来说富有含义。它会带着凶杀的预谋到来。

它来了。我们谁都不太清楚它是打哪儿冒出来的。在一阵骚动中，迈纳面前的草丛突然像被镰刀一分为二，一头被愤怒冲昏了头脑、硕大无比的疣猪笔直朝迈纳冲去。

要是布勒没有在前面追赶自己的猎物，事情可能就会不同了。于是，接下来发生的事情，与其说是场悲剧，不如说是场闹剧。

那头公疣猪比一般的疣猪更大。体积越大越难对付。它们的皮更厚，就像靴子皮一样，长矛就算刺向它们的关键部位，也不能阻止它们。

迈纳已经准备好应战，正蓄势待发。公疣猪埋头冲过来，纳迪武士闪到一边，长矛一出手：疣猪便消失了，但它不是唯一消失不见的东西。在它身后，迈纳吐着飞扬的尘土，用纳迪语、斯瓦希里语诅咒着，两条土狗则跟在他身边——它们的视线和脚步都紧紧跟着迈纳那晃动的长矛柄，它的尖端牢牢刺进疣猪的肩胛骨。

科斯基和我开始跟着跑起来，但我们没办法边跑边笑，只好停下来观望。不到一分钟时间，狗、人和猪都已经跑向地平线，最后消失在地平线后面，像是在寻找伊索的四个了不起的剧中人①。

我们朝布勒刚才追的方向跑去，它低沉激动的叫声正有规律地传来。大约跑了三英里之后，我们看见它正在一个大洞边，它把猎物赶到了洞里。

---

① 这个说法借鉴了意大利作家皮兰德娄的名作《六个寻找作者的剧中人》，伊索是寓言作家，他作品中的主角主要是人与动物。

布勒站着，不声不响地死死盯住那个尘土飞扬的洞口，似乎希望那头疣猪蠢到会相信，要是没有狗叫，也就没有狗了。但那头疣猪不吃这一套，它要等时机对它有利时才出现。它和布勒都知道，没有狗能指望在进入一个有疣猪的洞后，还能活着出来。

"干得好，布勒！"和往常一样，看见它没有受伤，我松了口气。但就在我开口的时候，它改变了沉默的策略，更用力地摇着尾巴，不停叫着，想把疣猪从洞里驱逐出来，决一死战。

不止一次，布勒身体的每一英寸地方都被这种獠牙划出深而丑陋的伤口，但起码最近它已经学会不去攻击疣猪的头，因为那样做的结果对任何狗来说都是致命的。目前为止，我都能及时赶到冲突现场，用长矛刺中疣猪。但我不可能永远这么幸运。

我小心翼翼地挪到地洞的后面；科斯基远远站在另一边。

"要是我们有点纸可以塞进洞里就好了，科斯基……"

纳迪武士耸了耸肩膀："我们只好想别的办法了，莱克威。"

这听起来很愚蠢，可能也确实愚蠢，但常常在所有别的尝试都失败后，我们拿一张纸就能在疣猪做好准备前，将它骗到地面上。那时候的东非，纸张这样稀缺的东西并不是很容易找到，但要是我们有，总是屡试不爽。我丝毫不明白它为什么会奏效。把小木棍塞进去就从来都行不通，朝洞里吼也行不通，甚至烟熏都不行。我想，可能对疣猪来说，纸张的声音意味着毅然决然的挑衅：放到现在，或许跟喝倒彩的嘘声有异曲同工之妙。

但我们没有纸，我们试了各种办法，还是一无所获。最终，在布勒的蔑视下，我们决定放弃，去看一看迈纳那把消失的长矛有了什么新进展。

当我们正要离开让我们心灰意冷的场面时，科斯基的好奇心战胜了他的警惕心，他朝那漆黑的洞口俯下身去，而疣猪蹿了出来。

比起野生动物的袭击，那更像是一场爆炸。在一片飞扬的尘土中，我只能看清楚些零星片段：疣猪的尾巴、科斯基的脚、布勒的耳朵，还有长矛尖。

现在，我手里的长矛已经派不上用场了。要是我朝疣猪扔长矛，只会伤到狗或纳迪伙伴。它们乱成一团，无始无终，也没有空隙。混乱持续了五秒钟。然后疣猪从混乱中弹出来，像一块泥巴从旋风中飞出来，穿过蚁丘，消失了踪影。布勒则飞快地跟上了那块飞驰的泥巴。

我转向科斯基。他坐在自己的血泊中，他的右边大腿被刺穿，仿佛被长刀砍伤。他拉过长袍的一角按住伤口，站了起来。布勒的叫声越来越弱，在蚁丘林间回荡。疣猪已经赢了第一个回合，很可能会赢第二个回合，除非我加速赶去。

"你能走吗，科斯基？我必须跟上布勒，它很可能会被刺死。"

纳迪人的笑容里没有笑意："当然啦，莱克威！什么事都没有，除了我的愚蠢应得的报应。我会慢慢走回村庄，在那里处理伤口。你最好赶紧跟上布勒。太阳已经开始下山了。现在就去，快跑！"

我紧紧握住长矛的圆柄，拼尽全力奔跑起来。对我来说——我还只是个孩子，这是叫人气馁的经历。无数想法闪过我的脑际。我能保存足够的力气把布勒从公疣猪的獠牙下救下来吗？可怜的科斯基怎么回去呢？他会在路上失血过多吗？

我不停奔跑着，跟着布勒几乎听不清楚的叫声，还有沾在草茎上和渗进泥里的血迹。这不是布勒的血，就是疣猪的血，很可能两种都有。

"天啊，要是我能跑得再快点就好了！"

我必须一刻不停地跑。我的肌肉开始酸痛，我的脚因为被荆棘和大象草的叶片划伤而流血。我的手因为出汗而潮湿，在长矛的把手上打滑。我摔倒又爬起来，继续跑着，直到布勒的叫声越来越响，越来越近，接着再次消失了。

阳光正在消失，暗影像宽宽的栅栏一样拦在我的道路上。除了我的狗，什么都不重要。疣猪没有撤退，它引诱布勒离开我，也离开我的帮助。

血迹越来越浓，也越来越多。布勒的叫声变得微弱而不规则，但更接近一些了。有几棵树立在空阔处，高大、孤独、沉默。

叫声停止了，只能跟着血迹前进。怎么会有这么多血？我上气不接下气地跑着，在变幻的光线中，看见被压扁的灌木丛下有团东西在动。

我停下来。它又动了，这次显出了颜色：黑白相间，染满了血迹。它一声不响，但还在动，那是布勒。

我几乎没呼吸、没用力气就走过了最后的几百码距离，转眼间就到了灌木丛边，站在一大片血泊中。那头疣猪是我见过的疣猪中最庞大的，整整有布勒六倍大。它精疲力竭地坐着，布勒的肚子被撕开了。

那头疣猪看见我——又一个敌人，鼓起极大的勇气冲过来。我闪身将长矛刺进它的心脏。它向前摔倒，用巨大的獠牙刨着地面，最后一动不动地躺下了。我将长矛留在它体内，朝布勒转过身去，感到泪水涌上眼眶。

布勒被撕裂了，像只被屠宰的羊。它的右半侧身体从头到尾都血肉模糊，肋骨几近白色，像沾着血迹的手指。它看了看疣猪，又看了看跪在它身边的我，将脑袋垂进我怀里。它需要水，但到处找不到水，几英里以内都找不到。

"天啊，布勒啊，我可怜的傻布勒！"

它舔着我的手掌，我想它知道我无计可施。我不能离开它，因为阳光已经差不多隐没，夜里会有豹子出没，而且土狼只攻击伤兵和无助者。

"要是它能熬过今晚就好了！要是它能熬过今晚就好了！"

附近的山丘上有只土狼在嘲笑我的这个念头，但那是胆小鬼的笑声。我和布勒一起坐在灌木丛下，还有那头死了的疣猪，眼看着，夜晚就要降临了。

当光线消失，世界变得越来越广袤。一切边界与地标都消失不见。树木、岩石、蚁丘都开始失去踪迹，一个接着一个，在夜色神奇的斗篷下飞速失去踪影。我抚摸着布勒的脑袋，试着闭上眼睛，但就是无法做到。高高的草丛中有什么在移动，发出的声音像妇人的裙裾。布勒虚弱地翻了个身。山丘上土狼又狞笑起来。

我把布勒的头安置在草皮上，站起身，将长矛从疣猪身上拔出来。左边某个地方传来一个声音，但我无法分辨，只能看见一个静止不动的模糊形状。

我在长矛上靠了片刻，注视着那片虚无，然后回到荆棘丛边。

"莱克威，你在这儿吗？"

迈纳的声音像从树影下的岩石边流过的泉水一般冷静。

"我在这儿，迈纳。"

他很高大，赤身裸体站在我旁边，黑黝黝的。他的长袍缠在左前臂上，让他能快速奔跑。

"你一个人，你受苦了，我的孩子。"

"我没事，迈纳，但是我为布勒担心。我怕它可能会死。"

迈纳跪下来，用手抚摸着布勒的身躯。"它伤得很重，莱克威——伤得非常重，但不要太难过。我想你的长矛将它从死亡边缘救了回来，神灵会为此奖赏你。到半夜时分，月光亮起来，我们就带它回家。"

"我好高兴你能来，迈纳。"

"科斯基怎么敢把你一个人扔下？他背叛了我对他的信任！"

"别生科斯基的气。他也伤得很重。他的大腿被疣猪刺穿了。"

"他不是孩子了，莱克威。他是个武士，知道我不在，他本该更谨慎些的。拿回我的长矛后，我就回头来找你们。我跟着草上的血迹走了好几英里，然后我跟着布勒的叫声走。要是风势把方向弄错了，你现在还会是孤零零的一个人。科斯基没有脑子！"

"哎！现在这还有什么关系呢，迈纳？你在这里，我不是孤零零一个人。但我好冷。"

"莱克威，躺下休息。我会在这里守着，等光线够亮我们就出发。你很累了，你的脸都瘦了。"

他用长刀割了几把草，做成一只枕头。我躺下，紧紧搂着布勒。现在它已经失去知觉，血流如注。它的血湿透了我的大腿和卡其布裤子。

在远方，有一头刚醒来的狮子发出怒吼，吼声穿过寂静的夜色。我们倾听着。那是非洲的呼喊，带来不存在于我们脑海，也不存在于我们内心的记忆——或许甚至都不存在于我们的血液。它不属于这个时代，但它存在着，展示着一个我们望不到头的断层。

一道闪电划过地平线。

"我想，今天晚上会有暴风雨，迈纳。"

迈纳将手伸向黑暗，然后按在我前额上。"放松，莱克威，我给你讲个关于狡猾小野兔的滑稽故事。"

他开始很缓慢、很轻柔地讲起来："这只野兔是个贼……晚上它来到了牧场……它骗了母牛，对它说如果它移动，它的小牛就会死掉……接着它用后腿站立起来，开始吮吸母牛的奶……还有一只……"

但是，我已经睡着了。

第八章
你和我，一起玩耍

月色中，布勒被抱回家。它静静地躺了很久，除了脚爪前那一方泥土，什么都没办法看见。后来它终于能稍稍抬起头来，接着又能走路了。有一天，它摇着那条永远充满期盼的尾巴，嗅了嗅我的长矛，将脑袋埋进护套上的鸵鸟羽毛。但这已经是世界经历变革之后的事，猎猪行动也已成为历史。

我无法理解世界改变的任何缘由。父亲的脸色从未如此严肃，和他交谈的人们也都神色阴郁。人们时常摇着头，谈论着那些听来令人沮丧的、教科书里才有的地名，它们和非洲没有丝毫关联。

有个大人物在某个地方被枪杀，那地名我无论用英语还是斯瓦希里语都拼写不出来。因为这次枪杀事件，所有国家都卷入了战争。这似乎是一种吃力的复仇方式，但事情就是这么解决的。于是，一九一五年的时候，不仅仅"全欧洲"的灯火都熄灭了，东非难得的几扇窗户内也熄灭了灯光。

发生在内陆的战争则大相径庭。它是人的战争，而非武器的战争。尽管在别的地方早已有了新式武器，但坦克、飞机、防毒面具和射程在二十英里开外的枪炮在东非还属于未来。

未开发的土地上，打的是未开化的战争，使用的是未进化的武器，它依旧带着拓荒者的气息。

大英帝国振臂一呼，布尔人、索马里人、纳迪人、基库尤人、卡韦朗多人和各种国籍的殖民者们，纷纷带着自己的家当去打仗，将农田、村庄或是丛林抛在脑后。他们有的骑着骡子，有的步行。如果有枪，他们就带上枪；有些人除了一把丛林短刀，什么武器都没有。他们在内罗毕会合，站在街上或是聚集在内罗毕市政厅门前，看起来最多也只是一群革命分子，而不像什么皇家士兵。

他们戴着帽子，或是裹着头巾，有人穿自制的皮革外套，有人穿长袍，有人穿短裤，有人穿靴子，有人光脚。但这没有关系，各种穿着协力形成了一种制服：不属于单一的某个人，而属于整个团体。每个人都对整个军队的独特风格和色调有所贡献，这在美国曾有过先例①，但在这次战争中，却是独树一帜。

他们为战斗而来，也确实留下来参加了战斗：有些人是因为识字，能明白自己读到的消息；有些人是因为从别人那里听到了消息；有些人则是因为被告知，为了人类文明，这是他们的新使命——白人的神总比别的神有更具体的指令。

---

① 指一八六一年至一八六五年间的美国南北战争。

在那些日子里，我从来没有听到过隆隆的战鼓，也没有见过很多的旗帜引领着整齐的军队。我看见人们丢下他们在磨坊里的活儿离去了，牧场上横行着无人照料的牛。

农场依然在，却气息奄奄。农场还在生产，但已经没了以前充沛的生命力。虽然乐趣少了很多，不过吉比和我跟其他孩子一样，当外面发生的事超过了我们的理解范畴，我们只是形影不离，安静地游戏。

吉比是个纳迪小男孩，比我年纪小，但我们有很多共同点。我们之间的情谊是在战争年代培养出来的，但在太平盛世也一样可以。对我来说，许多年后，尽管我生活在地球的另一端，这情谊依旧存在。对留在非洲的他来说，想必也是一样。

一个信差带着一则新闻来到农场，比起那些时日里发生的事，这则新闻并没有重大意义。那是有关德属东非的战况，一个高大的年轻人阵亡了。

我想，他并不比其他阵亡的人更高尚或更优秀。这是则寻常新闻，但对于熟知他的吉比和我来说，没有什么新闻能与之相提并论，也没有什么新闻能比之更悲伤，即便现在，我们也依旧如此认为。

有一天，这个年轻人将条纹斗篷束在肩上，拿起他的盾牌和长矛去战斗。他以为战争由长矛、盾牌和勇气组成，所以他全都带上。

但他们给了他一把枪，于是他将长矛和盾牌留下，只带上了勇气。他去到他们要他去的地方，因为他们说，这是他的职责，而他相信职责。他相信职责以及他所知道的正义，还有与土地相关的一切：比如说森林的呼唤、狮子猎杀羚羊的权利、羚羊吃草的权利、人战斗的权利。他相信，年轻如他，应该有很多妻子，在村庄的树荫下听故事。

他拿过枪，用他们教他的方式握住，走到他们叫他去的地方，微微笑了一下，寻找决战的对手。

他被另一个也相信职责的人射杀，被埋葬在他倒下的地方。事情就是如此简单明了，不值一提。

但对于我和吉比来说，一切当然不是这样。因为这个高大的年轻人是吉比的父亲，也是我最特别的朋友。

"一旦我接受割礼，成为一名战士，"吉比说，"并像个男子汉一样喝下血与凝乳，而不用和女人一样煮粥、编织，那时候，我就要找到那个杀死我父亲的人，将我的长矛刺进他的心脏。"

"你太自私了，吉比。"我说，"我可以跳得和你一样高，玩游戏和你一样在行。长矛也能扔得几乎和你一样远。我们要一起找到那个人，一起将我们两个人的长矛刺进他的心脏。"

战争年代的日子就这样流淌着，像没有钟面也不显示时间的钟。过了一段时间，就很难再想起过去生活的模样，又或许是因为那些回忆太经常被记起，所以褪色暗淡，变得像件不值得多看一眼的琐碎玩意儿。吉比和我又开始了新的生活，日子按部就班地过着。

他依旧会谈论他即将接受的割礼，像一个人谈论自己对重生的渴望：更好的出身、崭新的希望。"等我成为一名战士……"他会吹嘘说。但当他这样说的时候，他看起来总是比他的实际年龄更小，比起成年男人，他更像个小男孩。

于是，他等待着他的重生，而我，作为一个小姑娘，只要等待着长大就好。我们玩着玩惯了的游戏，对我父亲分配下来的养马工作也兴趣日增。

我们玩的是纳迪人的游戏，因为我不会玩别的，况且除了我自己，恩乔罗附近也没有其他白人小孩。两百英里开外的瓦辛基苏平原上有块小殖民地，那里或许有几个布尔小孩。

游戏之一是跳高，因为纳迪人说男孩或男人必须能跳得和他自己一样高，否则一无是处，而吉比和我都一心想要出人头地。当我最终离开恩乔罗的时候，依旧能跳得比我身高还要高。我也会摔跤，以纳迪人的方式，因为吉比教会了我所有的招式、诀窍以及如何给另一个孩子来个过肩摔。

在我那如银河系般密集的伤疤中，有一块来自一个缺乏骑士精神的纳迪男孩，用的是他父亲的长刀。他在摔跤比赛中输给我后，一直等到某天我独自来到距离农场两英里的地方，然后从荆棘林中冲出来，像疯狂的土耳其人一样挥舞着长刀。当时我手里有根圆头棒，打斗中，我在他耳后敲了一棒，将他制服，但他的刀已经砍进了我的大腿。

我和吉比也会安静地玩整个下午的游戏，我花了好几个月才学会这游戏的，现在又忘了个精光，可能永远都不会再学了。我只记得，我们用那些有毒的小黄苹果当筹码，地上的一排圆孔当赌桌。这游戏需要运用到的算术知识，比我在此后的二十年里用到的还要多。我们在金合欢树的绿荫下玩，或是干完了马厩里的活儿之后玩。像精通黑武术的巫师一样，我们盘腿坐在那些黄色的光滑球体前面，等着神迹显现。我会从父亲那里得到几卢比的零花钱；吉比则能领到各种工资，于是我们拿着这么一大笔钱，穷凶极恶地赌。但我们两人都没能靠赢来的钱发家致富，相反，这个赌博帝国中的几枚硬币还因磨损而变薄了。

在非洲生活，不打猎是活不下去的。吉比教会了我用弓箭射击。当我们发现通过练习可以击中野鸽子、蓝色欧椋鸟以及织布鸟时，我们决定找些更大的目标。吉比有个大胆的计划，却没能成功。一天，我们入侵穆阿森林，在那教堂过道般堂皇的小径上到处游荡，接着遇见了一个旺得罗波族猎人。他个子矮小，只比羚羊高出一点。我们央求他给我们一点毒药涂在箭矢上，这个旺得罗波人英明地拒绝了我们的请求，认为我们还太小，不该用这样的东西。吉比十分恼怒，和我一起在天黑前磨磨蹭蹭地走出了森林，和我们进去的时候一样，一点毒药都没得到。

"等到我成了一名战士！"吉比带着无能为力的暴怒说，"等着吧，只要我成了一名战士！"

月圆的夜晚，我们有时会去参加基库尤人的"英戈玛"，就是通常在德拉米尔家的赤道农场上跳的部落舞蹈。作为一名纳迪人，吉比对基库尤人的舞蹈宽容、慷慨，但要逼他说实话，他会承认那些歌唱得还不错。

基库尤人的生活方式更像旺得罗波人，而不是马塞人或纳迪人。但从外表看来，他们是最不出众的一个族群。这可能是因为他们基本都务农，而世代以土地为生的日子，浇熄了原本燃烧在他们眼中的火焰，磨灭了他们心中的雄图大略。他们失去了创造美的灵感。他们是勤劳的人，在大英帝国眼里，是驯服也因此有利用价值的民族。他们性格忠诚，堪称坚韧不拔，却又平淡无奇。

基库尤舞蹈的轻浮总是让吉比感到震惊。他觉得，感情充沛的那些，流于世俗；而纯宗教的那些，又失之庄重。不过我认为，他的不耐烦是民族自尊心在作怪。

总而言之，只要有基库尤人的"英戈玛"，观众席中几乎就少不了吉比这位大批评家，还有我。

当月亮在夜色中刚露出头，赤道农场田垄后绿油油的草坪亮得可以映射舞动的身影，舞者就会围成一个圈，女孩们的头发都剃得很光滑，男孩们的长辫子上则装饰着五颜六色的羽毛。男孩们的脚上戴着哒哒作响的金属，形状就像玛瑙贝。他们身上戴着疣猴黑白相间的尾巴，跳舞的时候这些尾巴就像蛇一般扭动。他们的歌喉是非洲之声的一部分，须臾之间就已经和夜色、寂静旷野以及身后迷宫般的丛林融合在一起，音乐仿佛消音了。这就像彼此应和的歌声，拥有着同样的音色。

年轻的男男女女站成一个大圆圈，手臂搭在彼此肩上。他们黑色的身体沐浴在皎洁的月光下，让他们更显黝黑。领唱站在圆圈中央，开始咏唱。他为歌声击打出火花，并点燃了他们的青春，像火光蔓延过整个圆圈。这是一首关于爱的歌，属于你，也属于我。每当有男孩宣告他们的男子气概，这首歌就会有所更改；只要有年轻女孩为他们喝彩，这歌就会永远持续下去。

领唱在圆圈中央摇摆身体，合唱的声音越来越响，舞者的脚踝开始有韵律地踏着步子，歌曲的节奏越来越快。领唱者唱着，跳跃起来，两脚并拢，为歌曲确定节奏。他健壮脖子上的脑袋前后晃动。年轻女孩的胸脯也随激越的舞蹈上下晃动。合唱者紧紧抓住音符的最后一节，成百副歌喉不断重复着这个音节。

当一个领唱精疲力竭的时候，另一个领唱就会接替他的位置。领唱一个接着一个，但那个坚持得最久、跳得最高的人，将成为当晚的英雄，他的冠冕由女孩们的微笑铸就。

舞蹈常常在黎明时分结束，但当我和吉比先行离开的时候，天色还是黑的。我们喜欢走在黑暗中，穿过丛林边缘，听着蹄兔刺耳的尖叫。而蟋蟀的喧闹声，听起来仿佛一百万把羊毛剪子。

"创世之初，"吉比说，"每一种动物，甚至是变色龙都有项任务要完成。我从父亲以及祖父那里知道的，我们所有族人也都知道这件事。"

"创世之初是很久以前了，"我说，"久得没人能记得。谁会记得变色龙在创世之初干了些什么？"

"我们的族人记得，"吉比说，"因为神明告诉了我们的第一个先知，第一个先知告诉了第二个。每一个先知在死之前都把神明说的话告诉了下一个先知，所以我们现在知道这些事情。我们知道，变色龙受到的诅咒比别的动物都多，因为要不是它，这世界将不会有死亡。"

"事情是这样的——"吉比接着说。

"当第一个人被创造出来的时候，他独自在广袤的森林和大地上游荡，非常担忧，因为他不记得昨天，也无法想象明天。神明看见了，于是派变色龙去给这第一个人类（一个纳迪人）送信，说永远都不会有像死亡这样的事情发生，明天会像今天一样，日子将永无止息。

"变色龙出发很久之后，"吉比说，"神明又派出一只白鹭去送信说将会有一种叫做死亡的事情发生，有时，明天将永不到来。'哪个口信先抵达，'神明警告说，'哪一个就算数。'

"变色龙是个懒惰的家伙，一心就知道吃，只肯伸着舌头捕食。它在路上荒废了这么多时间，所以只比白鹭早那么片刻来到那个人的脚边。

"变色龙开始说话，但它却开不了口。因为它太急于想要说出代表永生的口信，而且要赶在白鹭之前，所以它结巴着，只是愚蠢地变着颜色，变了一种又一种。于是白鹭就镇定自若地开口，说出了死亡的口信。

"从那时候起，"吉比说，"所有人都会死。我们的族人知道这个事实。"

那时候的我天真地思索着这则寓言的真实性。

在往后的岁月中，我也曾读到和听说过关于相同主题的学术讨论，只是神明变成了未知数，变色龙成了 X，白鹭成了 Y。生命继续，直到死亡将它终止。所有问题都一样，只是符号不同。

变色龙依旧快乐而散漫，白鹭依旧是种漂亮的鸟。关于生死，无疑还有更好的解答，但不知为何，今日今时的我却更偏爱吉比的那一个。

第九章
流亡贵族

对老鹰、猫头鹰或兔子来说，人类尽管专横，却也孤独，因为他只有两个朋友。在几乎到处不受待见之后，他带着骄傲表示，马和狗是自己的朋友。凭着人类独有的无知，他认为，对方对这样的同盟关系怀有同等的骄傲。他说："看看我这两位高贵的朋友，它们虽然蠢，却很忠诚。"多年来，我一直怀疑它们只是持容忍态度而已。

尽管心存怀疑，但我的一生都得仰仗这种忍耐。即便是现在，如果我没有马或者狗可以照料，我也会觉得和这个世界断绝了联系。如果那样，我就会忧心忡忡，就像一个信仰佛教的僧人失去了与涅槃的关联。

尤其是马，它们就像我庆祝过的生日一样，是我生命的组成部分。我对马的记忆，甚至比生日还要清晰。我生命中所有的记忆片段，都与马有关，属于我的马，属于我父亲的马或是我认识的某匹马。它们并非全都温柔和善。它们各有千秋。有些马帮我父亲赢得了比赛，有些马则输了。他那些黑色马与黄色马曾横扫内罗毕、秘鲁和德班的赛马场。有些马则是他专门为了配种，千里迢迢从英国买来的。

坎希斯康就是其中一匹。

当它来到内罗毕的时候，我还是个细胳膊细腿的黄毛丫头，而它是匹纯种马，记录它谱系的书厚得像墓碑一样，几乎可以说是从烈火中脱胎。它到来时以及随后几个星期内发生的事，还清晰地印在我的脑海中。

但有时我也会想，它的印象又是如何。

它在清晨抵达，踩着流亡贵族般的步伐，沿着喧闹小火车上的斜梯缓缓走了下来。它的脑袋抬得比引领它的所有人都要高，嗅着异国他乡的泥土与高原稀薄空气的味道。那不是它熟悉的气味。

它的额头有一块白色星形印记，它的鼻孔宽阔，呈深红色，就像涂了油漆的中国龙的鼻孔。它身材高大，腰身深陷，胸线苗条，强健的四肢像大理石一样利落。

它的皮毛不属于栗色系，既不是棕色，也不是红褐色。它带着些许茫然站在异国的景色里——这匹修长的枣红色公马在阳光的笼罩下发出金红色的光泽。

它知道，这是失而复得的自由。它知道，黑暗以及轮船上那些让它四肢扭伤、身体在太狭窄的墙壁上擦出伤痕的可怕颠簸都已经过去。

皮革织成的网罩在老地方，长长的带子从它嘴里那咬不断东西上垂下，它学会了跟随带子的方向。但它已经熟悉了这一切。它可以呼吸，土地涌动的生命力正透过脚掌传来。它可以晃动身体，还可以看见远处，有一片可以栖息的广袤土地。它张大鼻孔呼吸，让非洲的热气和空旷迅速充满它的胸腔，然后以一声缓慢、起伏的长鸣将其倾泻而出。

它知道人类。在匆匆而过的三年岁月中，它见到的人比同类还要多。它懂得人类会服侍它，而作为回报，它将容忍他们无伤大雅的奇思怪想。人们会爬到它背上，绝大多数时候，它不会拒绝。他们会擦洗它的身体，处理它的马蹄，这些事全都算不上难受。它依据人的气味和他们触碰它的方式评判对方，它不喜欢颤抖的手，太坚硬的手或是太急促的手。它不喜欢人的气息中不带丝毫泥土味或是汗味。人类的声音都不悦耳，但有些并不喧嚷，并不强迫地慢慢传进它的耳朵，它就可以忍受。

有个白人朝它走来，在它身旁走来走去。其他人则都是黑人，和它的鬃毛一样黑，他们站成圈，看着先走过来的那个白人。作为一匹公马，这场面已经司空见惯。程序总是一成不变，让它失去了耐性。于是它以流畅的姿态垂下脖子，用马蹄踢着泥土。

那个白人将手搭在它肩膀上，说了一个它熟悉的词语，因为这是个老生常谈的词，几乎所有人触碰它，或是看见它时，都会说起。

那个白人说："你就是坎希斯康咯！"黑人们用更慢的语速重复："坎希斯康。"一个接着一个。还有一个小女孩，她也是白人，头发是稻草般的黄色，双腿像小马，她反复说了好几次"坎希斯康"。

这么说的时候，小女孩带着痴傻的快乐神气。她走近它，再次说起这个词，而它则觉得她的气味很不错。但它发现，她的举止里透着亲昵。于是朝她稻草黄的头发里喷出一团鼻息以示警告，但她只是大笑起来。她身边跟着一条狗，带着丑陋的伤疤，这条狗寸步不离她的左右。

过了一小会儿，小女孩轻柔地拉了下缰绳，坎希斯康学过听从缰绳的指引，所以它跟着她走。

黑人、白人女孩、带伤疤的狗和棕红色种马沿着泥土路朝前走，而那个白人则远远地驾着轻便马车跟随。

坎希斯康从不左顾右盼，只看面前的路。它走路的姿态仿佛四下悄无一人，而它则是一位逊位的国王。它觉得自己形单影只。这片土地闻起来新鲜洁净，黑人和白人小姑娘的气味也没有超出它的理解范围，但它依旧觉得孤独，从中感受到些许的骄傲，一如往常。

它发现农场很广袤，正合它意。长条形的马房里住着很多马，但它的房间却和它们的隔开了。

它记得食物、马鞍、锻炼和休息，这都是老一套的例行公事。但它不记得曾被一个头发像稻草、腿又长得像小马驹的女孩照顾过。它并不介意，只是这女孩举止太过亲昵。她走进它的马房，好像他们是多年的老朋友，而它根本不需要朋友。

某些东西要依靠她才能得到，作为回报，清晨的时候，它让她骑在背上，一同前往它从未见过的大山谷，偶尔也会走上某座很高的山丘，再一同回来。

不久，它发现自己已经习惯了这个女孩，但它不会让事情更进一步。它能感觉到，她正试图打破自己赖以为生的孤独，而它也牢记着不能信任人类的理由。它并不觉得她有任何不同，但它能感觉到她的不同，这让它饱受困扰。

一大清早，她就会来到它的马厩。为它套上头环，移开它厚重的毯子。她会用一块布抚平它的毛发，梳理它的鬃毛和尾巴。她会清理地板上的尿液，从被粪便弄脏的草垫中挑出干净的部分。她小心翼翼地处理这些事。她忙活这些的时候，带着对它内心需要的深切了解，以及几乎毫不掩饰的占有欲，它能感觉到这一点——并且愤恨不已。

它是最优秀的纯种马，纯粹的血液高傲地流淌在高傲的血管中。

每当清晨来临，坎希斯康就用耳朵和眼睛等待小女孩的到来，因为它已经学会辨识她光脚踩在被阳光晒硬的地面上的声音，学会了在其他事物中分辨她稻草一样的乱发。但当她真的来到它的马房时，它却远远地站在一角，看着她干活儿。

有时，它会感觉到想要靠近她的热切渴望，但它引以为傲的孤独永远都不会允许自己这么做。相反，这种渴望常常转化为愤怒，这愤怒对它来说，就像别人的情绪般无从解释。它无法理解这种愤怒，所以当愤怒过去，它会像中了邪似的颤抖。

一天早上，女孩骑到它背上，像往常一样去山上或是山谷，那种愤怒突然窜过它的身体，就像一阵骤然的疼痛。它将她甩了下来，她栽在一棵树下，鲜血流过她稻草色的头发。她那双太长的腿，像小马驹一般的腿，即便是当那个白人和那些黑人来搬她走的时候，依旧一动不动。

后来，坎希斯康在它的马房里颤抖、流汗，它对那些试图给它喂食的人的不信任，上升为憎恨。整整七个早晨，小女孩都没有回来。

当她回来的时候，它再次躲到最遥远的角落，看着她忙活。她逐个抬起它的脚掌，用一个从不伤到它的坚硬工具进行清洁，它就像尸体一样动也不动地站着。它是匹纯种的公马，对愧疚这种东西一无所知。它知道有些东西让自己颤抖，有些东西让自己恼火，但它不知道那些是什么，永远都不知道。

它不知道，那天清晨它初次看见那匹栗色小母马时，是什么让它颤抖，又是什么让它的喉咙发出连它自己的耳朵都听着陌生的声音。眼看着自己的尊严悄悄溜走，就像一块从背上滑落的毯子，从未离弃过它的骄傲也在瞬间可耻地消失了踪迹。

它看见了那匹小母马，光滑、年轻、姿态悠闲，站在一片开阔之中，身边有四个黑人在照料它。莫名其妙地，它来到这片开阔地；莫名其妙地，它想要挣脱束缚向那匹母马走去。

坎希斯康用一种彼此都不熟悉的语调呼唤它，但其中一定蕴含着危险。那是它不熟悉的新声音。它向母马走去，高高昂着头，抬着利落的腿。而那匹母马却挣脱缰绳，逃跑了，嘶鸣的声音和它的一样急促。

有生以来第一次，它愿意拿自己赖以生存的孤独交换别的东西，但它的愿望却背叛了它，只为它带来被拒绝和被蔑视的羞耻。它能理解这些，也只能理解这些。它回到自己的马房，并没有颤抖。它踩着小心翼翼的脚步走了回去，每一步都分毫不差。

女孩像平常一样来了，用灵巧的手指将新近死掉的毛发从它的皮毛中挑走，用柔软的刷子拂过它的全身。它转过头来看着她，接受了她温柔的触摸，但它知道以往那股愤怒再次滋生，在内心不断积累，此刻终于爆发，迫使它转过身子，用牙齿咬住她纤细的背，一直咬到她将刷子掉在地上，身体被甩向最远处的墙壁。她蜷着身体在草垫上躺了很久，而它站在一边，颤抖着，不让任何一只马蹄触碰到她，它不愿意碰她。但那一刻，不管哪种生物敢碰她，它都会大开杀戒，只是它不知道为什么会这样。

过了一阵子，女孩动了，爬着离开了马厩。它则用马蹄刨穿了草垫直到泥土，上下甩动着脑袋，像要摆脱愤怒。

但第二天，女孩又来了，又出现在马厩里。她像以往一样清理着马房，对它的触摸也一如往常，只是带有一种不曾有过的坚决。坎希斯康不由得明白，自己的力量、愤怒还有孤独，终于要经受挑战了。

那天早晨的骑马出行也没有什么不同。黑人在以往的岗位上照顾别的马匹和清理马厩，动作也和以往一样。它曾将女孩甩过去的那棵大树也还站在原来的地方，投下同样的一小块树荫。蜜蜂像金色的子弹一样，在不知抵抗的空气中穿行，小鸟歌唱着，或是飞来又消失。坎希斯康知道这个清晨会在平静中缓慢地过去。但它也知道会发生些什么，它知道自己的愤怒会再次降临，与女孩的愤怒一决高下。

但那时的它，已经以它自己的方式明白，这个女孩爱它。那一刻，它也明白了为什么她会受伤倒在马厩里，而自己没有用马蹄踩踏她，也不允许别的生物碰她——这一切的原因都让它害怕。

他们来到绿丘上的一处平地，它突然停下了。汗水刺痛了它赤红色的脖子和它赤红色的两腹。它停下来，是因为知道这个地方合适。

背上的女孩和它说着话，但它不为所动。它再次感觉到那种愤怒，它还是不为所动。第一次，她用双脚踢了它的肋骨，狠狠地踢了一脚，但它依旧纹丝不动。它感到她松开了束缚它脑袋的缰绳，它几乎已经没有任何束缚。但她什么话都没有说，再次用脚跟踢它，动作粗鲁，于是它感到了疼痛，转过身来，露出牙齿，想要咬进她的大腿。

女孩用鞭子抽打它的口鼻，非常用力，不带丝毫怜悯。但它的惊吓来自举动本身而不是疼痛。由它的自尊转化成的愤怒让它盲目，它再次咬她，而她再次挥动鞭子，抽得它生疼。它不停旋转，直到他们四周腾起黄色的尘土，但她死死抓着它的背，毫无分量，却不知疲倦地抽打着它。

它用后腿站立，马蹄踏起尘土。它又猛然跃起，踢着她的腿。它再次感觉到细细的皮鞭抽打着它的大腿，一次又一次，直到它们疼痛泛红。

它知道自己的体重可以压垮她，而且知道，如果自己的后腿站得足够高，就会朝后仰，这种可能让它害怕。但它不愿意被女孩，也不愿意被自己的恐惧征服。它高高地跃起，让土地在它面前消失，眼中只能看见天空。它一点点抬高身躯，感觉到鞭子抽在头上，落在两耳间和脖子上。它开始倒下，恐惧再次回归，接着它就倒下了。当它知道女孩并没有被自己的体重伤到，愤怒像疾风吹走尘土般快速消退。这不该是息怒的理由，但情况确实好了些。

它站起身来，笨拙地挣扎着。女孩也站起身来，注视着它，手里依旧攥着缰绳和鞭子，稻草色的头发沾满灰尘。

她走向它，抚摸着它身上的伤痕，触碰它的脖子、喉咙和双眼间的位置。

旋即，她再次跨上马背，他们继续沿着熟悉的道路前行，彼此都沉默着，只有它的马蹄声。

坎希斯康依旧是那个坎希斯康，自成一派，不为他人所动，一切不曾更改。农场上有些马会因为某些人的靠近而发出嘶鸣，为获取人类这种平庸生物的喜爱而出卖自己独特的高贵，坎希斯康绝不会同流合污。

它继承了傲慢的天性，并对之万分珍惜。即便它曾向和它同样倔强的意志屈服过一次，也不会为它留下精神创伤。女孩赢了，但这不值一提。

每天早晨当她忙碌时，它依旧会站在马房的遥远角落。有时依旧会颤抖。有天深夜，马厩外下起了暴雨，还刮起了狂风。她来到马厩，躺在马槽边的干净草垫上。趁着还有光亮，它注视着她。当光线隐没，它觉得她想必是睡着了，于是走上前去，低下头，从宽大的鼻孔中呼着热气，嗅她的气息。

她没有动，它也没有。有一阵，它用柔软的鼻子揉乱她的头发，然后像往常一样高高抬起头，女孩就在它脚边，一同经历整场暴风雨。这场暴风雨似乎并不猛烈。

当清晨来临，她起身看着它，和它说话。但它站在最遥远的角落，和以往一样。它凝望着，不是看她，而是看着晨光，看着自己呼出的热气在寒冷的空气里结成云雾。

第十章
可曾有匹长翅膀的马？

那本黑书躺在我父亲的书桌上，很厚且很有分量。封面有些变形，父亲的手指和我的手指留下的重量让书页卷起，但还未泛黄。字迹很粗犷，依旧像他写下这些名字时一般意气风发：小米勒——奥穆罗——维罗尼克。它们都是已绝迹的纯种母马，古老得仿佛英国山脉间的巨型砾石。

"蔻凯特"① 这个名字的落笔则更克制些，毫无花饰——几乎是带着疑惑。就如同有个姑娘，相貌出众，却违背她的出身和个人意愿嫁入豪门。

确实，蔻凯特的职业生涯稍微有些坎坷，至于它的背景，尽管并不卑微，却在它那些高贵耀目的同伴面前相形失色。虽然铁定会招来同情，但即便在英国人看来，也不具备致命缺陷。蔻凯特是阿比西尼亚种，它身形小巧，毛色金黄，带有纯白的鬃毛和尾巴。

---

① 法文 Coquette，意为"卖弄风情"。

蔻凯特是被非法偷带出阿比西尼亚的，因为阿比西尼亚人不允许本国产的良种母马离开他们的国家。我不记得是谁干了偷运这件事，但我父亲大概宽恕了这一作为，所以才会买下它。他采取睁一只眼闭一只眼的态度：睁开的那只眼想必是盯着它健壮身躯那优美利落的曲线。

我父亲曾是，如今也依然是，女王治下一位遵纪守法的公民。但假如他偏离正道，诱惑他的不会是黄金白银，我觉得，倒更有可能是良种野马那难以抗拒的轮廓。

一匹好马永远对他意味深长。这种体验如此感性，言语无法正确描摹。他总是谈论马，却从未能以一堆老掉牙的形容词清楚地阐述他的爱。年届七十，他打败南非那些顶尖的驯马师，跻身德班高额赛马中心冠军名单。鉴于此事，还有其他一些事情，我要为对自己父亲的事迹如此念念不忘寻求谅解。

他离开桑德赫斯特时满肚子希腊文与拉丁文知识，掉书袋可以砸死人。在知识的汪洋中，他或许势单力薄，但从没被自己受过的教育牵着鼻子走。他赢过翻译奥维德[1]与埃斯库罗斯[2]的比赛，接着开始练习赛马，直到成为英国最优秀的业余骑手。他将筹码押在马匹和非洲上，从不为失败顿足，也不为胜利自傲。

---

[1] 奥维德（前43—14），古罗马诗人。
[2] 埃斯库罗斯（前525—前456），古希腊悲剧诗人，被尊为"悲剧之父"。

有时他会对着这本厚厚的黑书做梦，就像现在我对着它做梦一样。如今，这些名字不过是名字罢了，那些优雅母马与纯种公马的后代流落四方，如同一个分崩离析的家族。

但只要你呼唤，所有尊贵的人物都会现身——优秀的马匹也是一样。

蔻凯特的优秀自成一格。它赢过比赛，尽管从未震动世界，却为我带来属于我的第一匹小马驹。

一切都要从那本厚厚的黑皮书说起，这是个漫长的故事。

书搁在那里，因为总是被翻阅而一尘不染。现在我已长大了些，分派到的工作和教官长的职责般一成不变，但已经增加了乐趣。吉比给我当下士，但那些日子他总是在离农场很远的地方，忙着新鲜而复杂的活儿。

我的个人小分队依旧只有两个成员：瘦瘦的奥泰诺和肥肥的托波。

这是个十一月的清晨。世界上有些地方就像十一月的北方海洋一样灰蒙蒙，而且更冷些。有些地方则因结冰而闪着银光。但恩乔罗不是这样。十一月里，恩乔罗和所有的高地一起等待着阵阵温暖而轻柔的细雨，它们由当地土著的神——基库尤、马塞、卡韦朗多，渐次送来，或者来自白人们的上帝，又或者来自为人类所知的所有神祇，他们合作无间。十一月是祈福和分娩的月份。

我打开黑皮书，手指翻到最新写的那页。我遇见了蔻凯特。

书上说：

蔻凯特

配种日期：20/1/1917

种马：雷夫立

母马的孕期是十一个月。娇小而完美、英勇而洒脱——配种自雷夫立，再过几天它就要产崽了。我合上书，喊托波来。

他来了，或者说，他出现了，看上去就像黑檀木做的。世上没有什么皮肤比托波的更黑，肚子比他的更圆，笑容比他的更灿烂。托波属于善良的精灵，从未被关进罐子里的那种。倏忽之间他就堵住了门口，就像颗光滑的石头掉进了一堆琐碎的小玩意儿。

"你要见我吗，贝露——还是要见奥泰诺？"

不管"柏瑞尔"这个名字被当地土著和印度人听过多少次，从他们的嘴唇出来时就变成了"贝露"，被斯瓦希里语训练过的舌头总能把所有英文单词改编得更加流畅。

"我要你们都过来，托波。蔻凯特产崽的日子很近了，我们要开始守夜了。"

微笑像池塘中的波纹般在他宽阔的脸上荡漾开。对他来说，生产和成功是同义词，一个鸡蛋的孵化，甚至一颗种子的发芽都是场胜利。托波的诞生对他的人生来说就是场重大胜利。他一直笑得眼睛都看不见，然后转身拖着步子穿过门廊，我听见他用低沉的嗓音大声喊着奥泰诺。

传教士们已经在卡韦朗多乡间支起帐篷，那里是奥泰诺的家。他们已经和古老的黑皮肤的神祇们过了招，还让其中一些败下阵来。他们用有形的《圣经》换取无形的盲目崇拜：卡韦朗多人的头脑是肥沃的土壤。

奥泰诺的《圣经》（已翻译成他认识的加鲁语）让他成了基督徒和夜猫子。他坐在防风灯的黄色光晕下，夜以继日地读着。他孜孜不倦、不眠不休，几乎是个神秘主义者。我让他和托波一起承担起在蔻凯特马厩里守夜的任务，知道他从不会打盹。

他带着虔诚的庄重接受了这项任务——仿佛他理应如此。身材高大的奥泰诺带着黑眼圈站在托波站过的地方。如果不是一大清早，如果没有活儿要干，如果不在我父亲的书房里，奥泰诺就会小心翼翼地迈步过来，给我讲罗德之妻[①]的故事。

"我在读《圣经》，"他会这样开头，"读到一件怪事……"

但一件更寻常，或许更奇怪的事即将发生。奥泰诺走开了，我合上书跟着他到马厩去。

啊，蔻凯特！谁会像你这样，背负如此艳名却外表暗淡？它曾经娇小、俏丽、闪闪发光，但现在变得平淡无奇，身材因为幼崽而走形。它细瘦的关节因此弯曲，蹄后的球节几乎触碰

---

① 罗德之妻，来自《圣经》的故事，索多玛城毁灭时，罗德的妻子因为好奇回望而成了盐柱。

到地面，马蹄仿佛灌了铅。它曾经阅历广泛：见过阿比西尼亚荒凉的山脉与平原，来恩乔罗的路上看尽广袤幽深的郊野，还有各式各样的人、各式各样的物种、各式各样的岩石与树丛。蔻凯特已见过人世百态，但它明亮睿智的眼睛还不如现在，它们很快会变得更睿智。

它的产房已经准备好，它的毛刷——做工一流的毛刷以及小毛毯都在那里了。它的皮毛依旧是金色的，鬃毛和尾巴也依旧像白色的丝绸。不过金色变得晦暗了；白色丝绸失却了光泽。走进产房的时候，蔻凯特看着我，然后等待，等待……

我们三个——托波、奥泰诺和我，都知道这个秘密，我们都知道蔻凯特在等待什么，但是它却不知道。谁也无法告诉它。

托波和奥泰诺开始守夜，时间缓慢地走着。

但还有别的事。所有的事都一如往常地发生着。再没有比生产更寻常的事了，翻过书页的这一瞬，有成百上千万生命降生，也有成百上千万生命死亡。其间的象征意义司空见惯：无数梦想家已经就此谜团抒发了无数感慨，但养马人都是现实主义者，每个牧场主都是接生婆。没时间解什么谜团，只有耐心和关注，还有期望：希望这次生产将物有所值。

我真的不知道为什么绝大多数小马驹都在夜晚降生，但事实就是如此。这匹小马也是这样。

过了十九天，到了第二十天的晚上，我和往常一样巡视完马厩，最后来到蔻凯特的产房。布勒在我脚边，奥泰诺警惕心十足，托波身量可观。

产房里已经点了防风灯。这是间很大的马房，类似人住的房间，墙板是农场上打磨的厚实雪松木，空气中弥漫着原野干草的气息。

蔻凯特姿态沉重地站在灯光下，还没有吃完它的晚餐。体内孕育着新生命，它自身几乎失去了活力。它低头的样子，仿佛那不是什么精致优雅的头颅，而是丑陋劳累的负担。它细细咀嚼着一片紫苜蓿，小得几乎尝不出味道。接着迈着迟缓的步子摇摇晃晃地穿过产房。它迫切地需要一切，但它已经无力再争取什么。

奥泰诺叹息。托波看着防风灯微笑，他皮肤的光亮能赶上灯光的亮度。产房外，布勒正以一声带警示的轻微咆哮对抗降临的夜色。

我弯下腰，将头靠在母马光滑温暖的肚子上。新生命就在这里，我能听到它，感觉到它。它已经在挣扎，要求着自由和成长的权利。我希望它完美，期望它健壮。最开始的时候，它不会漂亮。

我从蔻凯特身边转身，面向奥泰诺："小心，快生了。"

高大瘦削的卡韦朗多人"看进"胖子的脸，托波的脸具有接纳性，不能"看着"，只能"看进"。它是块欢乐而宽广的洼地，时常空空如也，但现在并非如此。"今晚是个好时辰。"他说，"今晚是个好时辰。"好吧，他或许是个乐天派，但这话预言了一个忙碌的夜晚。

我回到我的小屋——父亲刚为我建造的小屋，崭新而堂皇，用的是木瓦屋顶而不是茅草。在小屋内，我拥有了第一扇玻璃窗、第一块木地板，以及第一块镜子。我一直都知道自己长什么样，但长到十五岁，我开始好奇能在外表上做点什么改变。没什么能做的，我想：再说身边又有谁会注意到其中的差别呢？然而，在那个年纪，没什么能比镜子带来更多的惊奇。

八点三十分，奥泰诺来敲门。

"快来，它卧下了。"

刀、细绳、消毒剂——甚至麻醉剂，都已在我的接生工具箱中了，但最后需要的是谨慎。作为一匹阿比西尼亚马，蔻凯特应该不会遇见常发生在纯种马身上的那些困难。然而，这毕竟是蔻凯特的第一胎。第一次并不总是那么容易。我抓过接生工具箱，快步穿过成排的小屋，有些小屋漆黑一片，已经入睡，有些还醒着，睁着昏黄的方形眼睛。奥泰诺紧紧跟着，我到达了马厩。

蔻凯特已经卧下，侧卧着，在阵阵痉挛的间隙呼吸着。疼痛的时候马匹不会静默无声，经历分娩之痛的母马是无助的，但它可以喊出自己的痛苦。蔻凯特的嘶鸣低沉又疲惫，还带着些许害怕，但并不狂躁。它们并不歇斯底里，却竭尽所能表达着苦痛，因为无人可以回应。

时间还没有到。我们无能为力，但可以守护。我们交叉双腿坐着。托波靠近马槽；奥泰诺靠着雪松墙板；我坐在蔻凯特沉重的脑袋旁。我们可以交谈，几乎平静地谈论着别的事，而防风灯内微弱的光亮在墙上描绘着实验派画像。

"瓦——里——希!"托波说。

这已经是他最为庄重的时候了，就算审判日到来，他也就说这么一句。一句"瓦里希"，就算是他富有哲理的强心针。打完强心针，他就放松下来，朝着自己，露出快活的微笑。

蔻凯特的分娩像潮起潮落一般，带来有规律的痛苦。时而平静，时而煎熬，这一切，我们都感同身受，但言语都梗在喉间。

奥泰诺叹息。"书里说到很多奇怪的地方。"他说，"有个地方满是牛奶与蜂蜜。你觉得这地方对人来说是福地吗，贝露?"

托波耸了耸肩膀。"对什么人来说?"他问，"牛奶对有些人来说是不错，但别的人喜欢肉。水 ① 对所有人都有好处。至于我，我不喜欢蜂蜜。"

奥泰诺的怒气有些无力："随便你喜欢什么，你喜欢的太多了，托波。看看你的圆肚皮，看看你的粗腿!"

托波看了看："上帝创造了胖鸟和瘦鸟，树有的粗壮，有的细如篱笆。他创造大果仁和小果仁。我就是大果仁。人不该和

---

① 原文为斯瓦希里语。

上帝争辩。"

这套神学论击败了奥泰诺,他略过那个懒散地坐在马槽旁的球形诡辩家,朝我转过身来。

"或许你见过那片土地,贝露?"

"没有。"我摇头。

但那时的我并不肯定。我父亲告诉我,离开英国时我才四岁。莱斯特郡——如果它是块满是牛奶与蜂蜜的土地,那也说得通。但我记不得那么多。我记得有艘船,朝着大海的高峰不断行驶着,却永远、永远也到不了山顶。我记得有个地方,后来别人教我该记作蒙巴萨,但这个名字并未能说明那些记忆。那是只有颜色和形状的记忆,充满炎热和步履艰难的人群,还有叶子巨大的树,看来显得很凉爽。我了解的国家只有这一个:这些山脉,熟悉得像一个古老的愿望,还有这大草原、这丛林。奥泰诺知道的也一样多。

"我从没见过这样的土地,奥泰诺。和你一样,我在书里读到过。我不知道它在哪儿,也不知道有什么含义。"

"这真悲哀。"奥泰诺说,"它听着是块好地方。"

托波从马厩地板上起身,耸了耸肩:"谁愿意为了点牛奶和蜂蜜去大老远的地方?每十棵树里就有一棵有蜜蜂,而且每头母牛都有四个奶头。我们谈点更好的事情吧。"

但蔻凯特先说了最好的事。它从子宫深处叫喊出声,然后颤抖起来。奥泰诺立即向防风灯伸出手去,用黧黑的手指捻亮灯光。托波打开了接生工具箱。

"现在！"蔻凯特用它的眼睛和不成言的呻吟说，"现在……或许就是现在……"

就是那一刻，"应许之地"则被抛在了脑后。

我跪在母马身边等着马驹现身。等待着小马蹄初现那一瞥，等待着胞衣出来——这是它为初次亮相准备的斗篷。

它要出来，蔻凯特和我一起努力着。奥泰诺扶着我一边的肩膀，托波扶着另一边。没人说话，因为没什么好说。

但有什么令人遐想。

这是匹小公马还是小牝马呢？它是否完好健全？它的心脏是否足够坚强有力，能打破虚无的禁锢？该呼吸的时候，它会呼吸吗？它会急于进食、成长以及满足自己的需要吗？

我的手终于触摸到它纤细的腿和包裹它的袋子了，这是只坚韧的袋子，透明而滑腻。透过它，我看见了小巧的马蹄，尖尖的，像发芽的种子一样柔嫩——至关重要的马蹄，高傲地表达着踏足坚硬土地的渴望。

轻轻地，轻轻地，但又有力而沉稳地，我将新生命哄骗到马厩的灯光下，而母马也竭尽了全力。我重新握紧双手，等待它的肌肉跟随我的牵引而收缩。鼻子——脑袋，整个脑袋，最后整匹马驹滑进我的怀抱，随之而来的寂静就像荷兰人的鞭子一样锋利、短促。

"瓦里希！"托波说。

奥泰诺擦去眼角的汗水；蔻凯特将体内最后一点痛苦化作一声叹息。

我刚把那只闪光的袋子放在踏烂的草上，就立即打开了它，让那个迫不及待的小脑袋获得自由。

我看着那柔软的、灰褐色的鼻子感受到第一口空气的气息。小心翼翼地，我将整个袋子拿开，将脐带打结，然后用奥泰诺递给我的刀切断脐带。母马的旧生命与小马驹的新生命在快速发生的鲜血洗礼中最后相连，当我用消毒水擦拭伤口的时候，看清这是匹小公马。

它是匹强健的小公马，在我手中热气腾腾，充满生命的震颤。

蔻凯特苏醒了。现在它知道了什么是生产，它能应对它知道的事了。它毫不优雅，也毫无平衡感地站立起来，嘶鸣了一声：这就是我的孩子！这就是我的成果。我们一起擦干了新生儿。

之后，我站起来向着奥泰诺微笑，但面前的不是奥泰诺也不是托波，而是我的父亲站在那里，没人比他更熟悉这场面了。他自己都记不清目睹过多少次这样的场面，但他的眼神中闪烁着兴趣，就像是经过了这些年，他终于亲眼见到了小马驹的诞生。

他的身材不高也不矮，瘦但结实。他的眼睛深邃和善，脸虽粗犷但显得温和。

"你成功了。"他说，"活儿干得挺好，马驹也挺好。我该奖励你还是蔻凯特呢，或者——两个都奖励？"

托波在微笑，奥泰诺恭敬地用脚趾摩挲着地板。我挽起父亲的手臂，一同看着那匹笨拙、愤怒的小东西。它已经挣扎着想站起来。

"恺撒的归恺撒。[①]"父亲说，"是你帮它接生，所以它是你的。"

一个银行职员经手沉甸甸的金子——没有一两是属于他的，但假使有一天，所有人可望不可及的奇幻梦境成真了，这些金子全部归他所有——或者只是其中小部分，那他再怎么高兴都不为过，因为他长久以来日夜看顾着那些金子。那瞬间他会明白（如果他之前并不明白的话），那就是他一直都想拥有的东西。

多年来我都在帮父亲照顾他的马匹，喂养、训练、照料，我也爱它们。但我从未拥有过一匹马。

现在我拥有了一匹马，甚至不用奇幻梦境的帮忙，全凭父亲一句话。我拥有了属于自己的马。这匹小马驹将成为我的，没人可以碰它、骑它、喂它、照顾它——没人，除了我。

不记得有没有感谢父亲，我想是谢过的，任何言语都值得。

---

① 语出《圣经·新约》，全句为：上帝的归上帝，恺撒的归恺撒。

我记得产房被清理干净，灯光被熄灭，奥泰诺起身去照顾新生儿。我走了出去，和布勒一起经过马厩，穿过曾经通往迈纳家的小径。

我想着新生的马驹，想着奥泰诺的"应许之地"，寻思着世界会有多么广大。然后思绪又回到小马驹上。我该给它起个什么名字呢？

想名字的时候，所有人都会抬头看的吧？抬起头来，除了天空还能看见什么？一旦看着天空，名字与期望又如何能受大地限制？是否曾有过一匹名为珀伽索斯①的飞马？是否曾有过一匹长着翅膀的马？

是的，是曾有过——很久以前曾有过。而如今，它再次降临。

---

① 珀伽索斯，希腊神话中，海神波塞东与女妖梅杜莎的儿子，是在血海中诞生的白色飞马。

卷 三

第十一章
一路向北

　　某个有愤世嫉俗倾向的人曾说过："我们活着，什么都没学到。"然而，我确实学到了些东西。

　　我学会了如果你必须离开一个地方，一个你曾经住过、爱过、深埋着所有过往的地方，无论以何种方式离开，都不要慢慢离开，要尽你所能决绝地离开，永远不要回头，也永远不要相信过去的时光才更好，因为它们已经消亡。过去的岁月看来安全无害，能被轻易跨越，而未来藏在迷雾之中，隔着距离，看来叫人胆怯。但当你踏足其中，就会云开雾散。我学会了这一点，但就像所有人一样，待到学会，为时太晚。

　　我以最缓慢的方式离开了恩乔罗，并且从此再未见它一面。

　　我本该回头的，载我离开的珀伽索斯也本该回头的，因为即便是它，也有三年的记忆，编织成网，拖拽它的脚步。但我们的世界已经像风中的碎屑般逝去，没有了回头的余地。

　　这一切都是因为那些和蔼的神明争吵起来，拒绝再送来任何雨水。以前，他们在绝大多数时候都相处和睦，起码在重要事项上观点一致。

一场雨，单单一场雨，对一个人的生活来说具有什么意义？如果一个月不下雨，天空像孩子的歌声一样清朗，阳光普照，人们漫步阳光下，世界因此一片金黄，又有什么关系呢？一星期不下雨，又有什么关系呢？谁会那么阴郁，期待暴风雨的来临？

看看农夫掌心的种子，一口气就能将它吹走，它的未来也就此终结。但它却掌握着三条生命：它自己的生命，以它的收成为食的人的生命，靠种地维生的人的生命。如果种子死了，人或许不会，但他们再也无法以原来的方式生活。种子死了，会波及人。他们或许会改变，或许会将信仰寄托于他物。

有一年，恩乔罗地区所有的种子都死了，恩乔罗附近所有农场的情况也一样，无论是低处、山上还是林中的田地，无论大农庄还是仅靠一把犁与一个希望开垦的农田。因为得不到营养，种子都死了，它们绝望地渴盼着雨水。

第一天早晨，天空如窗户般明净，第二天早晨依旧如此，接下来的每个早晨也都一样，直到人们不再记得下雨是什么感觉，也不再记得田野看起来是什么样。它们曾绿意盎然，浸润着生命，赤足可踩踏其间。一切都停止了生长，叶片蜷缩，所有生物都背朝太阳。

或许在别处——伦敦、孟买、波士顿，某家报纸上写了一个标题（在一些次要的版面上）：旱情威胁英属东非。或许有人看到了这条新闻，抬起头来看着他头顶的那片天空——就和我们头顶上的这片一样清朗，他可能觉得非洲最边缘的干旱根本算不上新闻。

可能果真如此。某个你不曾见过、也不会见到的人在一片远得无法想象的土地上白白耗费了一年的辛劳、十年的辛劳，甚至一辈子的辛劳，这根本就算不上新闻。

但当我离开恩乔罗的时候，它已与我太过亲近，无法轻易被忘怀。雨水滋养种子，种子滋养磨坊。当雨水停止，磨坊里的磨盘也就停了。如果它们继续转动，碾压的不过是它们主人的绝望。

我的父亲就是它们的主人。在干旱来临前，他和政府以及个人都签订了合同，保证供应上百吨的面粉和粗玉米粉——以商议好的价格，在商议好的时间内。如果说合算的买卖并不在于获取三倍于本金的利润，那起码也不该是入不敷出。在我懂得一英镑的价值之前，我就了解了数字的专横。我知道父亲为什么要那么长久地枯坐着，直到深夜，徒劳地看着那些涂改过的账本、打开的墨水瓶和窃笑的灯芯。你不能以二十卢比的价格买进一袋玉米，把它们磨成粉，然后以十卢比的价格卖出去。或许你依然可以这样做（如果你信守诺言），但你将看着自己的积蓄，随磨坊里出产的每一勺面粉离你而去。

有好几个月，同样成排的马车从堪皮亚莫托缓缓来到恩乔罗农场。它们装载着这些年来一直运送的谷物，但不再是新收割的谷物。它们不是刚从农田里辛苦收割而来的谷物，而是囤积储备起来的粮食，或者是从一块块田地里搜刮来的。即便对最年长的拓荒者来说，它们也是记忆中最昂贵的粮食。

我的父亲买下它们，只要找得到，就买下来，每当他花一卢比，就多损失两卢比。磨坊运转着，面粉涌进张着的口袋里，每个缝合起来的口袋里，都封存着农场的一小部分。

有人觉得我父亲有些傻。合约上的责任已经失效了，不是吗？难道不该由上帝承担干旱的责任？

我父亲认为，确实如此，上帝还要为其他一些事负责，包括消除干旱。但他也认为，上帝在合约这件事上，理应毫无责任。

有一天，满怀成就感的小发动机拖着货车离开了磨坊，最后一批面粉磨好了，合约上的第一个字到最后一点墨水印，都得到了履行。发动机转过最远处的一道弯，汽笛发出一声长鸣，在洁净无瑕的地平线上喷出一阵浓烟，然后消失了。它带走的还有我几乎全部的少年时光，以及我父亲对农场的拥有权、房屋、马厩和所有的马匹，除了那匹带翅膀的马。

"现在，"父亲说，"我们该想想了。"于是我们思考起来。

我们在他的小书房里坐了一个小时，他和我说话时，语气中有从未有过的严肃。他的手臂枕在如今已合拢的黑皮书上，告诉我很多我从未知晓的事——还有些则已知道。他要去秘鲁，那片土地和这个国家一样无拘无束，同时也是一个热爱马匹、需要懂马的人来照料它们的国家。他想让我一起去，但选择权在于我。我已经十七岁零几个月大，不再是孩子。我能思考，我能理智行事。

他认为我有足够的专业能力训练纯种马了吗？

他确实这样认为，但还有很多要学。

根据英国赛马会的规章，我有机会获得训练资格证书吗？

我可以。俗话说：一顺百顺，一通百通。

我对非洲的了解还太少，不能离开。而对于我已经了解的那些，我又是如此热爱。秘鲁只是个名字：只是教科书中地图上的一块紫色污渍。我可以用手指触摸秘鲁，但双脚却是踩在非洲的土地上。非洲有火车，有几条路，还有像内罗毕这样的城镇，有学校、明亮灯光和电报。有自称探索过非洲的人，他们写下关于非洲的书。但我知道真相。我自己知道，这片土地还未被发现，它依旧是未知。它只是刚出现在别人梦想中而已。

"去莫洛吧。"我父亲说，"在莫洛有你需要的马场。记住，你还是个孩子，不要期望太高——不时会有几个马场主雇你训练马匹。然后，就要埋头工作并心存期望。但永远不要眼高手低。"

父亲的忠告里贯穿着斯巴达①式的严酷，直到现在依旧如此。

---

① 斯巴达，古希腊仅次于雅典的伟大城邦，好战的斯巴达人从小就对孩子进行严酷训练。

道路向北通往莫洛，夜晚，它直指漫天星斗。它沿穆阿悬崖一侧上升，直到在一万英尺处找到高原才停歇。有些星星就在它的边缘亮得如火。清晨时分，高原比太阳还要高。即便是白昼，也要顺这条路爬到莫洛。我则带着所有家当，向上爬去。

　　我有两只马鞍袋、一匹珀伽索斯。马鞍袋里装着小马的毯子、刷子，一把铁匠用的刀子，六磅重的碎燕麦，还有用来预防马得病的温度计。我用得上的东西有睡衣、马裤、一件衬衫、一把牙刷和一把梳子。我拥有的东西一直就这么些，我也不确定自己会需要些别的什么。

　　我们在天亮前就动身，所以当群山显露出形状时，恩乔罗已经看不见了，与黑夜最后一次有气无力的皱眉一同消失。农场也失去了踪影，连同它的磨坊、田地、牧场、马车以及喧闹的荷兰人。还有奥泰罗和托波，我的新镜子，我那带松木屋顶的新木屋——所有这一切都被留在身后。它们不是人生的一小部分，而更像是我开始又终结的整个人生。

　　多么彻底地终结了！对布勒来说，也是如此。它带着无数战役中获得的累累伤痕，在它已经停止跳动的心脏中依旧保留着那些记忆：它的快乐以及我的快乐；那些它熟悉的气味、小径、小游戏、落败的疣猪与无声潜行的猎豹。它也曾有过丰富的一生，并且也已终结。它被我留在身后，深埋在通往我们共同狩猎之处的小径上。它的墓穴上方有我亲手搬去的石块，我将它们堆成金字塔的形状，没有留下姓名或墓志铭。

对于一条狗来说，能说什么？关于布勒，又有什么好说？它不过是条寻常的狗，只对我有着特殊的意义。谁又能重复那些用以自我慰藉的华丽辞藻：这只高贵的动物？这位模范战友？人类的朋友？

布勒那热切、傲慢、依旧在冷冷月光下昂首阔步的魂魄，将如何面对这些叹息般的感伤之语呢？它只能侧着它永远不知疲倦的鼻子，稍稍睁大一些它那双总有些低垂的眼睛，说："以我父亲的名义，我父亲的父亲的名义，还有所有杀过猫、偷过肉、咬过农场小孩的好狗的名义起誓，这说的可能是我吗？"

安息吧，布勒。没有任何在山丘上号叫的土狗或是在夜晚畏畏缩缩的胡狼会来亵渎你的墓碑。这是出于对你的尊敬，尽管你的心脏已经停止了跳动，但你的灵魂会守护着你曾走过的路。

我的道路一直向北。

路很狭窄，它如同皮鞭般缠绕着穆阿悬崖的边缘。初升的太阳投下一道道光柱，穿越小径，撒向地面，或是靠在森林边缘的树木上。都是些高大的杜松与坚硬的雪松，笔直的树干直指天空，树皮厚而粗糙，泛出灰色。蓬乱的灰色地衣从上面垂下，遮蔽了日光。橄榄树、藤蔓和其他更细小的植物在那些高而壮的弟兄庇护下，远离炎热的阳光，安然地蓬勃生长。

我骑着父亲送的礼物，我这匹带翅膀的马，我的珀伽索斯。它深色的眼睛勇敢无畏，棕色的皮毛闪闪发光，长长的鬃毛飘扬着，就像骑士长矛上悬挂的黑绸旗帜。

但我不是骑士，大概除了传说中那位在古西班牙偏远小路上探险的伟大而可悲的骑士，没有人会为我欢呼。我穿着工装长裤、花色衬衫、皮革软鞋，戴着一顶历经风吹雨打的宽边老毡帽。我的马镫很长，空着的一只手插在口袋里。

庞大的灌木林野猪因为早餐被打扰了，猛然在我面前冲过去。猴子在扭曲的树干上吱吱乱叫。蝴蝶亮丽而曼妙，如同浪涛中的碎屑，从每一片树叶上飞起。肯尼亚林羚，羚羊中最珍稀的一种，飞速掠过林间，先是高高跃起，然后它红白相间的身影消失在灌木林深处——逃离了我好奇的打量。

小路陡峭曲折，但珀伽索斯利落稳健的步伐对此不屑一顾。它的翅膀只是幻想，但它本身的价值则并非如此。它从不疲倦，从不慌张。它就像寂静一般柔和流畅。

这就是寂静。对我来说，那天穿越喧嚣森林的旅程很寂静。鸟类歌唱着，但它们的歌我都听不懂。从我身边掠过的林羚踪迹，是一缕魂魄正穿越幻影般的森林。

我回想，沉思，记起了上百件事——琐碎的事，不值一提的事。它们毫无缘由地造访我，随即再次隐去。

狒狒基玛，这只大狒狒爱我的父亲却恨我。基玛古怪的表情、它的恐吓，还有它留在院子里的铁链。一天早上它挣脱链子将我逼到墙角，牙齿咬进我的手臂，爪子要抠我的眼睛，并尖声叫喊出它因嫉妒而生的恨意，直到我因恐惧而拿出初生牛犊不怕虎的勇气，啜泣着，愤怒地疯狂舞动木棒，将它打死——事后我从未表示过愧疚。

豹子的夜晚与狮子的夜晚。象群从穆阿迁徙到莱基皮亚的那天，上百头大象组成不可阻挡的方阵，它们一路踏平新长的庄稼和篱笆，摧毁小屋和谷仓，我们的马在马厩里瑟瑟发抖。象群所经之处，留下了它们的道路，宽阔而平坦，如同穿越农场中心的征服之路。

来到牧场的狮子、公牛、奶牛、牛犊低鸣着。人们冲过去抓起防风灯、来复枪，互相低语着。又是一片寂静。黄褐色的身影因为杀戮而显得沉重，穿梭于高高的草丛间。子弹在风中呼啸，狮子飞身跃起，越过牛群和松木栅栏，来复枪放了下来。

还有猎豹造访的夜晚，月色撩人。父亲和我蜷身躲在荷兰人那些马车的后面，马车就在蓄水箱边。子弹在长枪内发出脆响，等待，紧绷的肌肉，潜入者的身影就像平静水面上滑行的暗影，黑色枪管边的眼睛，手指轻扣……

很多事情被记起，有些暗淡，有些清晰。小路穿过树林在一处空地上变得平坦，我拉起缰绳，让珀伽索斯小步慢跑，缰绳缠在右手的手指上，不用的鞭子握在同一只手的掌心。我已经穿上了一件薄薄的鹿皮外套，太阳越升越高，森林益发深邃，攀爬的小径上空气变得稀薄而凉爽，绿意葱茏的通道因空气而更显清新。

想到庞巴福，我兀自微笑起来。不知道是什么让我想起了它。它突然间出现在我的脑际。庞巴福（Bombafu）在斯瓦希里语中是傻瓜的意思，而在恩乔罗，它是指我父亲的鹦鹉。

可怜的庞巴福！有天它召唤毁灭，毁灭也应声到来。当它一生中最光辉的时刻如一道阳光降临在它身上，又随即将它留在绝望的黑暗中时，它是多么可悲、多么赤裸、多么幻灭啊。

庞巴福付出的代价是骄傲的羽毛，美丽、修长、丰盛，染着热带的色彩。它为此多么骄傲！

它骄傲地抓着安置在父亲书房外的栖木，日复一日，冷眼看着所有进出书房的每一个人，包括父亲当时很宝贝的狗群。它的眼神时而盛气凌人，时而呆滞，时而佯装出哲学家的腔调。

这正是让庞巴福毁灭的症结所在：它认为狗是低能的动物，只要一声命令就能操控。一个人只要站在走廊上，动动嘴唇，发出点声响，那一大群狗就会来。

但除了庞巴福，还有谁能发出这个声响呢？难道它注定要站在栖木上，以一只鸟的身份度过一生，漫长的一生？除了种子、水、种子、水……它这么优雅的生物难道就不能想点别的东西？谁有如此美丽的羽毛？谁有这样的喙？谁又能召唤狗呢？是庞巴福。于是它这么做了。

它练习了一个又一个星期，但聪明得一次都没让我们听见。它练习着能召唤狗群的咒语，直到它对此了然于心，就像它熟悉自己抓在爪中的木杆，也知道凡是抓过跳蚤的狗都不会拒绝它的召唤。它料想得不错。它们来了。

一天早上，屋里空无一人。庞巴福从木杆上下来，呼唤狗群。我也听见了。我听见父亲会吹的那种短暂急促的口哨声，但我父亲当时却在一英里外的地方。穿过院子，我看见了庞巴福，一副光芒四射、自信满满的样子，几乎是主人的派头。它那不耐烦的拳曲脚爪在门廊上来回踱步，鲜艳的胸脯蓬松鼓胀，而它空洞的绿色脑袋则傲慢地扬着。"来，全都来。"它的哨声在说，"我，庞巴福，在召唤你们呐！"

于是它们来了：修长的狗，短小的狗，敏捷的狗，饥饿的狗，从马场、小屋、打盹的树荫下跑来。庞巴福在高悬于它头顶的厄运下起舞，更大声地吹着口哨。

当时我也可以跑过去，但没能跑那么快。无法及时阻止满怀期待的狗群发现一只长着俗气羽毛的废物冒充自己的主人时，陷入狂怒。它居然靠腮帮子就侮辱了整个犬类王国，它们居然还曾指望得到一点残羹冷炙、一块骨头，却一无所获！（还有比这更糟糕的吗？）这太令人挫败了！这完全是侮辱造成的伤害！

庞巴福一败涂地。它被淹没了，再次出现的时候只能见到一根根羽毛。它光芒四射的荣耀不是抽象的形容，而是以深红、明黄、翠绿、蓝和其他暗色调飘散在空中，如同银河系大爆炸，彗星尾扫过落下碎片。

伤心的鸟！不开心的鸟！它活了下来，再次栖息到它的木杆上，眼睛半闭，郁郁寡欢。只剩一边残破的翅膀遮掩着它光秃秃的身躯，真是值得牢记的时刻。

而原本只属于它的那句不朽台词，可能是它唯一会说的单词，也遭到剽窃。这当然是场悲剧——也很有讽刺意味，居然不是庞巴福，而是某个无名之辈在书页间创造出的那只阴郁病态的乌鸦，第一个发现这阴魂不散的单词、意味深长的音节、决绝的表达中，竟蕴含着戏剧化的感染力。"不，永不再!"①

从此，庞巴福就开始受难。据我所知，直到现在还在受难。鹦鹉活得很长。我想，也算是眷顾吧，它们事过就忘，没有致命的记性。

当我想着庞巴福时，小路已经到了平原的边缘，越过它，我和珀伽索斯就来到不属于非洲的地界。

这片土地上流淌着冷冽的泉水，山谷中长满蕨类，山坡上覆盖着苏格兰人歌颂的石楠。没有一块石头是我熟悉的形状，天空与地面像陌生人般相逢，阳光有气无力地照在身上，就像一个心不在焉的人和你打招呼。

这就是莫洛。第一眼看见的景象就预示了我以后对它的认识：一片严峻的土地，高而冷，在这里生活的人必须付出更多的辛劳，必须倾尽全副身心才能与它顽强的本性抗衡。

这里奔跑着羊，但它们是熟悉这里气候的土生羊。牛以平

---

① 指埃德加·爱伦·坡创作的《乌鸦》。

静的眼眸凝视着渐渐苏醒的一天，有韵律地反刍着香甜的牧草。这是个游戏，四散的小羚羊、飞羚，弄得蕨类植物沙沙作响的小动物，时不时还有水牛从树林里钻出来，不以为然地打量着青翠的山丘，转身走向另一条更平坦的小径。

这里也有农场，农户们像开拓新土地的拓荒者一样四散居住。每个人拥有的田产从他居住的小屋开始，一直延伸到他挥手示意的天际。

是的，这里也是非洲。

我下马，解下珀伽索斯的马嚼子，让它在一条来路不明的小溪中喝水。溪水流淌着，长年累月冲刷着岩石，岩石因水的力量而变成圆形。它踩着石头，鼻息在清澈的小漩涡里喷出气泡，然后开始喝水。

这片土地不属于它，也不为它所熟悉或喜爱。它退后几步，离开溪水，以直立的耳朵、清澈勇敢的眼睛感受着这一切。它用脚掌摩挲着地面，低头轻轻推了推我的肩膀，我猜，它是在哄劝我，建议我，原路返回。

然而，在接下来的一段时间里，这是我们的寄身之处——还是一片不错的土地，一片带着吉兆与万物开端的土地，也是个有终结的地方，只是我从没想过那些事物也会有结束的时候。

第十二章
是　我!

守护在我茅草屋外的树木长得参差不齐,如同稍息中的军团,它们将树影投在地上,如同手中握着过长的矛。

高大的树木扛着快要下山的太阳,它的光芒即将隐去,正催促夜幕降临。阳光仍努力穿透密集的防线,触碰着小屋的门、窗户、烟囱。但光线太微弱,和我防风灯发出的光差不多。放在木桌中央的这盏防风灯,虽然干净却显得寒酸。莫洛的夜晚来得早,在我的小屋里,则来得更早,但马厩尚未被黑暗笼罩,从我坐的地方可以清楚看见。我看见牢牢锁上的门,一段围场的篱笆,还有一个疲惫的马夫正蹒跚地向他的晚餐走去。辛苦劳作的一天已经结束,像一页写着日期的日历那样已成定局。但这一年还有许多的日子要过,还有许多别的工作要做。

有些事必须明天完成。被勒伤的柯乐塞尔需要配一副新马鞍——它的马夫会负责这事。栗色的小公马莱克已渐入最佳状态——我要让它拿出四分之三的速度,跑完一又四分之一英里。它跑的时候头抬得不够高,不能用马颔缰——只用环套,还有链状马衔铁。

还有威尔士卫兵。它没有问题：它是坎希斯康的儿子。该给它穿腱靴吗？它的腿就像不锈钢铰链一样稳当。明天是练快跑的日子，但它却不跑，它的脖子太沉重，必须花工夫慢慢调整。它会慢跑，好马总是能慢跑。明天我骑威尔士卫兵。这是三匹马。

还有两匹别的马，我靠训练它们来换取我的小屋和马厩。迟钝的马，年纪太大，而且先天不足。但工作就是工作，我想想有什么办法……

我思考着，潦草地做着记录。我真搞不懂饲料居高不下的价格，于是咬起了铅笔。我是赛马训练师，已经获得了执照。离内罗毕的赛马比赛还有两个星期，届时小旅馆会爆满，街上锣鼓喧天，观众席里将聚集来自十几个部落的不同衣着和肤色的人。赢家。输家。钞票转手。健壮的驯马师，瘦弱的驯马师，都争相解释着本应该得出的结果，说着："要不是……"他们全都是男人。这些男人都比十八岁的我年长，他们大男子主义、自信、专断，或许还有些不拘小节。但他们有权这么做。他们了解自己的工作：这其中有些东西我还需要学习，但没有很多了，我想。我希望如此。我们走着瞧，我们走着瞧吧。

咬铅笔无济于事。我的工作手记写完了，饲料的价格固若磐石，情况很艰难，但光想可改变不了什么。

我从椅子里起身，伸了个懒腰，又看了一眼马厩，还有包围着我的肃穆的树木军团。但事情并没这么伤感。下周，有人答应再给我两匹马训练，所以我的马厩规模在壮大。只是工作量也在增加。

我对自己的马夫再满意不过了。他们都从恩乔罗跟随我到这里，尽管知道工资发放可能没那么快，食物和其他物资也可能没以前多，但他们还是跟来了，光着脚走过长长的小径，衣衫褴褛，羞涩地要求工作的机会，当然，他们得到了。

但马夫能做的工作毕竟有限。他们可以干马厩里的活儿，可以骑马，可以做一切清扫工作。但他们不会缠绕加压绷带，不会治疗跛足，或是判断马匹身体情况，或是应付一匹脾气失控的马，更不用说闹情绪的马。这些是我的工作，但从早上五点到太阳落山，工作时间看来已经很长，却依旧不够用。要是有个能信任的人就好了——某个我了解的人。但是，当然了，没有这么个人。暂时还没有。这里不再是以前的恩乔罗，那时的我年纪尚小，拥有一两个朋友。这里是现在的莫洛，我正准备去结交新朋友。老朋友都去哪里了呢？他们究竟去哪里了？

我从铁架床边的架子上取过闹钟，开始上发条。桌上的防风灯已经没有了阳光的竞争，它蹲在自己近乎派不上用场的琥珀色光晕里，将好端端的影子扭曲成骇人的形状，将黄色的光芒投射到墙上、椅子上，还有泥土地面上。

它是一盏年代久远的灯，本不属于我。它的底座是廉价的金属，到处都是刮痕，它的灯罩被烟灰熏得污渍斑斑。它曾为多少人点亮过怎样的夜晚呢？有多少人曾在这灯下书写、进食、酩酊大醉？它可曾见证过成功？

我觉得没有。它坑坑洼洼、污七八糟，习惯了承受失败，仿佛那些为它修剪过灯芯的手指，从来没能把握过希望。它散发出的光芒中没有快乐，它是只堕落的眼睛。看着它燃烧终于让我抑郁起来。我将它视为绝望的象征，只因为它不够明亮，或许是因为它不会说话。

但起码我可以说话，只不过是在纸上。我从墙上取下马鞍袋，找到父亲最近从秘鲁写来的信，再次打开阅读，然后回信。只有当笔尖在纸上的细语奋力想要刺穿它时，寂静才会显得如此难挨。我独自坐在一座迷宫里，用笔尖戳着它的层层壁垒，一层又一层……

像往常一样，我的门开着。它和关着没什么两样：除了夜色什么都看不见。很长时间里，都听不到任何声响。突然，我听见了声音，知道那是有人正赤足向我走来。但这脚步声非常磊落，没有任何杂音。这是熟悉黑暗的人才会有的坦然，它正穿越我宫殿的丛林卫队。

我没有停笔，也没有抬头。只是等待着一句问候，它传了过来。

"是我。"①

---

① 原文为斯瓦希里语。

声音很柔和。那低沉的音色听来异常熟悉，我却想不起来。它恭敬、温暖，还带着些羞涩。这个斯瓦希里词汇的意思是："我在这里。"它的回声还附带着另一层意思："欢迎我吗？"

我不需要考虑。只是将笔放在写了一半的信纸上，抬起头来。不知为何，这两个字总是被信赖。"是我。"说过的人都知道，它们会灼伤撒谎者的嘴唇，让小偷的舌头化为灰烬。这是一句温和的问话，传达着尊重。答案随之而来。

我从椅子里站起身，朝门外看，一个人都没看见，却回答了他。

"卡里布！"

我说的是："进来吧，欢迎！"

我不认识走进来的这个男人。站在门槛外的是一个年轻人，身披武士的条纹斗篷。他很高大，腰间围着珠串腰带，别着一根棍棒，还有一把装在大红色刀鞘内的长刀。他的脚踝上缠着疣猴的尾巴，胸前则挂着一个中空的狮爪。他就和身后的夜色一样安静。他并没有走近，只是在门口站着。

我没有什么话好说，只好站起身等待，任凭狡猾的灯光愚弄我的记忆。然后我绕过木桌走上前去，看着他编成粗重长辫子的黑发、向前突出的下颚，还有眼睛、颧骨、手……

我的双手不由自主地伸向他。那个年轻人说话了："我是来帮忙的，为你工作，如果你需要的话。我是埃拉·鲁塔。"

现在我已看得分明。现在我已明白了。

这是那个知晓白鹭秘密的小吉比，那个来自往昔岁月的吉比再次到来。

我不知道我们谈了多久，不知道在桌边坐了多久。防风灯就在我们手边，那是一盏好灯，一盏转变了性格的快乐的灯，不再佝偻，而是靠向我们，想为老朋友贡献一点光亮。我们或许谈了一个小时，或许三个小时。我们俩各自都有一本日记，没有书写下来的只字片语，但记忆栩栩如生，我们也为彼此找到了听众。

我说起恩乔罗，说到农场的结束，说到发生过的以及我希望发生的事。我们因某些事情而放声大笑，因为我们已经成长太多；我们对某些事情又非常在意，因为我们依旧年轻。

他说起自己获得那把梦寐已久的长矛并成为一名战士后的日子，他有了新名字：埃拉·鲁塔。他几乎已经不记得那个吉比，吉比已经消失，像一则传说。在我面前的是一位战士，一个庄重的男人。

"世界真大。"他说，"最北我到过瓦辛基苏，还到过比凯里乔更南面的地方，我还曾在肯尼亚山脉上走过。但无论人走到哪里，肩上、身后以及面前，总还有更多的地方可以去，所以继续向前走已经没有意义。我捕猎过水牛和狮子，在一个叫索亚姆的地方卖过羊，和其他人去过别的地方。一个人经历过这些，就可以回家了，而他却并没有变得更智慧。"

"所以你失望了，埃拉·鲁塔？当你还是个孩子，当你还是吉比的时候，你不会像这样说话。"

"男孩不会像男人一样说话。这世界教会我的东西，并不比父亲教会我的多，也不比我从埃拉·图贡那里学到的多。"

"我不认识埃拉·图贡。"

"我父亲选他来帮我为割礼做准备，我认为他事先教会了我很多。他是我父亲一辈的纳迪战士，非常智慧的人。他告诉我纳迪族的历史以及人将如何度过一生，要语调轻柔，要收起愤怒，只将它用在需要的地方——就像别在我腰带上的这把长刀。他告诉我，上帝如何送来第一头牛，让我们族人得以繁衍，如果我们节省地使用，我们的部落就不会消亡。他告诉我战争的事，告诉我一个人如果失去了战斗的意志，那他的灵魂就会像老太婆的脸一样枯萎。图贡教导我这些事情。告诉我男人该吃什么，怎样去爱，这样他就保有人的尊严，而不是牛群中的一头牛，或是大嚼猎物的土狼。

"现在我结婚了，终于结了婚——但我先学会了这些生存之道。服从法律是其中一项，听从我的心是其中一部分。我见过比我见识更广的人，有一个人甚至曾站在及膝深的水里，那水无边无际，尝在舌尖是咸的。另一个人住在一个非常大的村子里，一百个人中只有一个认识他的邻居。这些人也有智慧，但我从父亲迈纳——你深深记得他，还有图贡那里学到的知识，似乎已够一生享用了。

"门萨希布 ①，这些年来，你学到更多东西了吗？"

吉比成为埃拉·鲁塔，而贝露则成了门萨希布！这个夸张的词终结了我的少年时光，并让我总是回想起它结束的这一幕。

孩子不知道也不想知道所谓的种族、肤色、阶级，但当他长大，眼见每个人无可避免地踏进各自既定的轨道，就像硬币和金币被银行分类，他就会迅速学会这些。鲁塔就坐在我面前，他是我的好朋友，但双手掌握的时间将越来越短，他嘴唇上的笑也会变得没有现在这般热切，尽管走的路也还是一样，但他现在会走在我身后。在我们单纯的懵懂岁月里，我们曾经并肩而行。

没有。我的朋友。我并没有学到更多东西。这些年来，我也没有遇到多少学识渊博的人。

接下来在莫洛的日子变得轻松许多。鲁塔没有忘记他对马匹的知识。我的一部分活儿成了他的工作，不久他将妻子接来同住。没过多少时间，我照顾的马从五匹变成八匹，后来又成了十匹，很快，我的茅草小屋和简陋的马厩都不够用了，甚至鲁塔和马夫的住处都不再适合居住，我开始考虑别的地方。我想到了纳库鲁，位于裂谷深处，那里有更宽敞的马厩、过得去的马场，还有更暖和的气候。我决定向珀伽索斯屈服，它从未

---

① 门萨希布，斯瓦希里语，是对女士的尊称。

放弃过自己的观点，而是日复一日地坚持着，每当我骑上它，它总要倔强地走向当初来到莫洛的那条小径。这里，它不断地说，这里根本不是我们的地盘！

但它确实曾属于我们，因为有件事就在这里发生。

对于命运的安排，我无法给出深奥的评价。它似乎早出晚归，对那些不把它放在眼里的人，总是异常慷慨。这是个草率的结论，对这个话题不会带来更多深层的思考。但现如今，每当我想起莫洛，我就不得不想起命运：我依旧没有学会对那里发生的一切做出更好的解释。对我来说最无法忘怀的是，如果我没有去莫洛，我可能永远都见不到纽约，也不会学习开飞机，不会学习猎大象，事实上，除了等待日子一天天流逝，我什么都不会学到。

我曾一直相信，一个人生命中重要而激动人心的改变，只会出现在世界上的某个交叉路口，在那里，人们相遇，建起高高的大楼，拿他们的劳动成果做交易，快乐大笑，辛勤劳作，像苦行僧袍子上的串珠一样，牢牢攥住飞速旋转的文明。在我想象的世界里，每个人都忙得上气不接下气，每个人都被我永远都不想听到的快速音乐催促着。我从不曾向往过这些。它们就像书中的故事那样遥不可及，如同童年记忆中《天方夜谭》里的巴格达。

但莫洛是梦想的另一端——梦醒来的那一端。它触手可及，平静、黯淡。

两个人在土堆上的相逢，能引发什么惊天动地的大事？在泥土路上说出的一席话，又如何改变一个人生命的走向？更何况那还是条短暂而虚弱地存于非洲无情山脉间的泥土路。除了随风而逝，一段对话还能有别的结果吗？

一天，珀伽索斯和我在路上走着，遇见了一个陌生人。他没有骑马，站在泥土路上，身旁是一辆陷在泥沼中的汽车，车熄了火。他正试着用脏兮兮的手哄骗引擎重新振作。他顶着烈日，满身油污和汗水地忙碌着。在这个透着绝望、枯燥无味的画面中，他是唯一活动的物体，但动着的双手表现出耐心。这个男人年轻而镇定，但他和所有弯腰干这个活儿的人相比，并没有什么不同。

在非洲，人们学会了相互照应。他们的生活仰仗着一种"信用平衡"：今天你帮助别人，某天，作为回报你或许需要别人帮助你。在这个人迹罕见的国度，"邻里和睦"与其说是说教，不如说是生存之道。如果你遇见谁碰上麻烦，你停下了脚步，那么下次，他或许会为你停下脚步。

"需要帮忙吗？"

我从珀伽索斯背上下来，小马驹稳稳地站着，紧紧拽着缰绳，用惧怕和怀疑的眼神打量着那堆破铜烂铁和橡胶组成的怪物。我见过引擎，恩乔罗农场的磨坊里有过大引擎，至于汽车引擎，我父亲是非洲最早拥有汽车的那批人之一，有时我去内罗毕拜访，也见过一些汽车。它们会开进非洲内陆，但很少像这辆开到莫洛这么高海拔的地方。我知道发生了什么，不是用光了汽油，就是扎破了轮胎，或者就是抛锚了。

陌生人放下手里的活儿转过身来，笑着摇了摇头。是啊，我帮不上忙。引擎是情绪不定的东西，需要照料。他已经照料了它几个星期，逐渐摸透了它的脾气。

"不觉得这工作无聊吗？"

他抹去钳子上的油污，耸了耸肩，眯起眼睛看着太阳。没有啊。好吧，是有点。有时候当然会这么觉得。有时，他被这工作闷坏了。但你总得找些事情来操心，不是吗？你不能光坐在非洲的窗台上，看云卷云舒，是不是？

"我想是的。"

我坐在草丛中，手里握着缰绳，身体微微靠着珀伽索斯的前腿。那里没有地方可以拴马，事实上，那里什么都没有，只有绵延不断、直至天际的山丘。天上连朵云都没有。汽车画在这块简单的画布上显得很突兀，就好像有个孩子把一张傻气的玩具图片贴在了你熟悉多年的油画上。

年轻人丢下钳子，盘腿坐下。他有一双聪慧的眼睛，微微闪着幽默的神采。他比我年长六到七岁，但他友善地没有显示出自己的屈尊以待。

"我知道你在想什么。汽车在这儿显得很傻，你的马就显得很自然。但你不能阻止事情的发展，你知道吗？有一天，当道路都修建起来，这个国家将到处是隆隆作响的火车和汽车，那时我们就会习以为常。"

"我不会。我见过的火车都脏兮兮的，即便是你，也没对汽车心存多大指望。"

他笑着表示同意："真是没啥指望。我在埃尔达马勒温①有块很小的农场。要是它能赚足够的钱，我就买架飞机——我在战时驾驶过一架，喜欢上了。而汽车，让我有事情忙活了……"

我听说过飞机——它们也是巴格达一类的存在。人们讨论飞机，我父亲也谈到它，说起的时候几乎总是摇头。看起来，它们似乎是有意思的发明，有人坐着它从一个地方到另一地方去；至于原因，我不清楚。跨出这一步，似乎就远离了生命的温暖，以及它流动的韵律。它远远超过了我理解的范畴，无法喜欢，也无从相信。人不是鸟，迈纳会怎么嘲笑这事情啊：人类希望自己长出翅膀！对他来说，这种事情不过是传说。

"当你飞行的时候，"年轻人说，"你会感觉到满足，就像拥有了整个非洲。你觉得目力所及的一切都属于你：所有的碎片都合而为一，全部归你所有。并不是你想要，而是因你独自身处机舱，没有人能与你分享。它存在着，属于你。它让你感觉自己比真实的那个自己更强大，已接近你认为自己或将达成的事，你只是还没提起胆量认真细想罢了。"

对于这些，迈纳会怎么说？迈纳，他只想光脚走在平坦的

---

① 埃尔达马勒温，肯尼亚的乡野小镇。

路上，目视土地，手握长矛，心怀骄傲。他可能会找个故事来应答这席话，他会说："莱克威，听好了！从前有只小豹子，觉得自己的同类长得太弱小，于是有一天，这只小豹子……"

迈纳会这么说，还会说更多。但我几乎一言未发。我看着这个男人，手里握着被烈日晒得发烫的金属工具，在一条小路上修理着他的破引擎。他不是傻瓜，最多也只是个梦想家。他说的这些话都是当真的——不是对我（我不过是个聆听他梦想的听众），而是对他自己。这些都是严肃的梦想，假以时日，他将使之成真。

汤姆·布莱克从不是那种以上报纸头条为荣，或者排挤他人上位的人，要是以飞行时间而不是报道篇幅来衡量飞行员的成就，他的名字排得很靠前。一九四三年，他和查尔斯·司考特驾驶那架鲜红的"彗星"号环球飞越了七千英里，名噪一时。还有其他的几次飞行也让大众心向往之。但这些都是旁枝末节，一个人的伟大并非靠短暂的荣耀时刻得以彰显，而是体现在他的日常工作记录中。

我看着记录被写下。但自与莫洛路边的那次相遇，又过去了许多时日，等我们再次相遇，中间已发生许多插曲。

我骑上珀伽索斯，挥手告别。身后传来疲惫的引擎再次启动的声响，它用沙哑的嗓音歌唱着，毫无乐感。而让它复活的快乐修理匠则在飞扬的尘土中继续他的梦想之旅。

他慷慨地在一个陌生人身上浪费了很多时间，他留给我一席话，交给我一把钥匙，用以打开一扇我从不知晓的门，它的存在，我还要摸索。

"所有的碎片都合而为一，全部归你所有……"一句话引发一个想法，一个想法构成一个计划，一个计划付诸一次实践。变化缓慢发生，"现在"就像个懒散的旅人，在"明日"到来的路上虚掷着光阴。

理不清的思绪，纷乱的思绪，荒谬的思绪！清醒一点吧！有谁听说过，命运之神手里握着钳子？

"走吧，珀伽索斯——伸伸你漂亮的蹄子。快到吃草的时间啦！"

第十三章
我将带给你好运

这个红下巴的俄国佬盯着他那杯伏特加，一饮而尽，然后打了个饱嗝。

"猎豹？"他说，"哈，我曾用一把折刀对付过西伯利亚的狼群。听着，我的朋友，有一次在托波尔斯克……"

"我是牛津人，"挨着他坐的人说，"我们唱歌好吗？"

"等乐队停下来再说吧。"

"白人猎手？你需要最好的，老伙计。如果可以就找布里克森，或者芬奇·哈顿。大裂谷可不是海德公园，你知道……"

"在美国，我们总是把什么都造得最大。比如说现在的芝加哥……"

"要香槟吗，门萨希布？"

"只要一点……谢谢。亲爱的，你刚才说什么来着？那个戴眼镜的是德拉米尔阁下吗？"

"不，是那个蓄长发的。他从不错过任何一次赛马会，他从不错过任何事。"

"敬老穆海迦俱乐部！"

"敬老黑格和黑格 ① ！"

"敬老哈罗公学——这一杯敬哈罗公学！"

"伊顿公学，你是说伊顿公学吧——划啊，一起划啊，稳住船头……"

"四十年来……"

"先生们！先生们！"一个醉醺醺的家伙，像一片被风吹倒的棕榈叶，朝着这片欢乐的海洋皱起眉头，想平息这场纷乱，可惜他无力回天。海浪席卷升高，将他吞没在一阵欢笑中，然后继续不断翻滚。

要有音乐，于是就有了音乐。

"柏瑞尔，我正在找你呢……"

艾瑞克·古奇瘦削悠闲的身影晃到我身边。

他脸上笔直的线条很是节俭，他的蓝眼睛一片坦诚。他是个农夫，多年来都无怨无悔地耕作着。他喜欢这工作。他喜欢各种动物，尤其是马。他的小牝马聪儿，就在我的马厩里。现在我已经搬到纳库鲁，离开了莫洛的苏格兰气息，以及它寒冷的夜晚和极具异国风情的景色——这一点加尔文主义者或许并不认同。我和训练的那些马匹的主人保持着密切联系，这是场

---

① 指道格拉斯·黑格将军（1861—1928），第一次世界大战中曾任英军陆军元帅，他在作战中蔑视新式武器，常常导致大量士兵伤亡。他的父亲老黑格在苏格兰经营酿酒生意。

大型比赛，至关重要的比赛——圣莱格赛马会，我的绝大多数希望（还有艾瑞克的希望）都悬在聪儿丝绒般光滑的肩膀上。

艾瑞克找到一把椅子，想方设法挤到我的桌边。在喧嚣之中，我们交头接耳地谈论着对我们来说相当严肃的事情。因为缺少一个会打拍子的指挥，这些人渐强的合唱声震耳欲聋，快要掀翻穆海迦俱乐部的天花板了。

我们可以找别处交谈，内罗毕已经摆脱了当年的泥沼地和铁皮屋。还有别的地方可以谈论赛马，但没有一个地方比这里更适合，更意气相投。诗人或农夫，政客或失意者，每个人都有他们喜欢流连的小酒馆，每个村庄都有它饮酒作乐的圣地，风格由出入其中的人来决定。

伦敦的酒吧或是巴黎的酒馆——啤酒屋、咖啡店，酒肆、旅馆，无论被称作什么，都是圣殿，可以高谈阔论的庙宇，让友谊升温的场所。在茶壶边，在觥筹交错间，并无多少言语，很少会在第二天早晨让这个瞌睡世界深受启发。演奏过的音乐随消逝的时光一起失去踪影，那些言语也随飘落的灰尘一起消亡，并被小心地清扫干净。

那些过去的时光，那些逝去的时光，在记忆半睁半闭的眼睛看来，从未从日历上列队经过，事实也确实如此。它们都聚在燃烧的篝火前，斜倚着某张桌子，或是聆听着某一首老歌。

穆海迦俱乐部如今想必已物是人非。当年，"Na Kupa Hati M'zuri"（我将带给你好运）这行字曾刻在俱乐部壁炉的石头上。

它宽敞的大厅、酒吧和餐厅，装潢得并不会让满手老茧的猎人们望而却步，也不会让穿金戴银的富绅们感觉不自在。在这间屋子里，我认识的那些创造了非洲的人夜以继日地起舞、交谈、欢笑。

但只是偶尔这样，穆海迦俱乐部并非夜夜笙歌。它的成员或常客并非个个都是游手好闲之辈。农田需要农夫，游猎需要猎人，马匹需要马夫。在那里，和其他所有地方一样，工作就是工作，但如有空闲——那时就去镇上的酒馆。

"白天苦干，夜晚作乐！"我不知道是谁发明了这种简洁明了的生活方式，但我知道有谁将它奉为信条与干杯的理由。寻欢作乐的夜晚少不了桑迪·莱特——苏格兰的子民，土地的夫婿，恩乔罗的先驱，他总是频频举杯，要他的酒伴饮尽一杯又一杯。

海军军官们从停泊在蒙巴萨的战舰上过来，总能在陆地上精确地找到通往穆海迦的航道；政客们从互为掣肘又高谈阔论的长廊中逃脱，闲适地坐在穆海迦的沙发上；地方长官们——皮肤如皮革般黝黑，尽管垦荒的风声还在他们耳畔回响，但他们可以暂时忘却荒原与抉择，以及黑人的处事方式与白人的繁文缛节，他们在穆海迦觅得慰藉。狮子、大象、水牛、扭角羚——有些昨天才死去，有些已作古多年，都在英国骨瓷杯碟堆成的灌木林间、在麻制桌布垒成的山丘后，或是鸡尾酒搅拌棒组成的丛林里，再次复活，并被再次射杀。

"我站在这里……帮我扛枪的人站在那里……獠牙？只有不到两百……"

"长着黑色鬃毛的魔鬼——靠近的时候真是庞然大物，可我的来复枪还在帐篷里……"

"哈！"红下巴的俄国佬说，"狮子？听着，我的朋友，我曾对付过西伯利亚的狼群……"

要有音乐。

在赛马聚会上，有的不仅仅是音乐。在赛马聚会上，有的也不仅仅是赛马，每节比赛开头宣告比赛开始的小号手看来也不仅仅是肯尼亚军乐队的成员，而是一名穿花衣的吹笛人①，他吹奏这高亢、单调的音符，催促所有土地的主人赶快到来，尽管他们不再是孩子，却无法违抗这令人无法抗拒的音符。

就像鲁塔曾经是吉比，现在的肯尼亚过去曾是英属东非。内罗毕就是这片土地的前哨地带，穿着合身的衣服，戴着宽边草帽，看护着一座英式花园。它培养出的习惯都根植于一棵古树，所以它为晚餐盛装，顺时针传递葡萄酒，热爱赛马。

"那么，"艾瑞克·古奇说，"我们有多少胜算？"

我皱着眉摇了摇头："要是没莱克搅局，事情就完美了。"

我居然说出了这种话！我可是将自己全部的技巧和力气都倾注在了这匹栗色小马的每一块壮实的肌肉里了。莱克的力量是

---

① 吹笛人，来自格林童话《魔笛》，吹笛人用笛声带走了城里的老鼠，后又为报复城里不守诺言的居民而带走了他们的孩子。

我亲手培养出来的，它早已是赛马会的大热门，它会阻挡我取胜。这些白墙间回荡的议论有一部分正是关于莱克的，猜测的低语就像瓶子里的蜜蜂一样嗡嗡作响。

艾瑞克和我的思绪回到了过去。

十二个星期以前，莱克被它的主人从我位于纳库鲁的马厩带走，交给了另一位驯马师，他是个伯乐。莱克在和我相处的那年里，从一头四肢瘦弱、头重脚轻的小马驹成长为一匹发育健全的赛马，变得敏捷、高傲，对比赛不屑一顾。莱克能跑，它也知道这点。焦虑之中，马主人听信了那些议论，觉得一个十八岁的女孩无法胜任最后那些细致的工作，比如说仔细地打造肌肉线条；他也觉得女孩无法完成那些复杂的任务，比如说让马相信，在它的世界里，不存在被别的马打败的可能。正是因为这些疑虑的推波助澜，莱克从我身边被带走了。而我正稳步建立起来的驯马师声名，也因为这个事件而深受打击。

但流言蜚语也有积极的意义。交头接耳的人不仅仅传递坏消息，尽管微弱，有些人还是从中嗅到了不公正的气息。

艾瑞克·古奇听说我会带大约十五匹马参加内罗毕的大型赛马会，其中一些会赢得次级的比赛。他也知道，如果没有莱克，我根本无法晋级经典争夺赛——这是唯一重要的一场比赛。艾瑞克苦思良久，然后从他位于涅里的农场来到我的马厩。

"这事让我很担忧，"他说，"但我没有任何解决办法。莱克已经被带走了，也带走了胜算。据我看来，目前没什么能阻挡它。当然，还有聪儿，但是，该死的，你知道聪儿那马。"

了解它？就和珀伽索斯一样，它是在我双手中诞生的。它的纯正血统来自二十代冠军马的层层过滤，它夺冠的机会与莱克旗鼓相当，但是它的腿却是问题关键。

聪儿两岁大，因为第一任训练师处理不当，它的脚腱遭受过剧烈震荡——过早在太硬的赛道上奔跑所致。尽管它内心如火，体内热情四溢，但它几乎无法载人。在十二周的时间内，有无可能让它雄心勃勃却虚弱的腿变得有力起来呢？能否让它们变得足够强壮，能够跑过一又四分之三英里的距离，夺取桂冠？

艾瑞克觉得不可能，如果我愿意训练它，那它就属于我。

好吧，我愿意训练它。对于它，我不过是需要付出辛劳。但对于莱克——我的莱克来说，看着它披着别人的彩衣掠过赛场，我需要付出的东西则远远不止辛劳。

事情就这么定了下来。举止温柔的聪儿，姿态柔顺、目光和煦，带着必胜的信念（如果它的四肢能再次强健起来），来到纳库鲁接受我的照料。我和鲁塔，还有这匹小马，我们一同忙碌，一同担忧，但幸福的是，我们起码拥有自己的世界，能全情投入其中。

这是个绝对的世界，没有边界模糊的中间声调或色调，在纳库鲁的创造过程中，没有含混不清的笔触。

湖岸沉浸在寂静中，但环绕四周的浅滩却并不沉寂，不仅仅是因为偶尔有一只鸟、一群鸟或是成百只鸟从天空掠过。白天的纳库鲁根本不是湖，而是一只由粉红色与火红色汇成的熔炉：火烈鸟的翅膀点燃每一朵火焰、成千上万朵火焰。无论对谁来说，一万只颜色亮丽的火烈鸟齐聚一堂的景象，都会在多年之后回想时变得不可思议。但一万这个数目在纳库鲁是微不足道的，起码要十万，这个数目才有些接近。

梅涅盖火山俯瞰着小镇和湖泊。有史以来，它从未喷发岩浆，只不过是冒几缕黑烟而已。但裂谷承载着太多的事物，就像大海中有珊瑚，沙漠中有沙粒。人类的历史太过短暂，只能见证偶然发生的事。明天，后天，或者明年，梅涅盖火山可能再度成为一只大火盆，让偶尔经过的神明可以借火光温暖一下他们全能的手。但那之前，人们还是可以安全地站在它的边缘，看着粉红色的湖泊和火红色的翅膀，湖离得那么远，却好像暂时窃取了火山所有的火焰。

我就在这壮丽的背景下训练马匹。每天天一亮，我和鲁塔、聪儿在平坦湖岸上的出场想必非常风光，就像三只老鼠穿过为瓦格纳的著名歌剧而搭建的舞台。我使用这片湖岸是因为它是唯一足够柔软的土地，适合聪儿那敏感的四肢。

我的住处甚至没有莫洛的那些小屋考究。白天，我住在专为我的需要而搭建的马厩里，晚上则睡在一座小看台上面的房间里。看台和赛马场一样，都是由这个地区不苟言笑的苏格兰居民建造，他们和其他因循守旧的苏格兰族裔一样，一旦看不见马，就全身不舒服。

每当我看着聪儿在潮湿的地面锻炼它的脚踝时，火烈鸟在湖面起飞滑翔，河马摇摆着走入湖中，我就会想起莱克——傲慢的莱克。我对它是多么了解！

但十二周的时间转瞬即逝，我必须竭尽所能完成工作。

现在，我们终于来到了这里。艾瑞克端起杯子，满怀希望地向我提问，穆海迦的乐声不时穿过我们的对话，狂欢的人们不断鼓掌，重复古老的祝酒词——还要为明天的比赛下注。

一百英镑，两百英镑……

"那匹小母马有希望吗？"

"赢过莱克？当然没有啦。"

"别这么肯定……别这么肯定。为什么？因为我记得……"

哎，这正是赛马的乐趣所在。

骑师：桑尼·邦普斯。

名字能代表什么？但至少这个名字里没有重量，反而带着轻盈的傲慢。有谁胆敢挑战这么一个欢快而自信的组合：桑尼·邦普斯驾驭聪儿。

如果这还不够让人闻风丧胆，再加上鲁塔如何？鲁塔，这个来自恩乔罗的神秘主义者、魔法师与巫师。

"哎呀！"他一边说，一边用受到神灵启示的双手抚摸着小马驹，"我要让这些肌肉变成应战的纳迪战士的肌肉。我要让它们变得像旺德罗伯人的弓箭一样强壮。我要把自己的力量注入其间！莱克，我要警告你！你是匹小公马，但是神明将长矛般锐利的心脏赐给了我们的小母马，将风的意愿注入了它的肺。你不会赢，莱克；我，鲁塔，把话撂在这里！"

他向我转过身，神情严肃："就这么定了，门萨希布，莱克会输。"

我正将聪儿的鬃毛梳成辫子，此时抬起头来，笑了。

"有的时候，鲁塔，你说话就像吉比。"

鲁塔犹豫地回应我的微笑。他虽然思绪万千，但还不至于不明事理。"不，门萨希布，我只是拥有让信念成真的力量。这是只有纳迪武士才能做到的事。"

我们正身处赛马场的马厩里，再过两个小时，比赛就要开始。当鲁塔安抚着马匹，我将丝绸般柔顺的鬃毛编成辫子，铁匠铺开工具，为聪儿戴上比赛用的铝制马鞍。小母马安静地站着，像只打盹的猫。但它并没有睡着。它什么都知道，它在思考。或者它和我一样在考虑着它那脆弱的脚腱。它无法感觉到，因为那并不疼痛。问题在于，在起点到终点之间，它们能承受多快的速度，又能承担起多少次坚硬跑道的撞击。

它因为铁匠的触碰而直起身来，然后以优雅的驯服姿势伸出一条腿。无论要求它做什么，它都会照办，就像它一直以来做的那样。它转过头来，轻轻触碰我，对我说："不要担心，我会好好跑。只要这些腿能支撑住我，我就会跑。但我们还要等多久啊？"

快了，聪儿，就快了。

铁匠完成工作后，我离开马厩，又用了二十分钟的时间研究跑道，几乎忘了自己已经看过十多次。其他的驯马师和马主在围场周围独自站着，或是成双成对地站着，有的则靠在椭圆形跑道旁的白色柱子上。马夫们都很忙碌，一个骑手穿着代表麦克米兰夫人家马房的彩色赛服穿过乱哄哄的人群，这是一个举足轻重、惹人注目的小个子。赌马经纪人挤得摩肩接踵，不停踩着自己和别人的脚趾，或是呆呆地站着，手里紧攥着皱巴巴的纸条，像攥着通往理想黄金国①的护照。

人群像云朵一样越聚越密集，缓缓飘过赛道，挪向观众席，最后和军乐队的嘹亮军歌混成一片。

北面是若隐若现的肯尼亚山脉，基库尤神明的皇冠，在阳光下闪闪发光，山顶覆着永不消融的白雪。而东北方，稍微低矮些的是绵延的阿布戴尔山脉，像一排尊贵的紫色长沙发，等着同一个神明在闲暇时前来小憩。在这些富丽堂皇的装饰下，聚集着由庶民们踩踏出来的土地：印度集市、索马里村庄和自成微型王国的内罗毕。而居住其中的人们，肤色就像未经归类的珠子一样丰富，经过马场敞开的大门蜂拥而至，祈祷能顺利通过，急切盼望着欢乐时刻的到来。

---

① 理想黄金国，原文为西班牙语，南美部落中流传着黄金国的传说，吸引很多西班牙殖民者前往寻宝。

有时我会寻思，究竟是什么吸引这么多人来到这个临时搭建的露天马场，是奔跑的美丽马匹，是人群的吸引力，抑或是轻而易举就可小赚一笔的愿望？或许这些都不是原因，而是某种转瞬即逝又无法言说的渴盼，它寄托于一种无拘无束的力量，来自飞速奔跑的马身和不断击打地面的马蹄。

印度小店的店主、政府公务员、德拉米尔阁下和艾瑞克·古奇，各式各样的人物，从各地前来，齐聚一堂，环起手臂坐下，定期向这种用一张钞票就能买下的卑微动物致敬。

但我依旧怀疑，它们是否真的曾被买下？我怀疑坎希斯康的灵魂、珀伽索斯顽固的忠诚，以及聪儿的聪慧与勇敢是否真的曾被买下？

这样谈论马匹，是否过分？

我记得它们做过的事，我记得圣莱格赛马会。

和欧洲大陆那些大规模的赛马会相比，这只是不值一提的赛事。但对于莱克、聪儿和其他八匹马来说，这比赛并非不值一提。对于做着最后准备的我来说，也是一样。

我感觉着小母马的四肢，有点肿，但并不发烫。我跪下来，小心地将腱靴紧紧绕在它的脚踝上。我为它戴上轻巧的缰绳、蓝金色相间的头饰带，最后将马额缰绕过它的头，戴在它的脖子上。

鲁塔将起保护作用的鞍垫安放在它的肩胛骨之间，然后铺上号码布，安上马鞍。最后，我拉紧了腹带。我们没有交谈。

再过几分钟，召唤马匹集合的铃声就会响起。

桑尼·邦普斯已经接到了指示，这个瘦削的黑发男孩，全神贯注地聆听着每一个字。他是名高贵的骑师，像阳光般坦诚。

我一遍遍解释作战策略："第一个八分之一英里时，在莱克身后保持一到两个身长的距离，等着小母马完全热好身。在第一个弯道时稳住它，如果在这之后，它的四蹄依旧能站立，就让它全力以赴跑下去。领先，并保持住。它意志坚决而且非常快速。它会永远保持状态。如果莱克发出挑战，也不要担心——只要它的四肢能够承受住，它永远都不会退缩。如果它们扛不住了，也不是你的错。但无论发生什么，都不要使用你的鞭子。如果你挥鞭，它会停在赛道上。"

就是这些。能做的就是这些。铃声响了，我朝鲁塔点了点头。他抓起聪儿的缰绳，带着它缓步走向马场。它小腹上那一小片汗渍是唯一的证据，表明它也分担着我们的紧张、我们没有说出口的担忧和我们无声的希望。

马场上，它排在莱克身后只是个巧合，却给了我近距离比较两者的机会。我几乎没兴趣关心别的马。麦克米兰夫人的几匹马进场了，德拉米尔家的一匹马，还有两匹是斯班塞·特莱恩带进来的，他是最优秀的驯马师之一。它们都是良驹，但我得承认，谁都不能构成威胁。但聪儿却有两个对手：莱克和它自己脆弱的脚踝。

尚未获得胜利，莱克就已经得意洋洋。它是头美丽的小公马，马身就如同它的速度一样流畅，舞姿可媲美敏捷的拳击手。踩着热切的脚步，它在稳重腼腆的聪儿面前炫耀着自己耀目的身姿。我注视着它，将它引人注目的身形归功于自己过去的努力训练。但同时，我内心还怀有小小的窃喜，因为我看见大量的汗水正从它栗色的皮毛下渗出，经验丰富的手指会发现这皮毛过于干燥了。自从离开我以后，莱克有没有被过度训练呢？是不是有人操之过急了？或者这不过是我一厢情愿的想法而已……

　　我看到莱克的主人就在赛道上几码开外的地方，身边是莱克的新训练师。我们彼此点头示意，带着只有在机器人身上才能看见的"热忱"。我就是控制不住，如果我真能装得出来，就该受到双重诅咒。

　　艾瑞克·古奇碰了碰我的肩膀。"我忍不住。"他说，"小母马看起来状态好极了，所以我自作主张在它身上为我俩各下了一注。如果它输了，我也用不着抵押我那祖宅。如果它赢了，我们都会变得富裕那么一点。它会赢吗？"

　　"它的脚腱就像燕麦秆那么脆弱，但它会努力。"

　　"莱克会是头马！"我身旁一位武断的绅士赶着去给莱克下注。我颇不以为然，但这家伙也不算傻。

　　有人讨论说聪儿状态奇佳，但是小牝马却像拴马柱一般，对这些恭维充耳不闻。它在五百双苛刻的眼睛注视下，沿着马场散步。它姿态谦虚地走着，甚至有些羞怯，好像它希望自己的出现只是一个值得原谅的小错误。

突然，观众开始骚动起来，马场上的开阔地被清场，第一匹马——一匹黑色的公马，从马场的通道上走来，自以为是地朝赛道缓缓而行。不出几分钟，它将溃不成军。

艾瑞克和我快步经过看台，走向德拉米尔家的包厢。我们等待着，观看着，趴在木头栏杆上。

马匹轻快地小跑着，经过观众席。羽毛般轻巧的桑尼骑着聪儿，像个害羞的女学生跟在别的马匹后面。它并不自大，却有承受虚荣的本钱。场中没有别的马比它漂亮，也没有别的马像它那样若有所思。我倾身向前，傻气地想要让它注意到我的存在，让它能够明白，有人分担着它不能言说的重负——它的脚腱虽然绑得不着痕迹，但很可能马上就要缴械投降。

艾瑞克神采奕奕，但我丝毫不多加回应。我拿下望远镜的盖子，却发现双手在颤抖。它不会赢，它赢不了。我了解莱克的状态。我尽量显得随意，对我的朋友们点头示意，笨拙地翻阅着赛事安排，好像我真能看进去一样。但纸上一片空白，我什么都看不清。我站着凝视那一小群马，带着严肃的焦虑，好像这不是在非洲艳阳下、维多利亚湖与印度洋之间举办的一个乱糟糟的村级赛马会，而是一场有史以来最重要的大赛，在一个最伟大的马场上进行，整个世界都站在我的身后观看着。

乐队不合作地演奏着叫人神经紧张的旋律，人群在重音时跺着地板。我期望乐队能赶快停下来——尽管我喜欢乐队。我希望人群赶快停止哼唱那令人沮丧的旋律——尽管我喜欢这曲调。尽管不戴眼镜也能看得很清楚，我还是拿起了望远镜。

它们站在起点，有的急切，有的固执，有的犹豫不决。骑师骑在它们光滑的背上，就像绑着绳子，花枝招展的廉价商品。他们上下晃动，起身，前倾，然后再次坐稳。一匹马扬起后蹄，或是转圈，在跑道上扬起阵阵烟尘，直到它背上的小人被烟尘淹没，然后再次现身，如今已转换了角色，成为倔强的人类，控制、引导、观察。

我找到了莱克。看看莱克！它会为奔跑而战，它渴望奔跑。和平常一样，它对拖延很不耐烦。这头傲慢的野兽，希望一切尽快结束。这是属于它的比赛，它希望一锤定音，干脆地解决掉我们，为什么要操办什么仪式？为什么要制造悬念？跑吧！它踮着脚尖，如果骑师不能控制住它，它就会向前冲。放松，莱克，平静些，你这优雅的傻瓜！

发令员已经做好准备，观众们已经做好准备，艾瑞克和我也已经做好准备。乐队已经停止演奏，马场像神殿一样鸦雀无声。到时候了——就是这一刻。稳住，桑尼，结局如何全系于开始，你知道的。稳住，聪儿。好了，所有的马都跃跃欲试，所有的马垂首以待。

漂亮的阵容，它们的鼻子就像皮带上的孔一样整齐。注意看着那旗帜，注意看……

不，错误的起跑！莱克，你这白痴。我要拿锤子砸你。我曾纠正过你的。你不能这样起跑，你要镇定。你不记得了吗？
你应该……

"镇定点，"艾瑞克说，"你在发抖。"

我确实在发抖。不像树叶般瑟瑟发抖，但像树枝般晃动着。
我不知道该如何是好，于是转身向艾瑞克露出呆傻的笑容，好
像某个刚过八十岁生日的老头邀请我共舞。

当我再次转过身的时候，它们已经跑远，莱克一马当先。
没关系，这正是我预料中的情况。这也是观众们希望看见的场
面。五百个声音，每一个都像是一架庞大而无序的管风琴上的
音管，高亢激昂，喧嚣不止。它们向我席卷而来，到我耳中却
像一声低语。我已经停止颤抖，我觉得几乎可以呼吸了。我现
在很平静——完全镇定下来。它们出发了，它们正在赛道上，
划过长长的跑道，在身后留下阵阵如雷的声响。

我怎么能将这样的比赛和音乐做比较呢？但又为什么不
呢？某个在贝多芬大理石雕像的注视下端坐于扶手椅中的完美
主义者，会不会被这个想法吓一跳？我想会的。但如果有人刚
学会音符和节拍，不想重复过去的麻木不仁，想为一首狂想曲
寻找新的主题，他可以在随便哪个入口买张票，看看马是如何
奔跑的。他能做到我无法做到的事，他将改编、重组、再现马
蹄声，它们像雨点般落下，像雷声般轰隆作响，像渐弱的鼓点
般慢慢远去。他会找到适当的乐器重现观众的呼声，为寂静找
到休止符。他会在无序中找到节奏，让叹息逐渐加强。如果他

听得足够仔细，会找到适合英雄主义表现手法的段落，然后用一阵狂野的节奏演奏出高潮，并用一系列泛音织就激昂的旋律。

比赛不是简单的事情。起码这一场不是。不仅仅是十匹马在那里尽全力奔跑而已。技巧、理智和机遇都随它们一起奔跑。勇气也随它们一同奔跑——还有策略。

你不是观看比赛，你在仔细研读。每一个转折与变化都有原因：骑师是否有能耐？他们是否出现了纰漏？马是否自信能取胜？

在踏出下一步之前，问题必须得到解答：何时该减速，何时该诱骗，何时该使花招。该加速吗？好吧，但是它能持久吗？

谁知道答案？一位好骑师——善于判断速度的好手会知道。慢速、中速、快速——该用哪个速度？千万不能让一个二流货色赢了这场比赛！桑尼不会允许的，他就像秒表般敏锐。但他也可能会判断失误。

身后跟随的是什么，诡计还是挑战？不要被愚弄了，不要急躁，不要慌张。你要知道，一又四分之三英里的距离，有十匹马展开角逐，在你证明它们不是赢家之前，谁都有可能是。还有时间，还有时间，还有太多的时间：会犯错、会被超越、会失去力气、会无法呼吸、会失败，四十只马蹄坚持不懈地反复这样说着。睁开眼睛，看着赛况！

莱克领先，接着那匹黑马奋力施压。一匹外表胜过速度的棕色马坚守着岌岌可危的第三名位置。聪儿就在它旁边的栅栏边，它很平稳，如猎豹般平稳。

"上帝啊，它表现好极了。"艾瑞克朝它呼喊着。我笑了："镇定，你在发抖。"

或许，他并没有颤抖，但他像赢了比赛似的上蹿下跳，但他没有赢。他还什么都没有赢呢。脚腱、脚腱，别忘了脚腱！它当然表现得很好，但是……

"加油，莱克！"

敌对者的支持者，身份不明。我偷偷在心里嗤之以鼻，哼哼唧唧。蠢蛋，别大呼小叫的——好好看着。它们现在位于直线跑道上。我的骑师可不蠢，桑尼可不是傻瓜。看见了吗？看见没有，聪儿正放松下来，流畅地加速？你的莱克去哪里了？别大呼小叫，好好看着。它在追赶它，不是吗？它快追上来了，有没有？

它在逼近，它追上来了。观众席一阵骚动，将赌注的事抛在了脑后，热血沸腾地呼喊起来。他们终于明白过来，莱克是强劲的力量，但是聪儿，它却是肌肉、骨骼和神经的完美协作。它迅捷而流利，就像刀锋般流利。它把自己和莱克间的距离缩短成一手宽，然后是一根头发宽，最后不再有距离。

"加油，莱克！"

不见棺材不掉泪，嗯？好吧，继续吼吧——继续嚎吧，看你还能不能接着吼！

小牝马超越小牡马，像一粒无所顾忌的沙砾超越一块石头，像一头印度豹超越一条猎狗。可怜的莱克，这会让它伤透了心。

但是没有，受伤的不是莱克的心。它微微抬起头，我知道它已极尽所能，但它又做了更多的努力。它是一匹种马，雄性的自尊引燃了勇气，浇熄了肌肉灼烧般的痛楚。它已经忘却自身，忘却骑师，除了目标，忘却一切。它低下头，在小牝马身后狂奔。

不用看也知道，艾瑞克扫了我一眼。但我无法回应他的探究。我只能看着赛况。我还不至于麻木得忽视莱克的英勇表现。

快跑莱克！超过你的极限，强过你的能力。我的莱克——我固执的莱克，还落后六个马身。

但还有多久呢？聪儿依旧贴着围栏——像一小道阴影投射在围栏上，像一道影子般移动着，也像影子般迅疾：坚决、寂静、稳健。我的望远镜跟着它，数千双眼睛跟随着它，就在这时它开始摇晃了。

它摇晃着，观众席中的嘘声中也掺杂着我的失望。小牝马在围栏边摇晃着，踉跄了一下。它的腿完了，它的速度完了，它的比赛完了。

莱克的骑师看见了这一幕，莱克也看见了。马鞭抽在它身上，但它根本不需要马鞭的催促。它迅速赶上来，缩短差距——一点点地缩短着。

"加油，莱克！"呼喊声现在几乎已是歇斯底里，从四面八方传来。

尖叫吧,呼喊吧!为莱克加油吧!你没看见小牝马的脚完蛋了吗?你没看见它只是凭着意志在奔跑吗?让莱克赢吧,让它赢得比赛。不要逼迫聪儿了,桑尼。不要碰它,桑尼……

"艾瑞克……"

但他已经不见了。他跳出包厢向赛道跑去。而我自己,一动也不能动。我存在于由尖叫、欢呼和挥动的手臂组成的真空中。莱克和小牝马现在已经抵达最后的一段直道,它已经接近它的侧腹,追赶它、超越它、羞辱它——而它已经被击溃。

望远镜悬在带子上,我俯身探出包厢,手指紧抓住木栏杆。我无法呼喊,也无法思考。我知道这只是一场赛马会。我知道,不管谁输谁赢,明天都会和昨天一样。我知道,不管谁输谁赢,地球会一样旋转——但这一切显得如此难以置信。

我觉得自己在某一瞬间元神出窍了。我的眼睛可以看见一切,但什么都无法辨识。让我重新回复神志的,不是任何声响,而是观众席中突然的寂静。一瞬有多长?来得及让这一切发生吗?

我亲见它发生——清清楚楚、真真切切,就像相机清晰地看着一切发生。我浑身冰冷,好像血液凝结。尽管全身僵硬,我却还能思索。

我看见聪儿又踉跄了一下,然后直起身来。我看着它从一道影子幻化为一簇微小然而急促的火苗,将我的疑虑一扫而光。

我看到它对莱克的威胁不屑一顾，并将欢呼堵在了它的支持者的喉间。我看着它用肿胀的腿飞速掠过最后八分之一英里，稳健地领先着，用马蹄喂了莱克满嘴的灰尘。

接着，我听见人群又找回了他们的声音，在一片震耳欲聋的赞叹声中，它冲过了终点线。

于是比赛结束了。一切复归平静，像是有人关上了巴别塔的大门。

我摸索着向前走去。骑师们正在终点处卸下马鞍。灰蒙蒙的人群正向围栏拥去，一片迷蒙而又清晰的云雾，由手臂、脑袋和肩膀组成，他们围在夺冠的马旁边，赞叹着、低语着、移动着。他们盯着瞧，但我想他们什么都没看见。他们只看见一匹红褐色的小牝马，睁着安静的眼睛默默站着——而这根本不算什么。这场面司空见惯，哪里都能看见：一匹红褐色小牝马赢了比赛。

当我和艾瑞克、桑尼和鲁塔交谈的时候，人群渐渐散去。我的手抚摸着聪儿依旧流汗的脖子，我的动作机械，几乎没有意识。

"它不单单取得了胜利，"艾瑞克说，"它还打破了赛马会纪录。"

我一言不发地点了点头，而艾瑞克带着善意的焦灼看着我。

骑师的重量已经卸去，一切都已终结，连乐队的最后几个音符也已归于平静。所有人都向大门走去，他们的赌马券变成碎纸片在马场和风里飘荡。观众席一半藏在阴影里，一半暴露在阳光下，就像一个倒空了种子的豆荚。艾瑞克拉着我的手臂随人群向出口走去。

"它打破了纪录，就靠那样的腿！"艾瑞克说。

"我知道，你说过了。"

"我是说过了。"他朝前走着，脚步拖过地面，还挠着自己的下巴，试图用这种男子气概的举动演饰自己的感伤——这尝试徒劳无益，却为他的声线增添了几许粗犷。

"也许这很愚蠢，"他说，"但我知道，你会同意的，不管我们能靠聪儿赚多少钱，它都不该再参加比赛了。"

于是它没再参加任何比赛。

第十四章
风的使命

内罗毕的前院坠向阿西平原。一天晚上，我站在那里，注视一架飞机入侵群星的领地。它飞得很高，遮蔽了数颗星星。它拂动着星光，如同一只掠过烛火的手。

引擎的轰鸣像手鼓声一样遥远。但和手鼓声不同的是，引擎的声音会改变，它逐渐靠近，直到整片天空都回荡着那浮夸的歌声。

地上都是疣猪挖的地洞，天色很暗。在飞机寻找避风港的航线上，有成千只动物正悠闲散步，如同圆木漂浮在漆黑的港口。

但是入侵者在盘旋下降，姿态显出明确的急迫。它一圈又一圈地盘旋，倾斜低飞，它的声音在说：我知道自己在哪里，让我降落。

这是前所未有的事物。外面的世界如今想必早已熟悉夜航的飞机，但在我们的世界里，天空荒芜一片。我们的世界依旧年少，迫切渴望着礼物——这就是一件礼物。

我记得我们有四个人一起站在那里，仰头凝望着，看着那坚决的身影盘旋着又复返。我们点着篝火，燃起火光。这些火光穿透黑暗，当火势最猛烈的时候，飞机降落下来，但无法着地。

　　牛羚和斑马像民众大军中的志愿者，脱离了大部队，在不断下降又上升的机翼下挪动。

　　飞机再次盘旋下降，又再次攀升，大声呼喊出它的挫败感。当它再次回来时，却带着报复式的愤怒，突破了动物军团的防线，第一次征服它们古老的圣殿。

　　螺旋桨的喧哗散发着新奇的浪漫气息，吸引更多人开车从城里赶来。这声音对我来说，像一道白色的闪电劈进紧闭的双眼，唤醒了我本不想被打扰的安眠。这是种心满意足的安眠，满足感来自简单而老式的生活。这片广袤而寂静的土地持之以恒地滋养了这种安眠。我感到好奇，但又心怀愤恨。我的所有这些情绪都毫无缘由。

　　十几只手上前帮助驾驶员走下他的单翼飞机。这是一架由高高的双翼和机身组成的机械杂交品，连最寻常的松鸦见了，都会对它嗤之以鼻。两辆汽车正好行驶过来，为这次到访增添了某种近乎神圣的气氛。飞行员走了下来：胡子拉碴，面无笑容，显然已经很久没洗漱了。

　　他扬起一只手，打发劈头盖脸的问题。另一只手里，则抓着不起眼的饼干罐子：一个衣衫褴褛、身份可疑的加拉哈特①，守护着冒牌的圣杯。

我走近些，仔细打量着他的脸。一边脸被火光照亮，另一边又被汽车的灯光照亮了。尽管如此，他那坚不可摧的自信相貌依旧清晰可辨。上次我看见他的时候，他那只抓着饼干罐的手正挥舞着一把钳子，驾驶的交通工具也比现在这个更朴实。他最崇高的理想不过是能尽快走完莫洛的泥土路。

这么说，快乐的修理工得到了他的飞机。但拥有的狂喜似乎已经暗淡，或许他只是像其他人迎接必定会到来的黎明一样，平静地接受了我眼中的重大胜利。

他朝站在地面上的我们点头示意，然后像从没打过哈欠似的打了个哈欠，接着要求两样东西：一支烟、一辆救护车。

"驾驶舱里有个伤者……有谁能送他去医院？"

一辆车立即动起来，换挡时发出歇斯底里的轰鸣，站在飞机旁的人们后退一步，仿佛死神在驾驶舱里朝他们勾了勾手指。

手里依旧抓着那只饼干罐子，汤姆·布莱克——来自莫洛，来自埃尔达马勒温，以及其他我不敢贸然打听的地方，打理好自己的飞机后，抽着烟陷入心事重重的沉默，这沉默里有没人敢打扰的专注。

当救护车抵达的时候，裹在毯子里的伤者被抬出驾驶舱。

① 加拉哈特，亚瑟王的圆桌骑士，以圣洁高贵而获得圣杯。

还有更多的围观者正在赶来，那些动物接受了停火协议，却依旧不肯接受和平，战战兢兢地结伴而来。它们的眼睛像在昏暗梦境中燃烧的灯笼。

连火焰也坚持着，带着希冀在夜色中打量。但夜空开始隆隆作响，打雷了，星群躲了起来。

伤者被抬走，牛羚、鸵鸟和斑马在这场仪式边绕圈，不知廉耻的土狗哭泣着低诉它们的失望。那位所有梦想都已获得实现的梦想家则指挥着如何摆放那只几乎一动不动的包裹，像一位祭师为太阳神献祭。

一个小时后，我想是为了纪念我们的上一次相遇，汤姆·布莱克和我坐在内罗毕唯一的一家通宵营业的咖啡馆里，我再也忍不住好奇，问了一连串问题。

我打听了那台由纤维、电线和噪音打造出来的对神明大为不敬的东西，当它从纯净的天空呼啸而过时，也在我脑海投下无法平息的涟漪。

他去过哪里？为什么会来这儿？

他耸了耸肩膀，看着我。我第一次在这双清澈的眼睛里看到了困惑。它们是蓝色的，仿佛会将所有疑问与解答都消融其中。它们在应该严肃的时候却透着笑意。它们会带着好玩而非恐惧的神色看着死猫被扔出教堂的窗户，兴许同时也会为猫的命运表示同情。

"我从伦敦驾驶飞机来到这里，"他解释说，"在基苏木降落，那是昨天的事。我再次起飞来到内罗毕前，有人从穆索玛①附近的狩猎营地带来消息。老掉牙的故事：有人再次证明愚蠢是致命的。狮子、来复枪——还有愚蠢。剩下的你就自己想象吧。"

我能想象，几乎分毫不差，但我还是更愿意听他讲。我打量了一眼这间小小的咖啡铺，有一位下士和一个印度店员站在柜台边，隔着几码远的距离，神色凝重地吃着东西，好像两人都要在天色破晓时被执行绞刑。再没有其他人。我们四个是午夜简陋的祭台前仅有的侍者，还有沉默的毛拉②，在杯盘狼藉中穿行着，身上穿着褪了色的白袍。

由于我的坚持，再有淡如清茶的咖啡的助力，我知道了事情的详情。那不过是场意外，却以某种方式证明了非洲也会发出嘲讽的微笑，尽管它会接受新事物，却不会允许任何事物逃脱它的洗礼。

汤姆·布莱克驾驶一架新飞机，怀揣一个新主意飞过了六千英里。他的梦想已经长出了翅膀和轮子。他希望以此梦想织就信赖之声，唤醒更多的梦想家，也驱散这片虽已苏醒但依旧懒散的大陆上，那令人昏睡的沉寂。

如果说，肯尼亚的城镇与村落间缺乏彼此连接的道路，就像缺乏织网的线，那么，起码也有足够的空地让机轮降落，有

---

① 穆索玛，位于坦桑尼亚。
② 毛拉，伊斯兰教中，对高级神职人员的敬称。

足够的天空让飞机打破疑虑，振翅高飞。在世界的其他地方，都是先有路再有机场，在这里却不是这样，因为肯尼亚的许多明天对别的地方来说都已经是昨日。那些和摩登时代一同闪光的新事物，与旧秩序重叠，像只不锈钢做的钟摆在生皮盾牌上一样对比鲜明。机械时代即将降临于这条地平线上，它并没有敌意，只是漠不关心地沉默着。

汤姆·布莱克驾驶他的飞机降落在这条地平线上。有一天，他的飞机会送来邮件，就和他计划中的一样。它将翱翔在被土著送信人踏平的道路上空，它将破浪前行。

但首先，为了向古老的东道主表达敬意，它已经完成了一项任务。它承载了一条重要信息、一车痛苦以及一机舱的死亡，穿过非洲的夜色。

"狮子、来复枪——还有愚蠢。"他这样简单地讲述了这个故事，确实很简单。

故事中没有任何出众的角色，甚至包括那头狮子。

它是头老态龙钟的狮子，从出生那一刻起就准备好了死于非命，而不是寿终正寝，但它和所有自由的生物一样拥有自尊，所以它等待的时刻来了，尽管称不上什么光辉时刻。

击中它的那两个人和一般人一样冷血，或许更少些人性。他们开枪射击，却没让它毙命，而是将无情的照相机对准它的痛苦挣扎。这是微不足道的、愚蠢的，却也是冷血的罪行。

当汤姆·布莱克放弃在内罗毕的凯旋式降落，转飞穆索玛附近的营地时，一个人已经丧生，另一个血肉模糊，无助地躺着，他能活下来纯粹是因为运气。第三个白人和两个土著男孩在沉重的帆布担架旁，无力地念叨着咒语，试图以绷带、碘酒和水来施行魔法，抵抗坏疽。照相机成了一堆玻璃与金属片，狮子死了，但如有神助般，它竟获得力量发动了最后的攻击。结果就是，留下一具尸体和一条待挽救的生命——如果还能救活的话。

送信人转达了这个消息，然后基苏木发出电报。消息送到，回复说，将死者的遗体火化，骨灰带回内罗毕。

火化是个圆滑的词，用来掩盖将人体放进火里炙烤的野蛮真相。有些殡仪馆配备带银把手的焚化炉，在它们的印刷品和广告中，"火化"是成功的措词。但在非洲大草原正午那毫无遮挡的烈日下，它也不过是个委婉的说辞。矛盾的是，人们为了获得永恒，就必须保存那些转瞬即逝的东西。木头被收集起来，火点上了。

那个伤者被包裹在绷带和伤痛之中，时不时地闻着那意味深长的烤肉味。当地土著早已消失无踪。

汤姆·布莱克呢，因为对生命太过热爱，所以对死亡毫无耐心。他蹲着等了整个下午，偶尔从一小口温热的威士忌获得慰藉。铅笔般的黑烟升起，用它那恼人而又清晰的笔迹，没完没了地书写着它那悲惨的小故事。

如果曾有秃鹫出现——这些虚伪但很有民主精神的哀悼者

不错过每一个葬礼，那它们的出场并没有被提及。没有眼泪，也没有祈祷书。第三个猎人完成了这次半途而废的狩猎，但他无话可说，也确实没什么好说的。

这场悲剧因为缺少谈资而引不起谈论的兴趣，也缺少讽刺意味来发人深省。当可怜的骨灰被扫进一只坑坑洼洼、毫不神圣的饼干罐子时，故事进入了高潮。故事的最后一幕由薄暮的微光和几缕轻烟织就，并在一架闪闪发光的飞机冲向天空时正式落下。

伤者活了下来，讲述（我想应该不会吹牛）他和狮子遭遇的场景，至于他同伴的骨灰，我猜现在已经安息在一只透着希腊式优雅的骨灰坛里，埋在远离所有野兽踪迹的地方。或许在骨灰坛上还有张照片，由于镜头的神奇力量，万兽之王垂死挣扎的痛苦被凝固其中。如果当真如此，那些在这个原本毫无意义的场景前停下脚步的人，或许会觉得其中透露着一个道理：并不深奥，但值得思考。不管死亡以何种方式降临在何种生物身上，它都该获得尊重。

非洲式的悲剧，凄惨的琐事。你有什么看法？

汤姆·布莱克抿着咖啡，向杯中凝视，好像那是个水晶球，因他自己讲的故事而轻笑起来。

"要分辨不同的骨灰，需要一种技术，"他说，"只有我和古埃及人知道。所以，不要发问，只要记住，飞行的时候千万别忘了带上火柴和饼干罐。你当然要去飞行，我老早就知道这点。

我能在星图上看出来。"

"鲁塔，"我说，"我想放下这一切，去学飞行。"

他站在宽敞的马房里，身边是一匹刚梳洗过的小公马。它耀眼得就像荡漾在水面的波光。鲁塔的手里有把刷子，上面夹杂着小公马的毛发。鲁塔用手指慢慢挑出马毛，然后将刷子挂到挂钩上。他看向马厩门外，不远处是梅涅盖火山，山腰上围着一片没有分量的云朵。他耸了耸肩膀，拍了拍没有灰尘的双手。

他说："如果我们必须飞，门萨希布，那就飞吧。我们早上几点开始呢？"

卷　四

第十五章
新　生

　　天一亮我们就练习。天空清澈澄明，我们等待曙光初现就开始了。那时我们能看见自己的呼吸凝成水汽，闻到夜色残留的气息。我们每天早上都在同一时刻开始，在我们愉快地称作"内罗毕机场"的地方爬升，一路发出滑稽的噪声。而镇上的居民还在他们的床上翻着身，或许还梦见了所有会嗡嗡作响的讨厌东西：翅膀啊，蜜蜂的毒刺啊，还有疯人院的走廊。

　　起初，汤姆用一架 D.H. "舞毒蛾"式飞机[①]教我飞行，它的螺旋桨将阿西平原上日出时分的寂静击成碎屑残渣。我们盘旋飞过山丘、小镇，然后折返。我看到一个人是如何掌握一门技艺，而一门技艺又是如何让一个人适得其所。我看着透视的法术将我的世界、我生活中的其他存在，都缩小为杯中的沙粒。我学会了观察，将信任托付于他人的双手。我还学会了四处游荡。我学会了每个梦想的孩子都需要知道的东西：不管那条地

---

① 指哈维兰舞毒蛾式飞机，为英国军方战争期间使用的联络飞机。

平线多么遥远，你都能抵达、超越。这是我很快就学到的东西，但其余大多数东西，则要难学得多。

汤姆·布莱克从未教过别人飞行，除了飞行用的简单机械设备外，他要教的那些知识都无法用语言表达。尽管我们能准确无误地拼写，并准确无误地说出，但直觉与本能依旧是神秘的存在。汤姆就拥有这两者，或者它们代表的任何特质。

当这个伟大飞行员的时代和伟大船长的时代一样终结之后，飞行员们一个个都被列队前进的发明天才，还有钢铁齿轮、黄铜圆盘、细丝电线挤到了边上。这些东西镶嵌在白色的面板上，虽然呆傻，却能说明什么。有一天，我想人们会发现所有的飞行知识都只要依赖一块仪表盘，而不是飞行的信念。

有一天，群星会熟悉得像通往人们家门口的地标建筑、弯道和路边的山丘。有一天，飞行时代将会来临。但到那个时候，人们已经忘记了该如何飞行，他们只是机器上的乘客，而经过严格训练的机器操纵员则对贴着标签的按钮倒背如流。在他们的脑子里，天空、风向和天气变化的知识就像虚构事物般微不足道。当人们再次回忆起双桅帆船的年代，会怀疑"双桅"是不是"古代海洋"或者"古代天空"的意思。

"只相信这个，"汤姆说，"别的都不信。"他指的是指南针。

"仪器会出差错，"他说，"如果你飞行的时候必须看着你的飞行速度表、高度计和飞行指示器，那么，你就不会飞行。你就像那些只有读过报纸才了解自己观点的人一样。但不能质疑指南针，你的判断永远都不可能比它的指针更精准。它会告诉你该去哪里，其他的事，就看你的了。"

在"舞毒蛾"飞机上有耳机，但是汤姆从来不用。当我坐在后驾驶舱里，作为一个摸索的初学者，忧心忡忡地怀疑自己熟悉缰绳和马镫的手脚究竟能否适应飞机。那时汤姆要是用耳机稍作提示，工作就会变得简单很多。但他从没这么做过。他将耳机线卷起来，远远地放在够不着的角落。他说："如果每次你出错的时候都由我来告诉你哪里做错了，没什么好处。你自己的聪明智慧会告诉你的。速度感、高度感和感知错误的能力都会随之到来。如果它们不来，那就……但它们会来的。"

它们的到来归功于他。再没有比他更谨慎的飞行员，也没有比他更随意的飞行员了。飞机震耳欲聋的轰鸣从不会打击他的自信。他的身材并不高大，但他的姿态中有种镇定、值得信赖的意味，让他显得比从事其他工作时更为高大，也比他驾驶别的飞机时显得更加专业。

威尔逊航空公司——东非第一家商用航空公司，正是脱胎于汤姆的想象与远见卓识。在他答应教我飞行的时候，他正担任公司的经营主管、首席飞行员，也是这家颇有前途的小公司的精神领袖，但这些浮夸的行政头衔却和闪闪发光的办公桌与旋转椅毫无关联。

汤姆的工作是开发新航线，勘探非洲内陆，寻找未来的落脚点。他时常从内罗毕起飞，飞越那些没见过车轮也没见过机翼的土地，不过是希望最终能找个地方着陆。

这些事情并非都在白天进行，在没有光、没有信号塔或无线电的情况下，他也能飞。他飞越黑暗中的一切，也飞越各种各样的天气。基本没有光线或村庄做指引，也没有公路、铁路、电线、农田。尽管浓雾或暴风雨会要求他在没有特殊仪器协助的情况下，盲目地飞行数小时，还要不偏离航线。但他并不称之为"盲飞"，而称作"夜航"。他具有那部暗灰色封面的厚书里说的那种"直觉反应"。

有一次，就在我获得 A 类飞行执照不久之后，我们飞往坦噶尼喀。可能是成就感让我有些自满——或许并没有，但汤姆怀疑我可能有。

回程快结束的时候，我们向北越过裂谷前往恩贡山脉。"舞毒蛾"莫名其妙地懈怠起来。当时由我控制飞机，当山脉（海拔高度约为八千英尺）逐渐靠近，山沟和绿色的沟壑从掩藏它们的薄雾中显现，我打开节流阀，拉下爬升的操纵杆。但是，好像不管用。

小飞机的飞行速度是相当可观的每小时八十英里，尽管算不上当时的最高纪录，但还是快得让我了解，如果不能摆脱正在靠近的地平线，将会有怎样悲惨的结局。当我跟跟跄跄地朝前飞时，恩贡山开始彼此分开，一个个独自矗立着——看来愈加壮观，沟壑也变得更深。

继续拉操纵杆，继续打开节流阀。

我很镇定。绝大多数的初学者，我想，可能都已经有点手足无措了，但是我没有。汤姆当然也没有。他像个打瞌睡的人似的，一动不动地坐在我前面。

你只能将节流阀打开到这个程度，操纵杆也只能拉到这个角度，但如果你的飞机对此没有反应，你最好想点别的法子。"舞毒蛾"没有在升高，它在下降，而且还在加速。它像被火光催眠的飞蛾一样，向着毫不退缩的山丘笔直地撞去。我能感觉到它机翼上的重量，这重量正在压着它坠落。它无法抵抗这力量。汤姆一定也感觉到了，但他纹丝不动。

当你可以从驾驶舱里看清树枝，看清和你手掌差不多大的石块，看清沙地上的绿草逐渐变稀转为黄色的边界，还能看见风拂过树叶，那你已经靠得太近。你近得连思考都嫌太慢，对你毫无用处——如果你还能思考的话。

螺旋桨的声音被困在岩石与飞机之间，然后汤姆从位置上直起身来，接过操控工作。

他骤然斜飞，蓝色的尾气喷在树丛和岩石上。他让"毒舞蛾"的机头向下，盘旋飞入山谷，它的影子在山丘上掠过。他继续下降，直到山谷变得平坦，然后螺旋爬升，直到我们高高位于恩贡山脉上方，接着，他飞越这些山脉归航。

一切就是如此简单。

"现在你知道什么是下降气流了。"汤姆说，"你会在山脉附近遇到，在非洲，它就和雨水一样常见。我本该警告你，但你不该被剥夺了犯错误的权利。"

只要我们一起飞行，他就会保护这项权利。所以到最后，不管我在飞机中做了什么，都清楚知道不那么做会有什么后果。

B类飞行执照是所有飞行员的《大宪章》①，它让你摆脱学徒身份的束缚，让你有谋生的自由。执照上说："我们，签字的人，相信你现在有资格搭载乘客、邮件等。我们也同意你从中获取报酬。请在三个月内向测评部门报到，如果你没有斜视，对本委员会也没有悲观看法，我们将乐于为你更新执照。"

大约在我开始飞行后的第十八个月，我获得了B类执照。根据英国法规，这是终生证书。当时我大约有一千小时的飞行记录，如果我的视力在准备飞行测试的过程中变得不符合要求，一定是因为我多花了一两百个小时埋首书籍研究航行，这些书的作者好像一遇上单音节的词就不会说话了。这些作者说的一切都响亮、清晰、合理，但他们坚信一个理论，认为真理比放射物质还珍稀，如果太容易到手，市场就会供过于求，持有者会变得一贫如洗，永恒真理的精华会像酬金一样随意分发。

我过去的生活一直涉及很多体力活儿，在我生活的国家，很多人都耕种着自己最先开垦出来的土地，这片土地的土著居民们想象力如此丰富，而且人数众多，绝对需要英王的军队永

---

① 一二一五年，英国大封建领主迫使英王约翰签署的条约，用以保障部分公民权和政治权。

久驻扎在内罗毕、前哨站和边境线上。童年的生活环境从未让我觉得书中所说的那些真实存在。最初，飞行对我来说也是一样，不过是双翼上的探险故事。但这些教科书必须在这美好的梦境中拱起它丑陋的脊背，这是个温和的打击。

我已经完全放弃了训练赛马，只留给自己珀伽索斯。鲁塔随我一起到了内罗毕，他住在当地人社区的一间小屋里，离我位于穆海迦的小屋并不远，他时常和我一起飞行。我觉得，鲁塔从马到飞机的转换并不彻底，起码是在感情上，他觉得会移动的东西就是活的。他从不擦拭飞机：他照料飞机。对那些他无法用双手轻易掌握的东西，他温言相劝。每当我的飞机经过长途飞行返航，总是风尘仆仆，鲁塔就会很伤感。不是因为想到了即将从事的工作，而是心疼这么一个活力四射的生物被如此严酷地使用。他会摇着头，触摸机身的样子，就像他以前触摸马的腰身，不是感情用事，而是在向另一种生物的自尊致敬。

从事照顾飞机的工作只有一个月，鲁塔就已经有了一小群跟班，索马里人、纳迪族朋友，还有寸步不离跟着他的基库尤小孩。我对他的话表示怀疑。他并不是愿意屈尊的人，但也永远不会降格做出炫耀的举动。无论如何，他对新工作的热爱都是完全真挚的。而且，尽管面对内罗毕物质主义横行与愤世嫉俗的大环境，他都保持着正直的节操。他从未离弃自己孩提时代的信念，我想这些信念也从未离弃他。

在汤姆离开威尔逊航空为英格兰的弗奈斯公爵（后来又为

威尔士王储）飞行之前，我们会在傍晚碰头，共饮一杯，或是共进晚餐，谈论着我们的飞行以及上千件其他的事。当时我还是未签合同的自由飞行员，主要搭载邮件、乘客、狩猎团的补给和其他任何需要运送的东西。而汤姆依旧为推动内陆的开发事业而辛勤忙碌。我们经常在破晓后离开内罗毕机场：汤姆或许转道阿比西尼亚，我则飞往英属苏丹、坦噶尼喀、北罗得西亚，或者其他任何有人花钱雇我去的地方。有时候我们隔两三天才会碰面，那时就会有很多的谈资。我记得鲁塔在这些场合的样子：送来饮料或是晚餐，尽管只懂一点点英语，但依旧静静留在桌边，不像个仆人，也不像位朋友，倒像是活生生的家庭守护神，如铜像般静默，也同样全知，同样博学。

非常奇怪，鲁塔这个纳迪战士与汤姆·布莱克这个英国飞行员之间，有一个特殊的共同点。笼统说来，可称之为预知力。汤姆并没有受到超自然的天启，而鲁塔——不管他是不是非洲之子，并非巫术的信徒，但他们都很敏感，能感知到那些对他们影响深刻的事情正在降临。至今，我依旧记得一个例子，这例子时常出现在我脑海，频繁得让我深受其扰。

许多那时候住在肯尼亚的人，或是现在依旧住在那里的人，都记得丹尼斯·芬奇·哈顿[①]，事实上，全世界都有人记得他，因为他属于全世界，他代表的文化也属于全世界，尽管我觉得

[①] 丹尼斯·芬奇·哈顿（1887—1931），曾在伊顿公学和牛津大学雷齐诺斯学院就读，《走出非洲》中的男主角以他为原型。

伊顿和牛津会为他的确切出处有所争论。

曾有人为丹尼斯著书立说，以后也还会有人写到他。如果还没有人这样说过，那以后也可能有人会说：丹尼斯是个从未有过丰功伟绩的伟人。这种说法不仅庸俗而且错得离谱。他是个从不自视甚高的伟人。

第一次遇见他时，我大约十八岁。尽管他在非洲住了数年——只不过是断续地在那里停留，却已经赢得了最优秀白人猎手的盛名。他有一副为英国体育界称羡的体格，也曾是名一流的板球手。他是个学识渊博的学者，却比没受过教育的男孩更不懂卖弄。就像那些满脑子想着人性弱点与千帆过尽后产生厌世情绪的人，丹尼斯同样会对人类深恶痛绝，却在乱石间发现诗情画意。

至于魅力，我想丹尼斯自创了这个词汇，只是意义稍有不同：时至今日依旧如此。那是一种智慧与力量并存的魅力，融合了迅捷的直觉和伏尔泰式的幽默。他会朝世界末日抛媚眼，我想他也确实这样做了。

关于他的死，我要讲的故事非常简单，让我颇感欣慰的是，为纪念他，伦敦《泰晤士报》上刊载了这么一句话："在一个如此坚强而才华横溢的人身上，一定还具有些别的特质，从某种意义上来说，也确实如此……"

他具有的——或者该说是"散发"的，是一种能启发人心的力量，散发着对生之庄严的确信，有时甚至流露着寂静无声的沉着。

我经常和他一起飞行，他驾驶的飞机是他用船从英国运来的，并在内罗毕机场装上了双翼、安定翼和脆弱的轮子。

丹尼斯的飞机也是"舞毒蛾"式，他刚开始学习飞行，所以并不算行家里手，但他轻易就能对一切都很快上手，运用在飞行上也一样有目共睹。就像他参加游猎，或者在情绪低落或高涨时背诵惠特曼的诗句。

一天，他让我和他一起飞沃伊，当然，我一口答应了。那时候沃伊算是个小镇，但其实不过是些铁皮小屋而已。它位于内罗毕东南偏南的地方，深陷大象之乡：那是一块地处干旱山区的干燥地带。

丹尼斯说想尝试些从没有人做过的事情。他说他想试试，看能不能用飞机侦察大象，如果可以，他认为，猎人们会愿意为这项服务支付很多费用。

这对我来说是个好主意，甚至堪称激动人心。我满怀激动地将这个消息告诉汤姆。

"我要和丹尼斯去沃伊。他想看看，从空中能多迅速地发现大象，以及能否让狩猎团或多或少地和移动的象群保持接触。"

汤姆靠着威尔逊航空公司新建的工作台，在纸条上潦草地写下些数据。阿齐·沃特金斯，引擎魔法师中的大祭司，这位高大的金发男人，说话结结巴巴，对颤动的活塞有近乎虔诚的崇拜，此时他正通过一堆电线和螺栓笑着道早安。这是个飞行日。敞开的飞机棚眺望着机场、平原和因为无云而显得寂寥的天空。

汤姆把那张纸条塞进他常穿的那件皮夹克，然后点了点头："听起来很可行——从某种程度上来说。一旦你找到，就会发现大象的数量比你能降落的地点还要多。"

"我想也是，但这似乎值得一试：丹尼斯的主意永远都值得一试。无论如何，我们正准备飞往沃伊然后回来。降落不会有什么难度。如果这方法行得通，应该能赚到钱。想想那些为了大象到这里来的人，还有他们花在这事情上的时间，还有……"

"我知道，"汤姆说，"这是个很棒的主意。"他离开工作柜台，走出飞机棚大门。他一动不动地在那里站了大约一分钟，然后走回来。

"明天再去吧，柏瑞尔。"

"因为天气？"

"不是，天气没问题。但还是明天再去，好吗？"

"我想可以，如果你让我这么做的话。但我不明白这么做的理由。"

"我也不明白。"汤姆说，"但一定有。"

确实如此。当我回到穆海迦的小屋，补写最近几天的飞行日志，丹尼斯丢下我独自飞往沃伊。他带上了他的基库尤仆人，先飞蒙巴萨，他在海岸边有个住处。降落的时候，他的螺旋桨被一块珊瑚碎片刮碎，他打电话向汤姆要一个备用螺旋桨。

汤姆派一位当地的机械师送了一个过去，尽管丹尼斯向来坚称不需要帮助。无论如何，新的螺旋桨还是安装好了，第二天，丹尼斯和基库尤仆人再次起飞，折返回内陆飞向沃伊。

他们到达的那天傍晚，汤姆和我在穆海迦一起吃晚饭。他既不沉默也不阴郁，但不愿多提丹尼斯的事。我能感觉到，汤姆是觉得自己阻止我去沃伊的行为有些愚蠢。不管怎样，我们谈论着别的事情。汤姆在考虑回英国去，所以我们考虑着这事，一起讨论。

第二天我在自己的小屋里吃午饭，像往常一样由鲁塔负责烹饪。但大约一小时后，当我正埋头学习一些不切实际的飞行知识，鲁塔来敲门。敲门声很羞怯，他进门的时候也显得很羞怯。他看来思绪万千，但无话可说。最后，他终于开口了。

"门萨希布，你有马坎亚伽的消息吗？"

马坎亚伽就是丹尼斯。对鲁塔和绝大多数认识丹尼斯的当地土著来说，他就是马坎亚伽。这似乎是个有些无礼的称呼，但并非如此。它的意思是：踩踏。据说，争吵的时候，芬奇·哈顿老爷能用他的舌头踩平品格低劣的人。他能用一个词就给人一顿教训：这可是项了不起的本领。

确实如此。但丹尼斯很少使用这项本领，只用在那些自命不凡、自以为可以和他相提并论的人身上。那个时候，他对这项本领可是非常慷慨、毫不吝啬。

我合上书。"没有，鲁塔。为什么要有马坎亚伽的消息？"

"我不知道，门萨希布。我只是想问问。"

"该有些什么消息吗？"

鲁塔耸了耸肩："我什么都没听说，门萨希布。可能什么事都没有。我就是突然想问你，但是，当然了，布莱克老爷会晓得联系你的。"

布莱克老爷很快就晓得了，我也一样。当天下午，我们一起坐在威尔逊航空公司的办公室里，沃伊的地方长官打来电话，说丹尼斯和他的基库尤仆人都已身亡。他们的飞机从跑道上起飞，盘旋了两周，然后坠向地面，当即起火。没有人知道原因。

汤姆阻止了我的出行，而鲁塔向我提出了疑问。他们事先就已知晓，我不知道他们是如何知晓的，后来我自己找到了答案。

丹尼斯是那道拱门上的拱心石，别的石头则是别的生命。如果拱心石发生震颤，整道拱门就会将警示沿着弧线传达给每块石头。如果拱心石碎裂，拱门就会崩塌，其他不太重要的石块会紧靠在一起，看来杂乱无章。

丹尼斯的死让好几个人的生命变得杂乱无章，但无论是生命还是石块，都获得了重建，组合成别的形状。

第十六章
象牙与虎尾兰

有一天，当这个世界又老了几个月，也就是说，又老了几岁，邮差送来了汤姆的信。他早已飞回英国工作，再也不回来了。

我曾三次飞过这相同的六千英里航程，但每次我都回来了，如同指南针上的指针回归原点。没有治疗乡愁的麻醉剂，起码没有恒久有效的疗法，而我的飞机——我的小 VP-KAN，和我怀有同样的乡愁。

肯尼亚也发生了变化。我父亲从秘鲁回来了，而我在埃尔布贡建了个农场，他就住在那里。农场和恩乔罗的不能比，但它却让往昔的回忆更加真实，因为荣盖河谷和穆阿森林就在农场边上。

生命有了不同的形状，它长出新枝，有些老的枝丫却死去。它遵循着所有生命亘古不变的模式：去旧迎新。旧事物逝去，新事物来临。当我为了生计而在驾驶舱内枯坐数百小时之后，初飞时的惊喜早已消失殆尽。好多个月以来，我都为东非航空公司运送邮件——直到他们的商业雄心无疾而终，被威尔逊航空公司蒸蒸日上的业绩埋葬。我带着乘客去往各个地方，由于客人增多，我租了一架更大的飞机——一架"豹蛾"机，并将它加入我原只有一架飞机的战队。

要是有两个乘客，我就飞"豹蛾"机，每人为一英里支付一先令——而非洲有着数不胜数的里程。如果我用单人飞机运送一位客人，当然也收取同样的费用。通过这两架飞机，我一个月大约能赚六十英镑。

有一段时间，我觉得这已经足够好——能多赚五倍当然更好。更理想的收入是每个月七十五英镑，每次飞行赚三英镑。没有别人愿意干这个工作也无所谓。生活本身可以更精彩，而我也做到了。

大象！游猎！捕猎！丹尼斯·芬奇·哈顿留给我一个激动人心的鼓励——从一成不变的公式中脱身，手握通往探险的通行证。大象可以在空中勘察到。丹尼斯想到了这个主意，我证明了它，而汤姆则对此提出警告。这是他的来信：

伦敦皮卡迪利路 119 号

皇家飞行俱乐部

亲爱的柏瑞尔：

我刚从纽马克的赛马会回来，发现你最近的一封来信在俱乐部等我。听说你病得如此严重，我非常难过，但我相信此刻你已完全康复。在我看来，你的体力透支得太厉害——你赖以谋生的工作太容易让你紧张……你必须学着去接受那些没有危险、稀松平常、合情合理、沉闷无趣的日常工作，它们都需要平衡的大脑和镇定的理性。

这一切都是为了告诉你，如果你还有一丝理智，就不要将飞往象国寻找象群当作习以为常的事！财务上的担忧或许可以靠一两次游猎来缓解，但将它当作长期工作就纯粹是发疯，而且万分、极度危险。

这些你都不会听的，但无论如何，我很高兴你的飞机看来是个可靠的奴仆。我只希望，它能继续安安稳稳，在任何你需要它的时候忠诚地为你效命……

我希望能从事老本行。公爵现在正身处法国南部，我已经很久没有他的消息。我希望能打破好望角的飞行纪录，但这样的飞行很难赚到钱，除非你把自己的衬衫和灵魂打包卖给广告代理——我可并不打算这么做……

你按时拿到备用零件了吗？我打电话给艾弗斯公司转达了你的电报内容，他们会立即处理订单……

放弃寻象飞行——这不值得你冒那么多险。祝好运，祝一切都好。

汤姆

电报（同一天到达）

肯尼亚殖民地

马金杜

柏瑞尔：

明早七点到达马金杜。把温斯顿的信带来。到曼利那里拿五十发子弹六瓶杜松子酒六瓶威士忌两瓶防疟疾药水两瓶奎宁。马库拉发现带大公象的象群。马金杜的巴布会在你抵达后提供我的书面指示。如果是有鱼卖的日子带鱼来。

布里克斯

一切都准备就绪，包括鱼，是从蒙巴萨运来的。我也准备好了。在穆海迦俱乐部的书桌上，汤姆的来信正朝我怒目而视。他当然是对的，他从来都是对的。我一切有关飞行的知识都是从他那里学来的。他对象国乌坎巴的了解也比我多。他了解从海岸横扫进内陆的急速风暴。他了解痢疾、舌蝇和疟疾。他还了解虎尾兰——那种无声无息却嗜杀成性的野草，像刀剑的丛林一样矗立在广阔的原野上，一直延伸到印度洋。

如果降落在虎尾兰上，你的飞机就成了待宰的羔羊——如果降落在上面，就步行离开，但不要走得太快，也不要离得太远。休息一下，慢慢走。那里不会有狮子，要是有猎豹、也很少。那里只有矛蚁。

对这些蚂蚁有多少溢美之词啊！"它们健壮、忠诚、节俭！"即便要我以一个被误导的昆虫学家起誓——无论他犯了怎样的学术性的弥天大罪，也不愿意和矛蚁共度一晚。

天晓得矛蚁究竟有多健壮，但它既不忠诚也不节俭：它是贼，是流氓，是吃人的魔鬼。最大的矛蚁有半根火柴梗那么长，如果时间充裕，它们可以（也很乐意）为哪怕一丁点肉末啃光全世界的火柴梗。

矛蚁不仅叮人，还一口口噬咬你的皮肉。如果一匹健康的马没能逃出马厩，那么几小时内，一小群矛蚁就能把它吃得支离破碎。

我曾梦见过很多叫人不舒服的事物——我想我们都曾梦见过，蛇、溺水、豹子、从高处坠落，但是关于矛蚁的梦，梦见它们在我床上、地板下、头发里，将其他所有噩梦都降格为虽不真实但相当安详的幻觉。给我甲壳虫、臭虫、蜘蛛、蛇和毛绒绒的狼蛛都行，但别是矛蚁。它们是恶魔的爪牙：颜色鲜红、数不胜数而且势不可挡。

我想起矛蚁，也想到了驾驶飞机寻找大象这份工作会有的所有坏处。汤姆的来信并没有对细节详加叙述，但也没有那个必要。无论是他还是我，都不会奢望能在南边的任何地方或者马金杜的东边找到可以降落的开阔地。

乌坎马在地图上看足够平坦，即便在我的飞行图上也是如此。它从内罗毕东面开始延伸，向北直到边境，东南面与太平洋相连。它被塔纳河与阿西河包围——两条河都吮吸着肯尼亚的养分，维系它们懒洋洋的生命。它们包围着乌坎马，像阴险的撒旦扔在地上的圈套，威胁着随后到来的人们。这片土地由灌木、虎尾兰、热病和干旱构成。虎尾兰随处可见，虎尾兰的丛林既深且密，像海底的潜艇方阵一样无法穿越。这不是属于人类的土地，却是大象的土地。所以人也尾随而至。

布里克斯常去那里。但布里克斯是布里克斯，汤姆是汤姆，尽管汤姆爱梦想，却依旧保持着理智。只是他或许没有意识到，我已下了多大决心去从事寻象的工作。每次游猎结束后的支票，是有效的麻醉剂，让我遗忘所有不愉快的记忆。这工作很刺激，生活也不再乏味。

　　马金杜的巴布会提供书面指示。

布里克斯

布里克斯——布里基——冯·布里克森男爵，人们用这些以及其他几个名字称呼他，每一个名字都很悦耳。他是个和蔼的瑞典人，身高六英尺。据我所知，他是最强硬、最坚韧的白人猎手。他总是嘲笑游猎团的虚张声势，一边朝奔来的水牛瞄准，一边讨论着该在日落时分喝杜松子酒还是威士忌。如果布里克斯曾陷入任何尴尬境地，那一定是在撰写他那令人钦佩又过于谦虚的非洲传记时。那本书，对于所有认识他的人来说，是过于保守的代表作。在那本书里，他将所有的传奇经历都平淡处理，不够谦虚的人或许会将那些真实的故事夸大成令人血液倒流的传奇，但他却将其处理成偶然的巧合。

布里克斯对世俗剧情不怎么感冒。据我所知，他从未在大腿流血不止的情况下，被两三百个赤身裸体的野人包围（单枪匹马，来复枪里却只剩下一颗子弹），他的狩猎生涯中这种不完美的缺憾让他很难成为精彩的电影题材。经常发生的情况是，当他遇见多少有点热衷裸体主义的当地土著，更不用提他们的暴力倾向，最后他常常会和酋长促膝长谈，年轻的战士们蹑手蹑脚地走过，生怕打扰了他们的交谈。充当御用客厅的随便什么小屋或者树荫下，一瓢瓢的椰子酒被拿来招待他。

要说冯·布里克森男爵，作为一个白人猎手，会冷静面对危险，这话不仅陈腐，而且不够准确。首先，要是能避免，他绝不会让自己面对危险。其次，如果真有可能发现他自己（或是别人）身处险境，他会变得怒气冲冲而不是冷静，他会大声咒骂，而不是沉默以对。

但这些外在的表现都比不上一个事实：他从不犯错，也从不放过任何他瞄准的猎物。

在很多地方，从罗得西亚到比属刚果，再到撒哈拉沙漠，

"布里克森老爷"这个名号依旧如雷贯耳。

尽管已经是多年的朋友，但在马金杜发来的电报上看到这个名字，依旧让我感到一阵难以抗拒的目眩神迷。

肯尼亚殖民地

内罗毕

穆海迦俱乐部

亲爱的汤姆：

飞机的配件已按时抵达——多亏你的及时援手。以后我会装个尾轮代替起落杆，这样它就不会在迫降的时候碎裂。

不要为寻象的事情担心。我知道你是完全正确的，我打算尽快停止这项工作——但是布里克斯今天从马金杜发来电报，将于早上出发。是温斯顿的游猎团。

祝顺风，以及愉快降落。

祝永远如此。

柏瑞尔

在一缕微弱青烟的指示下，我了解了风向，然后在马金杜的空地上降落。我爬出机舱，向车站走去。

马金杜看起来什么都不像，它也确实什么都不是。它是建在狭窄乌干达铁路边的五间铁皮屋顶房子，就像藤蔓上的寄生虫。最大的一间屋子——也就是车站，里面放了一张桌子，还有布里克斯说起的巴布，因为发太多电报而磨破了食指。

有一天，非洲大地上会游荡着一群数量不多但精挑细选出来的印度人，他们都带着显著的标识：一根磨损的食指。他们将是早期乌干达火车站拥有者们的后裔。在不同的时间里，我曾驾驶飞机、骑马，或是步行到达过肯尼亚境内的三十多个车站，每一个车站里的巴布都在不同的电报机上忙碌着，狂热地敲击着，好像整个东非大陆都在快速滑进印度洋，而他是唯一观察到这一现象的人。

我不知道他们究竟在电报里说些什么，或许我误会了这些巴布，但我觉得他们不过是在通过电线为彼此阅读安东尼·特罗洛普①的小说而已。

马金杜的巴布连绵不断地按下一大堆的点与线后，在办公桌后面抬起头来。他有一双和善的棕色眼睛，因为常常眯着，所以显得有些疲惫。他干瘪的小脑袋有点像晒干的坚果。他穿着廉价的条纹裤子和干净的棉衬衫。最后，他站起身来，欠了欠身："男爵留了话，要我交给你。"

他桌上的竹签上串着三张纸，形状和颜色各不相同。我能在最上面的那张纸上认出布里克斯的笔迹，但是巴布慎重地在

---

① 安东尼·特罗洛普（1815—1882），英国现实主义作家，作品主要记录日常生活见闻。

三张纸片中筛选着，好像有一百张似的。最后他欢欣鼓舞地微笑着，将我的指示交到我手上，就像银行经理交给你一张透支的票据。

"我的妻子，她为你备了茶。"

茶，所有巴布的妻子们沏的茶差不多都有红糖和生姜，但它总是热腾腾的。我喝着茶，读着布里克斯的指示。

"前往基拉马克伊，找炊烟。"下面是草草画下的地图，上面有个用箭头和圆圈标注的"营地"。

我谢过主人的茶，走向飞机，摇动螺旋桨，直接飞往基拉马克伊（这不是地名，是个土著词语，意思是一个不可能住人的地方），寻找炊烟的踪迹。

不久，我就看见了灌木丛包围着的狭窄跑道，两头各站着一个白人。从他们疯狂舞动手臂的架势判断，我认定他们急需的特效药不是奎宁，而是杜松子酒。

第十七章
也许我必须向它开枪

我想，要是这世界上还有什么地方生活着乳齿象，有人会设计一种新式的枪，而人类，会带着永不消亡的厚颜无耻，像他们现在捕猎大象一样，去捕猎乳齿象。厚颜无耻似乎是个合适的说法，大卫王和歌利亚起码都是同一物种，但对于大象，人类只是带着致命毒刺的侏儒。

人类捕杀大象是荒谬的行为。它不够血腥也不够英雄气概，当然也不简单。这事就像人类在宽阔的大河里筑起水坝一样荒诞不经，那些河流的十分之一水量就能吞没所有人类，同时还丝毫不会影响一条鲶鱼的饮食起居。

大象，先不说从美学角度来看，它们的体型和构造比我们瘦弱的体格更适合漫步在这片土地上，它们还拥有和我们相当的智慧。当然，它们在身体的灵巧度和适应性上稍逊一筹：上帝让它们的大脑和身体朝着截然不同的方向发展。而人类，从一开始就在达尔文的进化论彩票中选对了中奖号码，并保留了兑奖票根。我猜，这就是我们为什么会如此了不起，并能拍电影、发明电动剃须刀和无线耳机。当然，还会制造枪支：用来射击大象、野兔、陶土飞靶和其他目标。

大象是理智的动物，会思想。布里克斯和我（同样也是我们种群中理智的存在）却从未就大象的智商问题达成共识。我知道布里克斯的想法不应该受到质疑，因为他比我所有认识的，甚至所有听说过的人都更了解大象，但他用怀疑的态度看待传说，我则不然。

根据某个传说，大象将它们的死者放置在秘密的墓场，这些墓场从未被人发现过。这个传说的依据是，除非大象遭遇陷阱或是被射杀，否则几乎无法发现它们的尸体。那些年老和生病的象都去了哪里呢？

不仅仅是当地土著，许多移居到此的白人多年来也都支持这个传说（如果这确实是传说的话）：如果有必要，大象会将受伤和生病的同类搬到数百英里之外，确保它们不会落入敌人手中。还有人说，大象从不会遗忘。

这些可能都只是建立在想象上的故事。因为象牙一度珍贵如黄金，对人类来说，哪里有财宝，哪里就有神秘事件。尽管如此，眼见为实总没有错。

我想，我是第一个通过飞机发现大象行迹的人，所以对于那些时不时从半空中看到的大象来说，也从未有比牛椋鸟更大的困扰出现在它们头顶上。

最初，象群对飞机的反应都是一样的：它们离开进食的草地，试图寻找掩护。在向飞机屈服之前，也会有一两头公象准备投入战斗，如果飞机低得出现在它们的视线范围，它们就会向飞机冲过来。一旦意识到此举的徒劳无益，象群就走向丛林最深处。

第二天侦察同一个象群的时候，我总能发现它们已在夜晚绞尽脑汁得出了一些想法。根据它们对我第二次造访的反应，我推断它们的思维方式是这样的——甲：在我们头顶上飞的不是鸟，因为没有鸟需要弄出这么大动静才能停留在半空，而且，不管怎么说，我们认识所有的鸟。乙：如果不是鸟，那一定又是那些两腿侏儒耍的花招，该有法律来治治他们了！丙：记忆所及，这些两腿侏儒（不管黑还是白）都为了象牙屠杀过我们的公象。我们之所以知道这个，是因为如果白人杀公象，象牙是他们唯一会带走的东西。

大象们根据这项推理得出的应对方式总是合理而又实用。它们再次见到飞机的时候，拒绝躲藏，相反，那些母象掩护在珍贵的公象周围，让你无论是从半空还是从任何角度都无法看到一丁点象牙。

这种策略能让一个大象侦察员发疯。我花了足足一个小时盘旋飞行、交叉飞行，在非洲一些最险恶的地方低飞，就为了驱散这么一个顽固的群体。有时能得手，有时则不然。

还有变化多端的各种战术。不止一次，我看到体型巨大而又落单的大象，毫无寻求庇护的意思，它庞大的身躯完全暴露在外，但它的头却藏在灌木丛中。这对大象来说，可不是想效仿鸵鸟无厘头的习惯。正相反，这是引我上钩的聪明陷阱，我起码有十几次中招。最后总发现那是头母象而非公象。等到我后知后觉地恍然大悟时，总是发现象群的其他成员已经走到了数英里开外。而那个诱饵则会用小眼睛斜睨着我，面带胜利的喜悦缓缓走向开阔处，以破坏性极强的漠然姿态挥动着长鼻子，然后消失了踪影。

次等动物拥有这样的智慧，显然就会被夸大——有些坚韧得足以成就传说。你不能因为传说脱胎于事实，所以连事实都不再相信。千百年来，历史的长河能承载着人类神迹般的成就踯躅前行，其根基不就是神话传说和人类轻信的天性吗？

至于猎象的残酷本质，我并不觉得它比人类其余大部分作为更加残忍。我不觉得一头大象的死亡比一头赫里福德肉牛的死亡更悲惨——在肉牛看来，当然更是如此。唯一的区别在于，肉牛没有能力也没有机会以聪明才智战胜挥舞屠刀的绅士，而大象则两者兼具，可以和猎手周旋。

捕猎大象的猎手们或许意识不到自己的心狠手辣，但要是以为大象全都是和平爱好者，那就是犯了错误。人们普遍认为只有"淘气"的大象才危险，这也是大错特错——其错误的严重程度让很多人被踩进泥土，甚至都得不到逐步分解的权利。一头普通的公象，要是被人的气味激怒，会立即发动进攻：它的速度和它的灵活性一样令人难以置信。它的鼻子和腿就是它的武器：起码可以用来完成消灭人类的恶心差事，至于象牙那堂皇的利刃，则是为体面的对手而准备的。

布里克斯和我都没能在基拉马克伊跻身后一个名单，尤其是在追杀那只大公象，后来又被它追杀之后。我可以带着满足由衷地说，就差几英寸我们就会被踩扁，真可谓命悬一线。我们虽都安全脱身，但我后来时不时还是会做噩梦。

从马金杜出发后，我将飞机降落在灌木丛里挖出来的一条浅盒子般的跑道上，从耳朵里掏出棉花耳塞，然后爬出驾驶舱。

冯·布里克森·芬尼克男爵从贵族先辈们那里继承来的面庞上挂着最灿烂的笑容迎接我（就像以往一样），就像一道阳光投射在一块熟悉的皮革上——一块保养上佳的皮革，没有皱纹，但被晒成了棕色，像马鞍般坚韧。

布里克斯的脸和虚构中的白人猎手形象相去甚远，他有一双快乐的浅蓝色眼睛，而不是忧郁的深灰色眼睛。他的脸颊饱满，而不是利刃般瘦削。他的嘴巴总是对大自然的残酷行径大谈特谈、喋喋不休。他从来不是什么会陷入意味深长的静默的人。

他的打扮和我印象中一模一样，一件卡其布丛林衬衫，一条同种材质的工装裤，一双带硬底的鹿皮短靴——起码还带着鞋底的遗迹。衬衫上有四只口袋，但我觉得他对此一无所知。除非参加真正的狩猎，他从不带任何随身物品，即便是狩猎也只带来复枪和子弹。他从不披挂短刀、左轮手枪、望远镜之类的东西，甚至连手表都不戴。他可以根据日光判断时间，就算没有太阳，他还是能知道。在他剃得很短的灰色头发上，戴了一顶毡帽，那帽子和枯萎的植物一样暗淡破落。

他说："哈罗，柏瑞尔。"然后指了指他身边那个人：此人如此棱角分明，好像完全是从模具里打造出来的。

"这位，"布里克斯用他那很难被称作老派的姿态说，"是老维克。"

"终于得见，"老维克说，"从天而降的女士。"

现在写出来，这句话似乎有点像是句台词，出自伊顿公学毕业班学生被提名的最佳戏剧，而且还可能是创作于二十年代末期的戏剧，或者是某人灌了一肚子止痛剂后写出的评论。但事实上，老维克在马松加莱尼附近为马松尼制糖公司管理一片荒无人烟的土地，十六个月以来，他只见过一个白人，据此推算，我想他已经好多年没见到任何白人女性了。起码他没见过一架飞机和一个白人女性同时出现，我不确定他是否将此当作上天的恩赐。很奇怪，老维克其实年纪并不大——他几乎还不到四十岁，在各种生活方式中，他将这种苦行僧式的生活当作了首选。他很显老，但那可能只是保护色。他是个温和友善的人，在温斯顿客人到来前，帮布里克斯做准备工作。

这是一次规模不大的狩猎。共有三顶大的帐篷，分别属于温斯顿、布里克斯和我。除此之外，还有为土著仆役、扛枪手和追踪者准备的三顶小帐篷。布里克斯的仆人法拉，温斯顿的仆人，当然还有我的鲁塔（他从内罗毕搭卡车来），他们也都有自己的小帐篷。其他人则更情愿睡在同一顶帐篷内。还专门为我的飞机建造了停机棚，那是用防水帆布搭起来的方形棚户。还有一棵猴面包树，它的树荫充当大家的阳台。周围的土地无边无际，连山丘都没有。

我降落半小时后，布里克斯和我乘坐飞机升空，如果可能的话，希望能在温斯顿当晚到达前发现象群。如果我们能在距离帐篷两三天路程的范围内发现象群，那真是撞了大运——一般象群里肯定会有一头长着壮观长牙的公象。

花费半年甚至一年时间追踪落单的公象，这对大象猎手来说是家常便饭。大象会去任何人类不会去的地方——或是人类不该去的地方。

驾驶飞机寻找大象省去了大量准备工作，但就算有时候我能在距离帐篷三十或四十英里的地方发现象群，这段距离还是必须靠猎人们步行、爬行甚至蠕动来完成。但当他们完成这段令人神经紧绷的远征时，大象又朝灌木林里前进了大约二十英里。人类必须牢记，我们要走好几步才能赶上大象的一步，此外，人类对草丛、荆棘和酷暑也没有同等的抵抗力。如果是白人，无论遇见什么会叮咬的东西比如疟蚊、蝎子、蛇和舌蝇，他们都会像剥了壳的鸡蛋一样脆弱。猎象的本质其实就是：砸出只有富翁才能承担的大把银子，去自找苦吃。

布里克斯和我在基拉马克伊的第一次探险很幸运。狩猎队中的瓦坎巴侦察员向我们报告，说在离营地不到二十英里的直线距离内有一大群大象，其中有好几头货真价实的公象。我们在那个地区盘旋，错过了象群十多次，最后终于发现了它们。

从飞机上看来，象群就像是场幻觉，因为比例不对：就像孩子画的田鼠图，背景中的仓库和风车，和强悍的啮齿动物的长须相比，显得异常渺小，而那田鼠看来既能够也乐意吞噬一切，包括将那张画纸固定在墙上的图钉。

从驾驶舱向下俯瞰吃草的象群，你会感觉看到的景象奇妙却不真实。这种突兀感不仅是因为动物本就不该和树木一样巨大，还因为在整洁无瑕的二十世纪，不可能允许这种史前怪物般的巨兽在它的花园里游荡。即便在非洲，大象也和到苏格兰圣安德鲁斯打高尔夫球的克鲁麦农人①一样，和周遭格格不入。

尽管如此，在空中还是很难发现大象。如果它们长得小些，或许还有可能。但它们那么庞大，又是那种肤色，可以随意隐身，直到突然撞进你的眼帘。

它们撞进了布里克斯的眼帘。他快速写了张潦草的纸条给我："看！那头公象硕大无朋。掉头回去。特维大夫在无线电里说，要我喝点杜松子酒。"

好吧，我们没有无线电。我的机舱里当然也没有杜松子酒。

_____

① 克鲁麦农人，生活在石器时代的原始人。

但我们确实有个叫特维的大夫。

特维大夫是生活在谜团中的谜一般的人物。一开始，他只为布里克斯一个人存在，然而用不了多久，他就为所有为布里克斯工作的人或者与他熟识的人而存在了。

尽管特维大夫开的处方显示，他对酒单的信任远胜于药剂书，但他有两大杰出的优点：他的诊断书总是能在弹指间抵达，他对自己的病人有全然的信任。除此之外，特维大夫还精通心电感应（布里克斯本人也受过同等程度的训练），这就省却了不少花在测脉搏、量体温上的昂贵出诊费。没人见到过特维大夫，这是布里克斯坚持的，正是这种行事风格成就了他的终极完美。

我调转飞机，返回营地。

在距离我们扎营的猴面包树不到三英里的地方，我们又看见了四头大象，其中三头都是漂亮的公象。一个想法闪过我的脑际：要在稻草堆里找到一根针，最好的办法就是坐下。大象从来不会靠近营地三英里之内，否则的话，它们就有失公平竞争的风度。要是你在帆布床上翻了个身，却发现你花了大把人力物力要去捕猎的东西根本无视你的英勇无畏，就这样站在你眼皮底下啃树叶，这对你的猎手梦会是多么大的挫败。

但布里克斯是个务实的人，作为一个白人猎手，找到猎物，并第一时间告知雇主猎物方位就是他的职责所在。布里克斯的工作，还有我的工作都因为在如此近的距离内发现大象而变得轻松许多。我们甚至可以在营地降落，然后步行去估量它们的确切大小、直接意图和战略部署。

特维大夫开的方子必须要拿去开药，然后将药服下，虽然如此，我们还是有时间去搞侦察。

我们在狭窄的跑道上降落，这跑道和临时搭建的羽毛球场颇有异曲同工之处。接着不到二十分钟，我们就开始向那些雄壮的公象走去。

马库拉也和我们在一起。要是没有马库拉，这次游猎和这本书都不可能完成。尽管在东非能找到很多瓦坎巴追踪者，但近年来，在每本讲述猎象的书中提及马库拉几乎已经成了一项传统，我可不想破坏传统。

马库拉早已声名远播，他自己却浑然不觉。他不识字，母语是瓦坎巴语，第二语言则是蹩脚的斯瓦希里语。他是个矮小漆黑的土著，巫术的拥趸，拥有一双非比寻常的慧眼，具有猎犬般的本能。我觉得他能在竹林里追踪到一只蜜蜂。

无论任命马库拉担任追踪者的游猎队伍有多高贵，他总是赤裸着上身四处出没，带着长长的弓和一桶涂满毒药的箭。他曾见识过白人制造的最好的来复枪能有什么表现，但不管射得准不准，每次射击后马库拉的鼻孔都会张大，这并不是因为闻到了火药味，而是在对这种吵闹而笨重的机械魔鬼表示轻蔑，每次扣响扳机后，他都想去猛敲那些菜鸟猎手的屁股。

游猎队的成员就像流水的兵，马库拉则是铁打的营盘。有时候，我怀疑他是我认识的最睿智的人之一：他是如此睿智，所以深深了解智慧的难得，将其视若珍宝。我记得他曾对一个过于热切的新手说："白人花钱买危险，我们穷人可承担不起这个。扎到你的大象，然后消失。这样你就能活着找到另一头。"

马库拉总是消失得无影无踪。他像幽灵一样无声无息地率先走进灌木丛，不放过任何蛛丝马迹，一旦他将猎人们带到大象跟前，他又像幽灵一样无声无息地消失，不留下任何蛛丝马迹。

茂密的灌木丛中，走在布里克斯前面的马库拉示意停下脚步，他悄然爬上近处的一棵树，然后又爬下来。他指了指树林间的缝隙，然后紧紧抓住布里克斯的手臂，把他推向前去。接着马库拉就消失了。布里克斯带路，我走在后面。

要在大自然铸就的铜墙铁壁般的丛林中悄无声息地移动，可不是件长大后才能学会的本领。我无法解释其中奥妙，连教会我的鲁塔也不能解释。诀窍不是要看清落脚点，而是要双眼紧盯着你想去的方位，这时，所有神经就会长出另一双眼睛，每块肌肉都学会条件反射。你不用引导自己的身体，你只要相信它不会弄出声响就好。

我们没有发出任何声响，正接近的象群也没有听到什么声音，即便其中两头巨大无比的大象如灰色岩石般经过我们面前时，它们也没有觉察。

布里克斯停下脚步，他用手指低声细语，我读懂了他的话："注意观察风向。绕着它们走，我想看看它们的长牙。"

还真是"绕着走"！我们花了几乎一个小时的时间，才绕过一道半径五十码的弧线。公象很大，象牙就起码有上百磅重，甚至更重。

宁录① 很满意，汗水湿透了衣衫，我感觉他快要收到特维大夫通过心电感应送来的消息了，但是消息却在传送过程中延误了。

一头大象抬起头来，举高象牙，转身面对着我们。它张开蒲扇般的大耳朵，仿佛连我们的心跳都听得一清二楚。碰巧，它正在我们刚待过的地方吃草，闻到了我们的味道。了解这些，对它来说已经足够。

我几乎不曾见过像这头公象这么冷静的生物，或者说，像它这样漫不经心就决心来场大毁灭的生物。它几乎可以说是拖着脚步走向杀戮。由于所有的大象几乎都是瞎子，所以这头大象也看不见我们，但这对它来说是轻车熟路。它可以追踪气味和声音，直到它能亲眼看见我们，经过我的计算，这过程大概需要三十秒。

布里克斯朝下扭动手指，意思是："趴下，爬行。"

当你的鼻子离地面只有一英寸距离的时候，才会惊讶地发现原来有这么多昆虫在你鼻子底下生活。我猜它们一向如此，但如果当你卧倒在地，靠指甲拖着你的身体前行时，昆虫学却

---

① 宁录，《圣经》中的人物，诺亚的曾孙，被称为"耶和华面前的英勇猎户"。

以强势的姿态，作为一门完全正当的学科出现在你面前，那么，光是分类问题就一定会让你非常沮丧。

还没爬出三码，我就确信，已经有大约五十种不同昆虫独自或结伴光临过我的衣服，而且是由矛蚁主持大局。

布里克斯的脚就在我眼前，近得我都能仔细观察他鞋底的破洞，并同时寻思着，既然他不出一小时就能把鞋底磨穿，那他究竟为什么要穿鞋子。我还有充裕的时间发现他没穿袜子。很实用，但有失仪态。他的双腿像牵了线的死人腿一样挪过草丛。大象没有发出一丁点声音。

我不知道我们那样爬了多久，但当我们停下来的时候，草丛中的细碎影子已经倒向东面。我们可能爬了有一百码，昆虫叮咬过的地方开始肿胀，火烧似的疼。

我们的呼吸变得轻松了一些——起码我是这样，这时布里克斯的腿脚突然纹丝不动。我只能看见他在肩膀上擦了擦脑袋，然后朝草丛上方窥视。他没有示意继续前进，只是看起来像偷糖时被抓个正着的孩子，尴尬万分。

但我的表情肯定更紧张一些。因为那头硕大的大象就在大约十英尺远的地方：在这么近的距离，大象可不瞎。

布里克斯站起身来，缓缓举起他的来复枪，神情中带着无法言说的哀伤。

"这一枪是为我准备的，"我心想，"他明白，就算子弹正中脑袋，也无法阻止它像踩芒果一样把我们踩得稀巴烂。"

要是在开阔的地方，我可能有办法闪到一边，但在这里却不行。我站在布里克斯身后，按照他的指示将双手放在他腰上。但我知道这起不了什么作用。大象开始摇晃身体，这就像是目睹一块挡住你去路的巨石，滚落前在悬崖边上摇摇欲坠。公象的耳朵现在完全张开，它的鼻子高高举起，向我们伸来。然后它开始愤怒地尖叫，那声音是如此可怕，让你只能在原地无法动弹，仿佛有手指掐住了你的喉咙。那是一阵凄厉的尖叫，像冬天的风一样凌冽。

在我看来，这正是射击的时刻。

布里克斯动也没有动。他稳稳地端着枪，开始用我从未听说过的、令人震惊的粗话大声咒骂。这些话富于文采，勇于创新，说的时候技巧也很高超，但要是用来试探这头大象，我觉得时机挑选得很不恰当。如果是针对我的，那简直太不仗义了。

大象继续走近，布里克斯吐出更多的粗话（这次是用斯瓦希里语），我则开始发抖。还是没有开枪。根据我的判断，一只饼干罐子就足够我们两个人用了——火化都嫌多余。

"也许我必须向它开枪。"布里克斯宣布道，我觉得这话简直堪称委婉说法的经典代表作。子弹射进那厚厚的皮，就和小石子掉进水塘没什么两样。

可能你从没想过大象也有嘴巴，因为象鼻子下垂的时候你看不到它，所以当大象相当靠近而且鼻子扬起时，那道深红色和黑色的裂缝就成了一个令人毛骨悚然的惊人发现。当大象再次尖叫时，我以一种近乎愚蠢的好奇紧盯着它的嘴巴，此时我才能确信，我和布里克斯的结局与其说是悲惨，不如说是干脆，但不会很干净。

那头大象的尖叫属于战略失误，让它错失了很多乐趣。那尖叫是如此逼真，共鸣又是如此美妙，以至于它那些还在灌木丛中吃草的好友将其当成了警示，于是纷纷离开。我们之所以知道它们还在灌木丛里，是因为平静地忙着吃草的大象会不断发出雷鸣般的打嗝声：我们听到了雷鸣。

它们离开了，离开的时候仿佛将整片土地连根拔起。一切都消失了：灌木丛、树木、虎尾兰、土块——还有和我们面面相觑的怪物。它停下脚步，倾听着，然后像银行金库那扇无人可挡的门一样转过身去。最后，它像一阵台风，穿过被踏烂的植物和被粉碎的树木扬长而去。

很久，四周一片喧哗，当终于再次回复平静的时候，布里克斯放下了枪——如今这枪在我眼里，要是干起杀人越货的勾当来，一定和鸡毛掸子一样有用。

我浑身无力，愤怒异常，对昆虫类生物满腹怨言。布里克斯和我披荆斩棘回到营地的途中，一句话都没说，但当我倒进帐篷前的帆布椅中时，我放弃自己历史悠久的淑女身份，问了个粗鲁的问题。

"我以为你是全非洲最优秀的猎手，布里基，但有时候，你的幽默真是令人毛骨悚然。你他妈究竟为什么不开枪？"

布里克斯从特维大夫调配的长生不老药中掏出一只甲虫，然后耸了耸肩。

"别傻了，你和我一样明白我为什么没有开枪。那些大象是为温斯顿准备的嘛！"

忠诚的法拉又倒了杯饮料，而布里克斯的话却前言不搭后语。他仰头凝视着猴面包树的叶子，像个恋爱的诗人一样叹息着。

"有句古老的格言，"他说，"是从古老的科普特语①翻译而来的，其中蕴含了自古以来的所有智慧：'生活是生活，快乐是快乐。但当金鱼死去，一切归于沉寂。'"

---

① 科普特语，埃及人从公元三世纪到十五世纪末期使用过的语言。

第十八章
大河的囚徒

虎口脱险的唯一缺点在于，你的故事很可能就此虎头蛇尾。你永远都无法从性命交关的那一刻继续讲述你的故事，也无法让任何人相信你。这个世界充满了怀疑论者。

在我认识的人中，惟有布里克斯能发表遗作讲述他的致命遭遇而不招来怀疑。他在非洲闯荡的这些年，血液里储存的疟疾病毒足够放倒十个普通人。待到时机成熟，疟疾之魔就会冷不丁地以各种形式挥出致命一击，然后扬长而去，将布里克斯留在林间小路上，蜷成一团无法动弹，甚至没有特维大夫从旁安慰。可第二天，布里克斯却又成了一条好汉，看来就像是死神的异母兄弟似的，但射击还是一如既往地精准，工作也同样称职。

就像人们常说的，爱尔兰人永远都不知道自己什么时候挨了揍，布里克斯不知道自己什么时候死了。他曾被一头公象追赶，躲避的时候撞到了树上。当布里克斯仰面朝天倒在地上的时候，公象将那棵树连根拔起，又将它整个碾进距离布里克斯不到几英寸的泥土中。它盲目地以为自己弱小的敌人已经死亡，便风卷残云般离去。对于那天的事情，布里克斯争辩说大象是犯了错误，但大家都知道，北欧血统有时会固执到冥顽不灵的地步。

不过有时候，布里克斯也会陷入平庸甚至乏味的境况。

温斯顿已经干掉了那头差点干掉布里克斯和我的公象。那头象的个头很大，但对精力充沛的贵客来说，还是不够大，他似乎要让自己人生的每分每秒都被刺激得惊叫。于是布里克斯和我再次起飞，到一个叫做伊桑巴的地方侦察。

很长时间我们一无所获。回程中飞越亚塔高原，却发现一头巨大的公象形单影只，在荆棘丛和树林里吃草。

一头这样的大象对于猎手来说是项挑战。追踪拖家带口的象群，应付它们共和体制下的集体策略是一回事，而追踪一个老练的独身主义者又是另一回事，因为它不受任何责任束缚，自私、狡猾而且行动迅速。

我们大约在中午时分回到营地，温斯顿决定直接去找那头公象。温斯顿长得高大强壮，他毫不迟疑地下达了进军的命令，语带敬意。那儿有头象，这儿有个温斯顿——他们之间就差不到十五英里了。一个是人，一个是兽。尽管如此，映入脑海的却是那对惺惺相惜的希腊双子，他们总是频繁出现在各种印刷品上，人们却永远不知道他们的结局究竟如何。通过我们对那头孤独巨兽的描述，温斯顿听见了命运的召唤。尽管天色已晚，他依旧下令出击。

布里克斯组织的是一次轻装上阵的游猎，只雇了十五个搬运工。这样的队伍是为不断转移而准备的，几乎没带什么食物补给，却能在非洲大陆开辟出一条自己的道路来。于是，在法拉和鲁塔的联合指挥下，两辆卡车被发配上路，不管什么路都要照开不误，到伊桑巴去建立新的司令部。这计划几乎透着军事行动的味道。

当时的地形条件下，这种组合可能会遭遇的困难在于：步行军或许只要突进三十英里就能到达伊桑巴，而卡车却可能不得不多走两百英里，绕很大的圈才抵达同一地点。

亚塔高原高出平地大约五百码，阿西河位于其左侧，蒂瓦河则在右侧。高原上都是高达十五至二十英尺的灌木、丛林和荆棘，它们像铁丝网一样坚固，黑暗幽深，足够吞没一支军队。

布里克斯的策略必须简单明了，也确实如此。头天晚上，大家在阿西河畔安营扎寨，清早爬上亚塔高原，跟踪足迹，如果运气好的话，在天黑前用类似闪电演习的方式包围温斯顿的公象。一旦得手（要是有其他计划当然也不错），大家从高原东侧斜坡下来，渡过狭窄的蒂瓦河，欢天喜地地扛着宝贝象牙抵达伊桑巴。

至于我，因为飞机需要修理，所以准备先回涅里（位于内罗毕以北约六十英里处），然后在三天内返回伊桑巴。

"飞机一修好，"布里克斯说，"直接飞伊桑巴。我们会在那里等你。"

当我在基拉马克伊附近的营地起飞时，温斯顿和布里克斯正像意志坚决的双头巨龙般迫不及待地穿越丛林，由挑夫们组成的长尾巴则紧随其后。

我飞了一百八十多英里抵达涅里，降落在约翰·卡贝里位于塞拉麦的咖啡种植园里。

卡贝里阁下是一位爱尔兰贵族，定居非洲却带着美国口音。在他成为一名优秀飞行员的那个年代，能将一辆车开出一百英里并可以直立走出车厢被认为是一件了不起的成就。卡贝里曾在第一次世界大战中担任飞行员，在那之前他已经是飞行员了。战后，他来到英属东非，买下塞拉麦后对其进行开发。

这个地方靠近肯尼亚南麓的基库尤保护区，海拔高度接近八千英尺。那片土地凉爽多雾、土地肥沃、雨水充沛。青绿色的咖啡树覆盖其上，像一张毛绒绒的地毯。

我不知道真是出自古老的基库尤语还是卡贝里自己的杜撰，据说塞拉麦这个名字意为"死亡之地"。就算这名字真的源自基库尤语，卡贝里似乎也没有被名字中包含的挑衅意味吓倒。我相信——要是价格合理并具备可操作性，他也会很乐意买下爱伦·坡的宅子，当然首先得允许他在湖上建个停机坪。约翰·卡贝里是极为聪明又非常实际的人，但他那颇有异教徒风格的幽默感，几乎可以和那位把人类头盖骨当墨水瓶的法国作家并驾齐驱。J. C. 是那种虽身处险境却依旧能暗自窃笑的人。

他喜欢别人叫他J. C.。不管他是不是这块土地的领主，身形瘦长的他全身都燃烧着对民主制度和方式的神圣热情。他曾在美国生活过，很喜欢那个国家。他永远都不会写那种比较英国和美国的书，因为这些书不过是为了得出同一个结论：后者的文化就像是天生痴呆的父母却生出了天才儿童一样，属于有趣的医学课题。当约翰·卡贝里说什么事情很"疯狂"，他说的时候会流露出对美国人那种简洁明了的表达方式的由衷赞赏——他那种热忱，事实上，可能会让一个纽约的出租车司机以为他的家乡不会远过田纳西，还已经在时代广场边混了一个月。

J. C. 手下有个出类拔萃的法国机械师，名叫鲍德，更棒的是，他还有一条体面的跑道和一间上佳的停机棚，以及对飞机进行小修小补的设备。由于汤姆已经回英国，所以如果不用考虑距离，飞到塞拉麦修理飞机要比求助于威尔逊航空公司方便得多。卡布里家的大门永远为朋友们敞开，他家的机场则对所有飞行员开放。

娇小、灵敏而又迷人的裘·卡贝里负责在夜晚主持塞拉麦的大局，她就像一个殷勤的精灵照顾一群从小说里走出来的人物，这部未完成的小说由 H. 瑞德·哈格德 [1] 起草，司各特·菲茨杰拉德 [2] 撰写，詹姆斯·M. 凯恩 [3] 在旁监督。他们的话题会从

---

[1] H. 瑞德·哈格德（1856—1925），英国小说家，去世前共创作了六十多部小说，主题多为发生在异国他乡的探险故事。

[2] 司各特·菲茨杰拉德（1896—1940），二十世纪美国文坛的重要作家，一九二五年出版的《了不起的盖茨比》为其代表作。

[3] 詹姆斯·M. 凯恩（1892—1977），美国著名记者、硬汉作家，擅长写黑色侦探小说。

幽灵象扯到几种鸡尾酒混搭后的特殊效果再到芝加哥黑帮，但最后通常会聊到飞机。

尽管他的妻子对飞行兴致切切，但约翰·卡贝里可以（也乐意）用三杯威士忌加汽水的时间，一刻不停地大谈副翼这类相对简单的飞行知识。

"当心那些美国佬！" J. C. 说，"他们的商用飞机多得已经像帐篷一样罩在我们头顶上了。听我说！听着！当我在加利福尼亚的时候……"

于是我们洗耳恭听。

我要回伊桑巴的那天早晨，我们透过塞拉麦客厅的窗户察看着天气，我听见 J. C. 的笑声几乎透着喜气。正常情况下，你能看见肯尼亚山和阿布戴尔山脉；不正常的情况下，你起码看得见古拉山，它就在离跑道不足十英里的地方。

但那天早上什么都看不见，肯尼亚山的雾气在夜里悄悄溜下来，占领了整片土地。

J. C. 摇了摇头，装模作样地长叹一声。"我不明白，"他说，"一直以来我都认为，不管是谁，只有看见古拉山才能起飞。当然啦，我也不太确定，因为还没人笨得去亲自尝试。给我一百万美元我也不干。"

"真是鼓舞人心。你有什么建议？"

J. C. 耸了耸肩膀："唉，凡事总有第一次，你知道的吧。我想，如果你先朝西面偏一点点，再朝东面偏一点点，或许可以平安无事飞出去。这只是个猜想，你知道。但是见鬼了，柏儿 ①，你是盲飞的好手，要是再遇上点小运气——谁知道呢？不管怎样，如果你飞出去了，把这瓶杜松子酒给老维克，好吗？"

我一直都在寻思，究竟 J. C. 是个虐待狂，还是他只不过偏爱先抑后扬的把戏。很多德国飞行员都有个迷信，祝别人好运会带来噩运，他们在同伴起飞的时候愉快地说："永别了——我希望你断胳膊断腿。"或许 J. C. 也有这种迷信。起码，当我起飞的时候，他那张拉长的脸——我觉得配他那身朴素的穿着过于贵族气了，露出了微笑。但他那双灰色的眼睛却流露着一个飞行员对另一个飞行员安危的担忧。

它们没有必要这样。我对超低空飞行颇为在行。当你飞在方圆六十英里的迷雾中，离树枝不过两英尺的时候，要拿出高超的水平是理所当然的。如果你知道安全范围并不比你的肩膀宽多少，你的自我保护意识会变得异乎寻常的敏锐。你觉得被困住了，不能允许自己升高，那样就会被迷雾吞噬，就像前方某处的山脉已经被它吞噬了一样。所以你努力悬挂在这条狭窄的走道的天花板上，下方的树丛就像颠倒过来的云朵，漆黑一片，即将下雨。我沿着从塞拉麦延伸到平原的斜坡滑行，不断顺着山势或是沿着云雾边缘东游西晃。没过一会儿，我发现一个蓝色的洞口，于是向上攀升。穿越它后，我参照指南针的指引前往

---

① 柏瑞尔的昵称。

伊桑巴。

那里的跑道要比绝大多数跑道好，所以降落也更容易。我们的营地驻扎在一座山丘的背风处，帐篷敞开着，静静等待，帆布椅也已经拉开，卡车并排停靠，上面空无一人。一切准备就绪：已经这样就绪了两天。鲁塔报告说，自从他们英勇地出发去攻占亚塔之后，不管布里克森老爷还是客人老爷，全都不见了踪影，也无音讯。

麻烦的是，上帝忘了树立任何地标。从空中看来，亚塔高原的每一英寸、每一英里都大同小异。

多年在非洲担任独立飞行员，从事寻象和送信工作，让我落下了寻找烟雾或炊烟的职业病，直到现在都对烟囱、营火和冒烟的炉子有特殊的亲切感。

但是我寻找布里克斯和温斯顿的那天早上，没有看见任何冒烟的东西，没有任何动静。在我看来，两个聪明的白人和十五个黑人挑夫应该可以设法弄出一小股炊烟来，除非他们像"漂泊的荷兰人"①上的船员一样，全都已经身亡。

我知道这支游猎队只带了够吃两顿的食物，也就是说，根据我的计算，他们已经饿了七顿。除非采取些措施，否则这会带来悲伤的后果——暂且不说悲伤的结局。我不明白的是，他

———————

① 漂泊的荷兰人，传说中永远无法靠岸的幽灵船。

们为什么坚持留在高原上，而伊桑巴的营地只和他们隔着一条河而已。我转弯下降，飞临蒂瓦河看看能不能找到他们，或许他们正在渡河呢。

但是那条河已经把自己淹没了。那再也不是一条河，而是一股趾高气昂的洪水，足有一英里宽，湍急的河水抵挡住了任何想蹚过河去的人或动物。不过它和旁边的阿西河相比，也只算涓涓细流。

高原另一边的阿西河气势恢宏，席卷了河岸上干涸的土地，看起来要拼尽全力和尼罗河一决高下的样子。遥远的高原地带出现了一场暴风雨，当我飞越万里无云的蓝色天空时，亚塔成了一座丛林岛屿，陷在雨水汇成的汪洋中。肯尼亚山和阿布戴尔山的山沟中水流暴涨。温斯顿和布里克斯以及他们所有的仆人就像困在浮木上的小猫咪，他们在最干燥的非洲被洪水围困。

如果还没被射杀，他们要捕捉的那头大象很可能也和他们一样孤立无援。但无论如何，不管是活着还是死了，它都不会活得太惬意。

亚塔高原上没有什么可以吃的动物，而那泛滥的河水在一星期内很难消退。要是给他时间，我知道布里克斯会想到脱困的办法，可能乘坐用荆棘树搭成的木筏。但是，如果要工作，人类就必须进食。我将机身朝下，在连绵的灌木丛上呈"之"字飞行，就像一只迷了路的蜜蜂。

二十分钟后，我看见了他们的炊烟。那是一缕细瘦微弱的烟，悲伤而灰暗，就像一个巫婆消失后留下的余烬。

布里克斯和温斯顿站在火堆旁，疯狂地将杂草和树枝丢进火里。他们挥舞着手臂，示意我下降。只有他们两个人，我没看见挑夫们。

我盘旋下降，发现那块浅窄的开阔地是在丛林的植被中间挖出来的，但要降落似乎不可能。跑道很短，两侧都是荆棘，而且很不平整，可能会撞碎飞机的起落架。

一旦发生这样的事故，那么和伊桑巴营地之间的联络，以及和伊桑巴以外的任何地方的联络都将中断。就算我能降落，可我怎么起飞呢？降落是一回事，但在此起飞又是另外一回事了。

我在右腿上的便笺簿里潦草地写了张字条，并将它放进送信袋中，扔给了布里克斯。

"也许能降落，"我说，"但跑道看来太短，不能起飞。如果你能把跑道弄长点，我一会儿就回来。"

这似乎是一则很简单的口信，明确而实际，但从它引发的反应来看，一定像是一条纵火通知，或是一项呼吁：用点燃烽火的方式警告全天下，防线已被攻破，血腥屠杀迫在眉睫。

第十九章
战果如何，猎手？

布里克斯将树叶和木头都堆放进火里，当我飞过开阔地的时候都能从机舱里闻到烟味。我想到最后他可能把他的帽子都丢进了火里，也有可能是温斯顿的帽子。烟尘像一只巨大的灰色蘑菇升腾起来，我能看见粉红色的火舌在阳光下舞动。他们两人上蹿下跳、比手划脚，好像过去几个月里都在吃让人精神错乱的花朵为生。

很明显，我是不会有更宽敞的跑道降落了，这当然事出有因。如果还有别的办法，布里克斯也不会让我冒险在这样的地方降落。

现在，我非常确定自己能够降落，但不太确定自己能在同样的地方起飞。没有可以作为降落参照的风，也就没有起飞的助力。我得想想。

我偏转机身，盘旋了好几圈，每飞一圈，那蘑菇云就胀得更大、升得更高，下面的舞蹈节奏也更加疯狂。我还是没有看见挑夫。

在不平整的地面降落总是让我心碎，那就像是在水泥地上骑马。我考虑过侧滑降落，但记得汤姆曾告诫说，要想在这样危险的地面很专业地完成这个动作（滑行，然后在距离地面几英寸的地方直起机身平飞）是不切实际的想法。这很可能会造成起落架损坏或是机身纵梁破裂。"不到万不得已，不要侧滑降落，"汤姆以前常这么说，"除非你的引擎熄火。但如果你的引擎还能用，就飞上跑道。"于是我向跑道飞去。

我飞上跑道后，飞机撞上了树根、土块和泥里的残桩，它低声呻吟着，发出抗议似的吱嘎声。它扬起的沙幕足以和火海抗衡。它冲向树丛边缘的样子好像它原本想从上面跳过去的，却临时改了主意。最后，我拖住打滑的机尾并控制住方向舵，让飞机减速，它在忧惧的震颤中停了下来。

布里克斯和温斯顿冲向飞机的架势像海盗冲向一艘帆船。他们胡子拉碴、邋遢不堪。此前我都不知道男人缺了刮胡刀和干净衬衫会堕落得这么快。他们就像是盆栽，要是不每天修剪打理，就会长成杂草。一天不刮胡子，会让男人显得漫不经心；两天不刮，显得流离失所；四天不刮，污染环境。布里克斯和温斯顿已经三天没刮胡子了。

"感谢上帝，你来了！"温斯顿在微笑，但他平日里英俊的脸庞已经被半月形的络腮胡子遮住了，他的眼睛里毫无欢欣之意。布里克斯看起来像只被打扰了冬眠的熊，蓬头垢面，他伸手帮我爬出驾驶舱。

"我不想要求你降落，但迫不得已。"

"我猜也是。我知道你们为什么无法走下高原。但我不明白的是……"

"等等，"布里克斯说，"一切都可以解释。但首先，你有没有带任何东西来？"

"恐怕没有，反正没什么可以吃的。难道你们没有射杀'任何东西'？"

"没有，连只兔子都没有。这地方什么都没有，我们已经三天没吃饭了。这本来也没什么，但是……"

"但是特维大夫没有发话，是吧？好吧，我这么做会出卖朋友，但 J. C. 给老维克捎了一瓶杜松子酒。我认为你们比他更需要。你们的挑夫怎么啦？"

这问题是个地雷。布里克斯和温斯顿交换了一个眼色，然后开始有节奏地低声诅咒开来。他伸手从储物箱中拿出老维克的酒，拔出瓶塞，把酒瓶递给温斯顿，然后等待着。一分钟后，温斯顿把瓶子递还给他。我静候一边，看塞拉麦的厚礼付诸东流。

"挑夫们罢工。"温斯顿说。

布里克斯抹一抹嘴，将酒瓶又递给一同被放逐的伙伴。

"叛变了！自从没吃上第一顿饭，他们就连手都没抬一下。他们不干了。"

"这真是傻透了。非洲的挑夫不罢工的，他们没有工会。"

布里克斯从飞机旁转过身来，回头看着跑道："他们不需要工会。空空如也的肚子就能组成联合战线。温斯顿和我亲自清理出了这条跑道。就算你坚持，我想我们也不可能垦出更长的跑道了。"

这让我肃然起敬。尽管规模有限，但这跑道好歹也有一百多码长，十码宽。而且这项工程要是单靠当地人的短刀来完成，需要花费好大的力气。有些植物高达十五英尺，而且长得这么密集，人都无法从中间挤过去。我估计，那些平常的丛林短刀砍断了超过一千棵直径三到五英寸的小树，它们的树根被挖出来扔到一边，还要再将土地填平。

后来我从马库拉那里得知——正是他拿出外交手腕否决了劳动的提议（以及劳动本身），整整两个晚上，当别人都装睡的时候，布里克斯从他的毯子里钻出来，一直在空地上忙活到天亮。他当然对得起他喝的每一滴杜松子酒。

我觉得布里克斯的挑夫们是损人不利己的典范，他们坚称，没有饭吃所以不能干活。他们天天在备用营地四周闲晃，布里克斯和温斯顿却像奴隶般在空地上苦干。尽管他们已经仔细地向挑夫们解释过（毫无疑问，也带着火花），如果不开辟出空地，他们接下来的几个星期都别想吃到饭。

尽管如此，布里克斯还是很担心他的挑夫们，我想一个不那么正直的人可能早已经说："饿死好了，混蛋。"但布里克斯不是这样的人，他"白人猎手"的名声不全是在穆海迦的鸡尾酒吧里建立起来的。他说,"柏瑞尔,我知道这有些强人所难,但你必须先把温斯顿送出去,然后回来接我,还有马库拉。让法拉将所有你能带上的豆子和干粮都给你,拿来给挑夫们。你把温斯顿送到后就带食物来。这意味着你要在这地方多降落两次、起飞三次。但我是认定你能做到,才这么要求。"

"我猜,要是我问你如果不行会怎么样,你会告诉我金鱼死的时候,一切是多么寂静?"

布里克斯咧嘴而笑。"静得可怕,"他说,"但又如此安详。"

尝试起飞的时候,温斯顿和我冒着同样的风险,这一认知让我略觉欣慰。我觉得温斯顿的体重不会轻于一百八十磅(尽管瘦了许多,穿得也少),由于那天亚塔的天气情况,这点重量会给起飞增加很多难度。我坚持等待风,最后终于等到一阵足够强的风把从布里克斯生的那堆柴火上升起的烟柱吹歪。

温斯顿坐在前座上,布里克斯转动螺旋桨,飞机跑过跑道,速度越来越快。树丛围成的墙逐渐逼近,看起来要比树丛坚硬得多。我看见温斯顿摇了摇头,又稍稍低下。他笔直凝视前方的样子,有点像下蹲的职业拳击手。

我推下操纵杆,试图达到起飞需要的速度。我没法不去想汤姆的信,然后我想起了他关于在非洲驾驶飞机的精准判断。没有别的飞机能像我的飞机一样从地面拉升,而且引擎也不用减速。它的表现就像一匹纯种的障碍越野赛赛马,在距离树枝几英寸的时候飞身跃过。温斯顿突然从座位上直起身来,转过头来朝我眨了眨眼：仿佛刚才那个拳击手在第十五回合赢了一次判决。我开始攀升、减速，转弯飞向蒂瓦河。它的河岸已经看不清楚，就像一片迷路的湖泊。

当我们抵达伊桑巴的时候，不能说鲁塔和法拉因此放下了悬着的心，但他们明显是大大松了一口气。法拉是一个瘦削而又精力充沛的索马里人，说起话来语速惊人，当你刚听完他说的第一句话，他已经在等最后一句话的答案。他认为他的布里克森老爷有长生不老的能力，他觉得不会有任何严重的事发生在布里克斯身上，但他也知道，别人的不幸在某种程度上来说就是布里克斯的不幸。法拉迎接我们的眼神与其说很担忧，倒不如说是充满疑问。而鲁塔则飞速奔向飞机，立即检查起落架、机翼和尾翼。然后，带着一丝犹豫，他朝我微笑。

"我们的飞机没有受伤，门萨希布！——你也是吧？"

我承认自己毫发无伤，并开始准备给布里克斯那些叛变的挑夫运送粮食。一回生，两回熟。我轻易就接到了布里克斯并将他送到伊桑巴的营地。第三趟飞行是接马库拉，一切都进展顺利，除了马库拉自己，他犹豫着究竟要不要走。

"啊呀呀！"他用磕磕巴巴的斯瓦希里语抱怨道，"真是奇怪啊，饥饿会让人抖得像风里的竹竿啊。饥饿可对人没好处！"他用不安的眼神打量着飞机："当一个人很饿的时候，我觉得，最好不要走动。"

"你不用走动，马库拉。你可以坐在我前面直到抵达营地。"

马库拉扯了扯他的斗篷，手指在金色的弓面上来回滑动。他用拇指拨弄着生皮做的弓弦，弹奏着一首深思熟虑的歌曲。"每个人都是另一个人的兄弟，门萨希布，而兄弟们要互相依靠。所有的挑夫都在这里，我怎么能抛弃他们呢？"

白昼比以前短了，布里克斯生的火也已经熄灭，而"所有的挑夫"正默不作声地吃得很畅快。他们的罢工取得了胜利，有了足够的食物和时间，他们什么都不在乎了。我带来的食物足够支撑到洪水退去，还不用干活儿。

但我们需要马库拉。我记得有句古老的斯瓦希里谚语，于是我说："要是不够勇敢，聪明的男人和女人没两样。"

这位上了年纪的老追踪者审慎地看了我很久，好像我刚才吐露的真理，来自只有他和远古人才知道的神秘教义。然后他严肃地点了点头，朝地上啐了口唾沫。他先凝视着那团口水，又凝视着正在下山的太阳。最后他在长袍上擦了擦手，钻进飞机里。我转动螺旋桨后，绕到驾驶舱后面，爬进他身后的座位。他裸露在外的脖子很僵硬，上面戴着闪闪发光的金属项圈，白色的珠子在项圈上摇晃，映衬着他黑色的皮肤。他紧紧攥着他的弓，像他希望的那样，弓身像根魔杖般优雅地伸出驾驶舱外。等到飞机开始移动，他从腰上不知道哪里掏出一块薄毯子来缠在头上。他缠了一圈又一圈，直到他像夜色一样盲目，像恐惧一样不可名状。接着，我们就起飞了。

我前面的包裹在飞往伊桑巴的这一路上纹丝不动。马库拉一直都觉得他的巫术和他追踪动物的本领一样高超，所以他随身带着一只小袋子，里面装着木质护身符、羽毛和奇形怪状的骨头，因为这些骨头很罕见，他也从不解释，所以在他的同伴们看来，它们颇具地狱避邪物的特质。我几乎可以相信，马库拉现在正在用它们召唤黑暗的力量，让感觉和意识暂停：啊，不管神还是鬼，就这一次，就停一小会儿吧！

我轻巧地降落，平稳地滑行，然后停下。我的包裹动了。布里克斯和温斯顿就在旁边，两人看见我们时都松了口气，两人也都刮了胡子。在螺旋桨逐渐减慢的声响中，马库拉听到了他们的说话声，开始解开那条靠巫术让他免于一死的毯子。当他的脑袋终于露出来时，他没有叹息也没有眨眼，他盯着自己的掌心，又盯着天空，然后带着克制的赞许朝虚空致意。事情的进展正如他的预期，他可以暂时省略所有无关紧要的抱怨。他以一种优雅的姿态爬出机舱，整理一下他的长袍，朝所有人微笑。

"怎样，马库拉，"布里克斯说，"你喜欢自己的第一次空中之旅吗？"

我觉得这话与其说是提问，倒不如说是调侃，正有一大批听众等着回答。不仅仅是法拉和鲁塔，还有那些留在这个营地的挑夫，都围成一圈向老马库拉致敬。我们觉得这是一场针对他口才的考验，他却觉得受考验的是他的尊严。他挺了挺身，瞥了布里克斯一眼。

"巴巴扬古 ①，我曾做过许多事，所以这对我来说并不算什么。对基库尤人，或是旺德罗波人，或是卡韦朗多人来说，在空中飞行可能是一件了不起的事。但我已见过不少世面。"

"和你今天看到的一样多吗，马库拉？"

"一次看不了那么多，巴巴扬古。但今天，我真的看见了蒙巴萨那里的大海和乞力马扎罗山的顶峰，还有穆阿森林的边缘——但这些我以前都见过了，靠我自己。"

"你今天看见了这一切？"法拉毫不掩饰他的怀疑，"你不可能看见这些的，马库拉。你没有飞那么远，我们也都知道你的脑袋裹在你的毯子里！试问，人又怎么能透过黑暗看清楚东西呢？"

马库拉修长的手指轻轻拨弄着挂在他腰间的护身符袋子。他转身面向质问他的人，微笑里带着无尽的宽容。

"并不是所有人都能够，法拉。谁会对神明奢求太多？"

夜晚时分，当篝火在帐篷前点燃的时候，你可以对神明要求很多的东西。你可以透过火焰鲜红的面纱看见天地在上帝最初创造它们时候的模样，你还能听见野兽的叫声，它们也是上帝摆放在那里的。这个世界和时间一样古老，却又像天地初开那刻一样崭新。

某种意义上来说，它是无形的。当伸手可及的星星照耀着

---

① 巴巴扬古，斯瓦希里语，意思是：我的父亲。

它，月光将它包裹在银色的雾气中时，天地间的景象一定还和洪水退去那刻一模一样：第五个夜晚降落，而生物们还不敢相信自己得以幸存。那是个空空荡荡的世界，因为还没有人类搭建房屋、挖土铺路，或者将他打造出的转瞬即逝的标志固定在空无一物的地平线上。但它并不是一个匮乏的世界，它孕育着生命的起源，在天空下满怀期待地不断蔓延着。

当你与他人闲坐交谈时，你是孤独的——其他人也是如此。无论你在哪里，只要夜晚降临，火苗随着来去自如的风势自由燃烧，你就是孤独的。你说的话，除了自己又有谁在听？你想的事，对他人又有何意义？世界在那边，而你在此处——这是仅存的两极，也是唯一的现实。

你说话，但谁在倾听？你倾听，但谁在说话？是你认识的某个人吗？他说的话是否又能解释群星，或是解答失眠的鸟提出的问题？思考着这些问题，双手环住膝盖，凝视着火光和边缘的灰烬，这些问题就是你的问题。

"听啊！[①] 今晚辛巴饿了。"

年轻的土著仆人解读了一头狮子发出的第一声警告，它正在远方无声地逡巡。一只土狼躲避着温暖的营地，帐篷在风中啪啪作响。

但辛巴不饿。它也只是孤独，因为它勇猛无双、卓尔不群，

---

① 原文为斯瓦希里语。

却在长夜中心神不安。它吼叫着，加入我们的队伍，土狼也加入了，在山丘上大笑。一头猎豹也加入进来，让我们感觉到它的存在却无法看见任何蛛丝马迹。犀牛、水牛，它们在哪里？它们也在这里——这里的某个地方，或许就在树丛最茂密的地方，或是遮天蔽日的荆棘林中。它们在这里，全都在这里，无法看清，散落四周，却与我们分享着同一种孤独。

有人起身翻动无需翻动的火堆，鲁塔拿来更多的木柴，尽管木柴已经足够。离我们不远的地方燃烧着另一堆篝火，黑人挑夫们蹲坐四周，像被镶进夜色的壁龛。

有人试图打破这种孤独，那就是布里克斯。他问了一个所有人都能回答的简单问题，但没有人用心在听。温斯顿盯着自己的靴子尖，就像从未见过靴子也无论如何不想失去它们的样子。我坐在那儿，膝头放着一本笔记本，手里握着一支铅笔，想把所有需要的东西列成清单，但只字未写。我也必须给汤姆回信。他写信来说，他已经报名参加了从米尔登豪前往墨尔本的国际飞行比赛。赛程一万一千三百英里，几乎可以环绕世界半周。从英国到澳大利亚。我该回到英国去。我必须再次飞回英国。我知道路线：喀土穆——瓦迪哈勒——卢克索——开罗——班加西——托布鲁克……然后，是的黎波里和地中海……法国和英国。六千英里：只是环绕世界的四分之一路程，你还可以慢慢飞。是吗……我思考着。

"想飞回伦敦吗，布里克斯？"

他正在给来复枪装子弹，回答"是"的时候头也没抬。

"那头大象的事真诡异。"温斯顿说。

温斯顿的魂魄还留在亚塔高原上。"没有痕迹。"他摇着头。"一点踪迹都没有！"他说。

鲁塔就站在我身后，法拉在他身旁。他们看似在侍奉我们，但其实和我们一样，也在思索、交谈、做梦。

"在亚丁，"法拉对鲁塔说："我出生的地方，旁边就是阿拉伯的红海，我们以前会坐着只有一片翅膀的船出海，船是棕色的，很高，风推动翅膀，带着我们前行。在晚上，风有时会停止，海就会像现在这样。"

"我见过蒙巴萨的海，"鲁塔说，"也见过它夜晚的样子。我不觉得海洋会像现在这样。海会动。这里，一切都是静止的。"

法拉思考着，布里克斯用口哨吹着随意的曲调，温斯顿还在想着他那头幽灵象，我就着火光潦草地写着。

"蒙巴萨的海，"法拉说，"是不同的海。"

刹那间，这句决断的宣言让鲁塔觉得彷徨。他弯下腰，从地上捡起一块木头丢进火里，他看来满腹心事。

"你觉得那头大象会有多大？"温斯顿看着布里克斯，然后看着我。

布里克斯耸了耸肩："亚塔高原上那只？非常大。"

"象牙超过一百磅吗？"

"接近两百，"布里克斯说，"它个头相当大。"

“哎，真是太诡异了，我们甚至都没发现它的踪迹。”

温斯顿再次陷入沉默，凝视着夜色，仿佛他的大象可能就在夜色后面，摆动着它的长鼻，无声无息地嘲笑着。高原之上，希腊人与希腊人本该狭路相逢的地方 ①，却没看见希腊人到来。

我继续写着所需物品的清单，但没有写很久。我寻思着自己是否做点改变——这次的改变是在欧洲住一年，或许，尝试一些新东西，一些更好的东西。生命如逆水行舟，不进则退。即便是我这样的一生，也是如此，我想。

有一天，你会宁愿自己没有做出这个改变，但对自己说这些毫无裨益，自怨自艾也是如此。

我回想过去几个月的日子，发现它们和所有人期望拥有的过往一样好。我坐在火光中，它们全都历历在目。

串起那些日子的时光很美好，串起那些时光的片刻也一样。我承担责任并辛勤工作，经历危险也享受快乐，结识了两三好友，生活在一个没有围墙的世界中。我依旧拥有这一切，我提醒自己：我会一直拥有直到离弃它们的那刻。

布里克斯说了什么，我呆呆地点头应答，又懒洋洋地向火堆贡献了一根小树枝。

“你睡着了吗？”

---

① 英语中，两个希腊人相遇的意思是两强相争。

"睡着了？没有，没有。我只是在思考。"确实如此。我独自度过了太多的时光，沉默已成一种习惯。

除了法拉和鲁塔，我时常日复一日、夜复一夜地单独留在游猎队伍的总部，那些跟随着我已发现的兽群或是等待我发现兽群的追踪者，都在几英里外的地方扎营。天亮的时候，他们会等待我的飞机的声音，他们也总能等到。

那些时候，我都在天亮前很早就醒了，发现鲁塔已经帮我煮好了热腾腾的茶，我喝着茶，凝视星光在帐篷外渐渐暗淡下去。

当鲁塔和我掀开盖在飞机上的帆布时，帆布总是湿漉漉的。不管诞生它的夜晚多么强壮，热带地区潮湿的每一天都是难产儿，无法呼吸。我在令人窒息的空气中起飞，一切所需物品都已各就各位。

邮件袋堆在两只特制的柚木箱中，箱子放在我身侧的地板上。那些袋子算得上是漂亮的。我带了十几只，都是牢固的棕色小袋子，里面灌了铅，外面绑着蓝金双色的丝带以作识别。蓝金色曾是我赛马中的标志色，现在成了飞行中的标志色。

还有我固定在木板上的笔记本，用一根皮带固定在我大腿上，上面还连着一支铅笔。纸和笔曾一起完成过多么热切的涂写啊！

还有我的吗啡瓶。我将它当作一件神物，放在飞行茄克的口袋里，因为内罗毕的资深医师嘱咐我要带着它，他还同时喃喃絮叨着什么在人迹罕至的荒郊迫降，在丛林深处失事——这些都是迟早的事。他对这项预防措施相当坚持，还要我不时地归还未打开过的瓶子，以换取新的药水。"世事难料，"他一成不变地说，"世事难料啊！"

带着这些装备，我每天在迷蒙的晨曦中挥手向鲁塔告别，一直飞到看见营地的炊烟，就舞动机翼向他们致意。然后，我飞向如海洋般涌动的丛林，去寻找猎物。而当我找到的时候，那一刻多么激动人心，又叫人多么心满意足。

有时候我会绕着象群盘旋近一个小时，试着确定最大的那头公象到底有多大。如果最后我认为它的象牙够大，我的工作就开始了。我必须确定由象群到营地的路线，修正它，在笔记本上画下来，判断距离，详细记录地形，并告知附近出没的其他动物，标注水坑的方位，最后指明最安全的抵达路线。

现在，我必须再次注意炊烟的信号，注意指南针，并腾出一只手来做记录。并准备好计算航向和距离的计算器，以备不时之需。布里克斯将我投给他的一张纸条还给了我，现在我还把它夹在我的飞行日志里，因为能投下这样的纸条让我很有成就感：

很大的公象——象牙也是，我猜有一百八十磅。象群里大约有五百头象。还有两头公象和很多小象——在平静地进食。植被很茂密——树很高，两个水塘——其中一个在象群东北偏北半英里处，另一个在西北偏北约两英里处。你们和象群之间畅通无阻，半路有块林地。很多足迹。象群西南面有水牛。没有看见犀牛。在你二百二十度方向。距离约十公里。一小时后回来。努力工作，相信上帝，保持肠道畅通。

——奥利弗·克伦威尔

克伦威尔确实这么说过，这话依旧有它的道理。

这一切都有它的道理——炊烟、狩猎、欢乐与危险。如果我有一天起飞离开后再不回来，会怎样？如果飞机失事了呢？出于需要，太多时候我都飞得太低，去寻找一个降落点（以为那里可能会有降落点）。如果引擎失效，如果突如其来的暴风雨将我赶入丛林和虎尾兰——那么，也是天意如此，工作性质使然。不管怎样，布里克斯已经告诉过法拉和鲁塔，要是我失踪太久——超过了燃料可以维持的时间，该怎么做。他们会走路或开卡车去电报站，并给内罗毕发电报。伍迪或者谁就会开始搜索行动。

另外，我还带着两夸脱的水、一磅的肉干和大夫的安眠药水（但要是矛蚁们在晚上饥肠辘辘，我怎么能失去斗志呢？），我当然有斗志，而且我也不是手无寸铁。储物柜里有一支手枪，汤姆坚持要我带一把来复枪，但如果调整这把枪的应急枪托，它就能当短型来复枪用。真是夫复何求啊！我是独来独往的探险家，物质充沛，还配备着武器与书——维姆斯写的《飞行导航》。

拥有这些，我居然还不知足！我为什么要坐在这里梦想着英国？既然我唯一的爱好是飞行，又为什么要像追寻希望的落魄灵魂一样盯着篝火？因为我充满好奇。因为现在的我是个无可救药的流浪者。

"柏瑞尔，醒醒！"布里克斯大声怒吼。温斯顿动了动，有些什么东西受了惊吓，飞速掠过灌木丛。

"我没在睡觉。跟你说，我在思考。"

"关于英国？"

"是的，关于英国。"

"好吧。"布里克斯站起身来，伸了个懒腰，火光下，他双臂的投影拥抱着目力所及范围内的整个非洲。

"好吧。"他又说了一遍，"那你什么时候动身？"

"我要先去趟埃尔布贡，"我说，"去看我父亲。之后，如果你真的想一起走，我们就出发。"

埃尔布贡不是个镇，只是乌干达铁路旁的一个车站，它和很多入口一样，通往一片广阔熟悉的土地。在那里，就像在恩乔罗一样，我的房子俯瞰着荣盖河谷；像在恩乔罗一样，穆阿森林在听天由命的沉寂中生长着，边缘处的古老树木新近才被砍伐。我在那里有个马场，我父亲在那里训练赛马，我也可以把飞机降落在那里。一切都已准备妥当——一切物质存在，让这地方显得亲切、友善、宽容以及欢快，但是家的感觉就像人的性格一样，还需要慢慢培养。

我那间房子的四堵墙壁没有记忆，没有秘密，也没有笑声。它们还没有吸收足够多的生命力，它们的温暖是人工营造的。推开窗户的手还不够多，跨过门槛的脚步还不够多。地板就像年轻人那样自负，或者像暴发户一样自满，尚未卸下防备，不能发出一声由衷的感叹。过些时间它们会的，却不是为了我。

父亲拉着我的手臂离开阳台，离开逐渐向山谷逼近的落日的阴影，走进屋内的大房间。房间里用当地的石块砌成的壁炉还没有磨损，也没有堆积烟灰。身处这样的环境，说再见不会那么困难，就像当初在恩乔罗的时候一样。

父亲靠在壁炉架上，开始为他的烟斗装烟丝，烟丝的味道让逝去的三十年岁月重现。对我来说，烟草和烟雾的味道就是回忆的精髓。

但回忆是毒药。回忆会摧毁你的力量和意志，我父亲对此心知肚明。他现在六十四岁了，很有资格享受宽大的椅子，抽着烟斗发梦，和吹毛求疵的好友相聚——如果他想要这些的话。他可以理直气壮地说："现在我老了，应该休息了。"

但他没这么说。他说："你知道，我喜欢南非，我喜欢德班。我要到那里去驯马。比赛很好，奖金很高。我觉得是个好机会。"他像个跃跃欲试的小学生，兴奋地宣布他的计划。

"所以，当你回来的时候，"他说，"我会在南非。"

他不让我担忧，也不给我自责的机会——我不觉得自己特别年轻，他也不觉得自己年长到了伤春悲秋的年纪。

我们坐着，彻夜长谈，说着那些为彼此积攒下来的话题。我们谈到珀伽索斯，还有它的死——一天晚上，它安静地在马厩里死去，没人找得到原因。

"可能是蛇，"父亲说，"黄色曼巴蛇是致命的。"

可能是因为曼巴蛇，也可能不是。然而，不管是因为什么，珀伽索斯——它的名字很早就已像预言般出现过，如今已经不在，将它空气般轻灵的翅膀让位给能飞得更高的木头与钢铁。尽管如此，它们却永远比不上它的快乐，也无法像它那样承载起如此多的希望。

我们漫无边际地聊着，东拉西扯：谈起我即将拍卖的飞机，谈起鲁塔，谈起汤姆。汤姆和查尔斯·司考特赢得了有史以来最伟大的比赛：从英国到澳大利亚，这场比赛汇聚了世界上最优秀的飞行员。

"多奇怪啊，"父亲说，"我们的老朋友和邻居做到了这么了不起的事情！完成一万一千多英里的距离，用七十一小时的时间。"

这听起来很了不起，但对我来说并不意外。有些人的失败不会让任何人惊讶，另外有些人的成功则能轻易预计：汤姆就是这样的人。

我从椅子里站起身来，父亲看了一眼钟。该上床睡觉了。

早上我就出发，但是我们没有道别。我们学会了少费唇舌，甚至在这种事情上。

早上，我坐进飞机，看了一眼跑道的长度，向我父亲挥手。我和他都在微笑，他也挥了挥手。我要在内罗毕多停靠一站（接布里克斯），再之后的过夜停靠站就是朱巴，位于英埃共管的苏丹。

飞机轰鸣着前行，我再次敬礼，将父亲留在地面上。他沉稳地在那里站了很久、很久。我盘旋着晃动机翼，与其说是我，不如说是我的飞机自发地想要做出它最后的致意，起码是它对父亲的最后致意。

他没有再挥手。他只是站着，用手挡住眼前的阳光。我开始水平飞行，驶上我的航线，然后随之远走。

第二十章
克瓦赫里的意思是，再见！

飞行员手中的地图代表着对一个人对他人的信心，它象征信任与信赖。它不像那些写满字的印刷品，含混不清、矫揉造作，让最相信它们的读者——甚至它们的作者，满心怀疑。

地图在对你说："仔细阅读，紧紧跟随，永不怀疑。"它还说："我是你掌心的地球。没有我，你会孤独会迷失。"

确实如此。如果某个不怀好意的人将世界上所有的地图都毁尸灭迹，每一个人都将再次盲目，城市与城市之间也会变得陌生，每一个地标都将成为没有意义的标识，指向虚空。

然而，看着它，感觉它，指尖滑过它上面印着的线条，它还是一件冷漠的东西。地图无趣而乏味，诞生于测量仪与绘图员之手。那一道用扭曲的红线标识出的崎岖海岸，并没有标出沙滩、海洋或岩石，没有谈及船员们在沉睡的汪洋上扬帆远航时，为留给子孙后代而写在羊皮纸或是木板上的珍贵记录。那个代表高山的棕色圆点，在漫不经心的人看来毫无意义，尽管曾有二十个、十个或是只有一个人，为登上它的顶峰付出了生命的代价。这里是山谷，那里是沼泽，还有沙漠。这是一条河，曾有一个好奇而无畏的灵魂，像握在上帝手中的铅笔，拖着流血的脚步第一次丈量它。

这是你的地图，摊开它，跟随它，然后将它抛弃，只要你愿意。它只是一张纸。它只是一张印着墨水的纸，但如果你稍加思索，如果你稍作停留，你会意识到，这两种事物的组合很少能成就这样一种文件，它如此谦逊，又如此充实，记录下历史久远的希望与传奇的征服故事。

所有曾引领过我的地图都没有丢失，也没有被丢弃，我把它们都装在一只大皮箱里。我保留着驾驶飞机来回英国时用过的地图，保留着和布里克斯同行时的飞行日志。

无论是从速度还是时间来说，那都不是一次创下纪录的飞行。我们不慌不忙地飞着，忽略所有没有必要的停靠，但那不是一次乏味的航行。即便当时已经是一九三六年的三月，意大利人美其名曰"征服埃塞俄比亚"的无耻行径已接近尾声，但要从内罗毕飞往伦敦依旧不是一件寻常事。尽管沿途有很多机场，但它们之间的地形——或者说绝大部分，都一样遥远偏僻，就像透过望远镜看到的月亮表面一样，带着虚幻的意味。与月球不同之处在于，尽管危机四伏，但这些地方人迹可及；与月球的相似之处在于，它同样摆出一副生人勿近的架势。

向正北方向飞行，你必须先穿越整个英埃共管的苏丹、整个埃及，以及利比亚的昔兰尼加沙漠。然后你会到达班加西，并为抵达该地而欢呼雀跃。但在那之后，等着你的还有锡德拉湾、的黎波里塔尼亚、突尼斯和地中海，而那之后，则是法国。不管你是准备欢快地完成这段六千五百英里的航程，还是漫不经心地将其称为英国之行，你都该明白，事实上那根本不是一次旅行，而是伟大的远航。你必须确定航线，必须对天气了如指掌，还必须考虑所有的不利因素。

布里克斯和我出发的时间很适合起飞，但那天的天气却并不适合飞行。大雾在晚上从天而降，清晨时迷雾已经笼罩了内罗毕和阿西平原。城镇、日出和船只都被无边无际又静止不动的云雾隔绝开。它们铺撒在地面上，像悲伤停驻；它们拽住人们不放，像过早抵达的苍白寿衣。布里克斯却觉得它们喜气洋洋。

他抵达机场的时候，随身行李不比参加周末旅行的小学生更多。他的面孔在一堆严肃灰暗犹如哥特雕塑的面庞中，显得天真无邪。当我们都准备好之后，他爬进"豹蛾"机的后座，吹着口哨，抚摸着膝盖上一个长形圆管装的物体，它包在纸中，动起来嘎嘎作响。

鲁塔走到飞机前面转动螺旋桨，我把手放到油门杆上，眼睛探究地看向迷雾，但这不过是出于习惯。我对内罗毕机场的大小、瑕疵和边界，比自己拥有过的那些地毯还要熟悉。疣猪洞、斑马群和火把的时代早已是陈年旧事，如今已是跑道、停机库，再没有人来围观半夜的降落或是清晨的起飞。再没有基库尤孩子注视着鲁塔忙活他伟大而神奇的工作。如今这一切都已是稀松平常。好莱坞出品的电影胶片中开始出现内罗毕的探险故事，专业丛林冒险家们拍摄的照片引发了探险风潮，人们经由内罗毕前往世界的另一端。这正是离开的好时机。

我点了点头，螺旋桨转动起来。鲁塔熟练地退到一边。我没有听见他说"克瓦赫里"①，只看见他的嘴唇说出这个词。我也说了声"克瓦赫里"，感觉到他刚才悄悄塞进我储物柜的礼物是一件扁扁的小东西。

现在我还留着这件礼物，一只裹在人造革中的旅行用时钟。后来我才知道，鲁塔为了买它，收集了五百张被我丢弃的香烟优惠券。他不声不响，耐心地在废纸篓、游猎帐篷和停机棚的碎纸片中收集到这五百张优惠券。

时钟记录着时间，如果你定时，它就会响。但它是多么令人伤怀的替代品，声嘶力竭的铃声替代了那把柔和舒缓的声音，它会在日出时分说："你的茶，门萨希布。"或在很久以前，它曾说："莱克威尼，该去打猎啦！"

飞行员与飞机之间需要逐渐培养出默契。机翼并不想听从操纵它的手，去不偏不倚地飞，它更愿意追逐风而不是飞向遥远的地平线。它的性格中有种自暴自弃的气质，它喜欢与自由

---

① 克瓦赫里，斯瓦希里语，意为再见。

嬉戏，向往独立，但它会慢慢舍弃自己的渴望。

当我们向伦敦出发，盘旋上升着寻找迷雾的最高点时，"豹蛾"玩起了它的小游戏。方向舵的踏板抗拒着我的脚掌的踩踏，操作杆几乎以盛气凌人的态度违抗我的手。不过这只是暂时的，坚定的触碰安抚了想要抵抗的冲动，很快我就控制了局面，我和我的飞机同心协力地飞着。

布里克斯已经安顿下来，舒适地在机舱内打着盹，脚放在身边空着的位子上。这究竟是航程的开始还是结束，对他来说没有差别。睡神从不是他的主人，布里克斯才是睡神的主人。想入睡的时候，他就召唤，睡眠应声而来。如果他不想睡，睡眠就会远离他，无论有多晚，无论那天有多劳累。

第一天就很劳累，但只是因为出发的准备工作让我疲惫。夜色在朱巴城找到了我们，我们住在客栈里，虽然看着很像监狱的牢房，却提供了基本的舒适。有一张床，还让我免于蚊子的侵害。

我在清晨起床，发现布里克斯已经离开了他的房间，在飞机前面来回踱步，而飞机围在绳子和木桩搭起来的围栏里，机身是黄色，机翼是银色。天色微明中，它看起来与其说像鸟，不如说像罕有的彩色昆虫，已经死亡，却被保存在厚纸板上。

我们没吃早饭就出发了，在前面等待的土地需要我们拿出大把时间来应付。飞越这片土地并不是什么了不起的飞行体验，但如果怠慢它，就可能以悲惨的飞行事故收场。

不知道现在的飞行条例是怎样的，但在那时候，如果女飞行员无法获得喀土穆皇家空军总部的许可，就不能独自从朱巴飞往瓦迪哈勒。

这样规定的理由颇为冠冕堂皇：迫降在苏德长满纸草的沼泽中，就像迫降在冥河之畔一样；迫降在苏德之外，落在苏丹人和丁卡部落的地界上，就意味着给英国皇家空军带来几天甚至几星期的搜寻工作。而弥补这项花费的可能，就和寻找到失踪飞行员的希望一样渺茫。

我有些不明白，为什么人们会认为女人比男人更缺乏躲避危险的能力，但我还是觉得其中包含的绅士作派可能要多过理性。我在内罗毕和伦敦之间总共飞过六次，其中四次是独自完成的（在这之前要向英国皇家空军证明自己的实力），另外一位女士也完成了同样的飞行。事实上，飞越苏德时最大的判断失误是一个男人做出的：已故的厄内斯特·乌代。他在旱季飞越这片土地的时候，耗尽了燃料，不得不迫降在一处坚硬的山脊上。经过几天焦急万分的等待，汤姆·布莱克终于找到了他。汤姆对苏德的了解让他愿意花费几天时间尝试着把一个人从那里解救出来。这次经历对乌代来说已经够糟糕了，但他的机械师却差点死于蚊子叮咬。

如果你能想象一片一万两千平方英里的沼泽，它就像是一只史前熔炉，里面翻滚、蠕动着半成型的生物，那你就对苏德有了初步印象。它是尼罗河不太吸引人的副产品，这地方配得上"凶险"一说，而"阴森"和"奸诈"则可以作为补充。现在你该对苏德有了更明晰的印象。从空中看下去，苏德的表面是平坦、碧绿的，很吸引人，如果你因为被催眠或是被迫降落在那里（而且尽管没什么可能，你的飞机还是奇迹般的没有翻成底朝天的话），你的机轮会即刻消失在污泥中，而你的机翼则很可能会搁置在由腐烂的植物纠结而成的、缓缓移动的厚垫子上——它们还活着，它们到处存在，有些高达十五英尺，下面则是快速流动的黑水。

假设你能毫发无伤地将自己安顿在这片无穷无尽的泥泽中（它的气味在你距离一千英尺开外时就已经扑面而来），再假设你的飞机上装有无线发射器，通过它和喀土穆联络，告知你的方位和其他具体信息，然后，如果你够天真的话，就可以开始期待会发生些什么。但什么都不会发生，因为根本没可能。

船只无法在苏德航行，飞机无法降落，人类无法穿行。过段时间，飞机会抵达，盘旋几次，投下食物。如果飞行员瞄得够准确，他带来的"吗哪"① 会正中你的飞机，否则你会一无所得。即便他投准了，你的所得也依然有限。

可以想象，以轰炸的方式投来足够的食物可以让你活到很老，并悄悄地独自完成生存的终极任务。但更有可能的是，蚊子，那些烦人的小小游吟诗人——更别提魔鬼派出的水陆两栖

---

① 吗哪，《圣经》"出埃及记"中说，吗哪随清晨的露水出现，随摩西出埃及的以色列人按时收割，以此为生。

舰队（苏德地区到处有鳄鱼出没），早在你头发变白之前，就已让你灰心丧气。这一过程，我想，大概需要两周时间。

总之，得到英国皇家空军认可并得以挑战苏德的飞行员们，由于早对这种悲惨的前景有所预期，所以变得十分谨慎，因此，即便发生死亡事故，数目也非常少。

我们的飞行并未给苏德带来新的传奇，在飞越苏德的四小时里，我和布里克斯几乎没有说话。"豹蛾"的机舱是封闭式的，交谈很容易，但我们都没这兴致。

我们的沉默并不是如履薄冰的沉默，只是长时间悬浮在平坦的蓝色天空和平坦的绿色泥沼之间，让我们绝望得无言以对。那几乎都不像是飞行，而像是坐在一架飞机里，这飞机用铁丝悬挂在缺乏想象力的舞台背景当中。

我们离开朱巴不久，布里克斯从深受我欢迎的睡鼠姿势中起身，完全清醒过来后，喃喃地说："我闻到苏德的味道了！"接着他一直保持沉默，直到我们经过苏德，闻见沙漠的味道。

苏德过去就是沙漠，空无一物，只有绵延三千英里的沙漠，没有任何城镇可以为它的虚空辩解。对我来说，沙漠有着黑暗的特质：你看到的任何形状都不会持久。如同夜色，它没有边际，无从慰藉，无始无终。如同夜色，它挑逗你，却不给解答。飞过一半沙漠的时候，你就会感觉到那种失眠者等待黎明的绝望，但这黎明只在抵达失去了意义的时候，才会到来。你永不停息地飞着，因单调的景色而感觉厌倦。当你终于摆脱它的单调时，你丝毫记不起它的样子，因为那里没有什么可以被记起。

沙漠过后，就是海。但在我们抵达海洋之前，布里克斯和我都已经发现，人类比覆盖地球四分之一面积的沙漠和海洋更让令人厌倦，也更加碍事。

马拉卡尔、喀土穆、卢克索，对他们的居民来说只是寄居的城市，对我们来说却是获得重生的仙岛。我们在这些城市停靠，在每一个城市里，我们都得到了所有旅行者的三件恩典：热水、食物和睡眠。但到了开罗，我们却因为太多这些恩赐而感到腻烦。三天内飞过三千英里后，我们被意大利政府杰出的工作效率扣留在开罗。阿卜杜拉·阿里忘了预言这场意外。

阿卜杜拉·阿里是开罗机场阿勒玛扎海关办公室的负责人，他也管理着一个叫做"预知未来"的小部门。他会算命，而且算得很准。他对飞行员怀着父亲般的疼爱，以他的方式给飞行员指引，常常会让指南针都甘拜下风。他很高，瘦得像长矛，黑得像木乃伊，而且高深莫测。他翻看着我们的证件，朝我们的行李瞥了几眼，盖了所有需要盖的章。然后他带领我们走出海关办公室，这时，官方的微光渐渐在他眼中淡去，取而代之的是那种闪耀在所有预言家眼中的奥妙之光。他跪在机场的沙地上，开始用一根光滑的木棒在上面画出符号。"离开之前，"他说，"女士必须知晓她的命运。"

布里克斯一声叹息，忧愁地看向城市的方向。"我都快渴死了，而他要算命！"

"嘘！这是亵渎神明。"

"我看见一趟旅行。"阿卜杜拉·阿里说。

"大家都在旅行。"布里克斯说。

"女士将独自飞越一大片水，前往一个陌生的国家。"

"这预言太容易了点吧，"布里克斯喃喃地说，"地中海就在前面。"

"她会独自飞行。"阿卜杜拉·阿里说。

布里克斯转向我说："如果你要丢下我，柏瑞尔，你可以把我丢在酒吧附近吗？"

阿卜杜拉·阿里对这些无礼的回答充耳不闻。他继续用魔杖画着圆圈和三角形，揭露着我的未来，好像它们早已是我的过去。他的红毡帽上下颤动，他修长的手指在沙地上忙碌着，就像在雪地里喂麻雀。他没有和我们在一起，也没有和命运在一起，而是置身于建了一半的狮身人面像下，在它的阴影中划着沙子。

在我们离开的时候，光滑的木棍消失了，一支铅笔取代了它。阿卜杜拉·阿里也消失了——或者是变形了。那个身穿灰色制服、头戴红色毡帽、弯腰进门的清瘦埃及人，只不过是个海关人员。

"你相信他吗？"布里克斯问。

一辆出租车匆匆驶过机场，接我们到谢菲德旅馆。我钻进车内，在皮革座椅里放松下来。

　　谁会相信算命的人？我想，是小姑娘和老妇人。我两者都不是。

　　"照单全收。"我说，"为什么不呢?"

第二十一章
寻找利比亚堡垒

在一九三六年，如果没有意大利政府的许可，你不能从任何意大利领空飞过。你应该在跨国边境上通过海关检查，此话不假，但意大利人想的却不是这么回事。

意大利人的想法建立在带着渴求的疑虑之上，也就是说，他们认为没有任何外国人（当然包括英国人）在飞越利比亚的时候会受得了那里新建立的法西斯堡垒的诱惑，而不拍下几张照片作为纪念。墨索里尼统治下的意大利人要是知道一个飞行员（事实上大多数都是如此）其实对一块肥皂和一缸热水的方位更感兴趣，他们一定会觉得受到了伤害。官方的推理似乎是这样的：如果飞行员对要塞表露出兴趣，那就是犯了间谍罪；如果飞行员对要塞没有兴趣，那就是犯了不敬罪。对衣冠楚楚的海外兵团来说，后面一项罪行更叫他们不快。

宏伟的沙漠堡垒、闪闪发光的飞机、粗眉大眼的战舰，这些代表战争的事物大大启发了罗马帝国的后裔们，就算没让他们变得骁勇善战，也起码让他们拥有了戏剧化的行事风格，反正在意大利人眼里这两者都是一回事。有时候，我觉得让意大利人面对敌人不可动摇的胜利史，一定是对他们耐心的极大考验。他们接受检阅时的队伍可是非常华丽壮观。但这也没什么好抱怨的。

要说这其中的缘由，一定是这片卡鲁索①的故土已经享受了太久的象征式生活，难以分辨那些花腔的虚实。如果一曲咏叹调可以抚慰一颗好战的心灵，一条挂在任何胸膛上的绶带都可以让将军心满意足，那么，所谓胜利的定义，也不过就是胜利本身。

但我认识的一个人曾极大地提升了意大利的地位，我敬重他——所有认识他的人都敬重他，他就是刚去世的巴尔博将军②。巴尔博将军是法西斯阵营中的绅士，也正因为如此，他的逝世无疑是命运为贯彻该阵营的整齐划一而做出的安排。

我和布里克斯飞往英国的时候，他还在担任的黎波里塔尼亚的地方长官，但他去南部沙漠做例行视察了，所以无法帮助我们尽快离开埃及前往利比亚，以前他帮过我两次。

不管意大利军方的效率有多差，但是橡皮图章和矮小的意大利军官后面依旧存在真正的强权。他们把我和布里克斯扣留

---

① 卡鲁索（1873—1921），意大利著名歌唱家，二十世纪初期享誉欧美。同时，卡鲁索也是一个非常普遍的意大利姓氏。

② 巴尔博将军（1896—1940），意大利空军将领，法西斯头目之一。由于他声望很高，引起墨索里尼猜忌，在出任利比亚总督期间，因座机被炮火击落而去世。

在埃及，拖了一天又一天，就是不签发允许我们经过边境进入利比亚的许可。他们没有理由，也说不出什么所以然，而他们除了扣压我们的护照外什么事都不做的疯狂劲儿，让布里克斯得出了颇有深度的结论："不确定性"比地狱还可怕，手握三分钱职权的意大利人则会对社会造成莫大威胁。

这段经历带给布里克斯的收获不止这些，还有一段小插曲，能使不够坚定的人吓得魂飞魄散。

布里克斯每天晚上吃过晚饭都会离开谢菲德旅馆，一头扎进蜂巢似的开罗。他是个爱交际的人，喜欢呼朋引伴，憎恶孤家寡人。他的人生无数小悲剧中的一项就是：无论夜晚降临时的友情多么令人欢愉，没过几个小时他就会再次陷入孤独——起码是精神上的孤独。他的朋友们仍在他身旁，围坐于一张放着酒瓶的桌子，但他们都懒洋洋地东倒西歪，一言不发。他们不再举杯了，也不再低声抱怨世事无常，或者高歌活着的喜悦。他们沉默、疲惫、伤感，而他们的愁云惨雾中坐着铁打的布里克斯——一座为清醒而建的悲剧性的纪念碑，像突出海面的岩石一样苍白。最后布里克斯离开他们（在付完账单之后），到夜晚的喧嚣中寻觅安慰。

一天，布里克斯在开罗遇见了一位老友，一位履历过硬的绅士。他是约翰·埃尔科克船长的弟弟（埃尔科克船长则和阿瑟·布朗上尉一起完成了首次飞越大西洋的飞行），更重要的是，他还是皇家空军的战斗机飞行员，小埃尔科克似乎从未被任何酒瓶中倒出的液体击垮，他也是布里克斯最渴望征服的终极目标：一个从未喝倒的人。

在某个酒吧——我不记得是哪个，要是问布里克斯和埃尔科克，他们未必记得更清楚——开始了一次酒逢知己千杯少的历史性会晤，时间和空间即刻化为乌有。在两位好友间的桌面上，整部人类历史被肢解，它发霉的残骸被装在空空的冰桶里扔掉。国际争端在谈笑间灰飞烟灭，透过两个倒扣的酒杯，他们还预见到了世界的命运。这是一场辉煌的冒险，但我的参与部分要到黎明时刻才到来。

门上的第一声巨响传来时，我正在谢菲德旅馆的房间里睡觉。要在平时，我早该从床上爬起来，摸黑找到我的飞行服。要在平时，那阵敲门声该意味着有人在某片棉田里迫降了，可能是乌干达中部，然后他们联系内罗毕，要求飞机备用零件。但这是在开罗，那阵急促的敲门声一定来自布里克斯的拳头。

我摸索着开了灯，披上一件长袍，小声诅咒了几句。但当我打开门时，站在我面前的却不是醉得东倒西歪的布里克斯，他甚至都没有摇晃。我很少看见这么清醒的人。他很严肃，很苍白，像带体温的死神。他在瑟瑟发抖。

他说："柏瑞尔，我真不想这么做，但是我必须叫醒你。一颗脑袋滚得离身体有八英尺远。"

对付说这种话的人有几种办法。最有效的办法可能就是拿过一个镇纸（能找到罗丹的"沉思者"微缩版尤其好）敲打他们的后脑，然后尖叫——永远都别忘了，尖叫的作用仅次于镇纸。

谢菲德旅馆是开罗最开化的旅馆之一，它应有尽有：电梯、餐厅、一个宽敞的大堂、鸡尾酒吧，还有一个赫赫有名的舞厅酒吧。但它没有准备镇纸，倒是有一个埃及风味的绿色花瓶，只是我够不着。

"那群傻瓜傻站在那儿，"布里克斯说，"就知道盯着血泊。"

我回到床头，坐了下来。这是我们在开罗的第六天，布里克斯和我几乎每小时都打电话询问前往利比亚的签证是否已经盖章，每次都得到一个"没有"作为回答。这正让我们逐渐崩溃，经济状况和神经系统都是如此。但我原本以为，"非洲最令人敬畏的白人猎手"还能撑得稍微再久一些。而当我坐在床头，布里克斯只是靠在墙上，一身皱巴巴的衣服正等着酒店仆从的精心打理。我怀着对这种状况的满腔伤感叹息了一声。

"坐下，布里克斯，你病了。"

他不肯坐。他用手搓了把脸，然后盯着地板。"于是我就拿起头，"他喃喃地说着，声音很低，"把它送还给身体。"

他真这么做了，可怜的人。最后他终于找到一把椅子，当天色渐亮，他的意志也愈加坚强，直到后来，我终于弄明白这出悲剧的来龙去脉。但这事发生在布里克斯与埃尔科克相逢后回到旅馆的路上，所以，居然有了点喜剧的意味。

那晚上布里克斯并没有落单。酒一杯接一杯，话一句连一句，他终于遇见了臭味相投的同类。凌晨四点，两个不知是否还能站直的人握手道别。布里克斯的一面之词表示，他径直走向谢菲德旅馆——就算一个完全清醒的人也不敢冒这样的风险。布里克斯表示，他的意识很清醒，但思绪相当复杂。他说，他不相信幻觉那一套，但有两三次踩到了挡道的小型不明动物，只是在回头看的时候才意识到，灯光昏暗的街道上，阴影竟然会如此戏弄人。

等他走到距离谢菲德旅馆两个街区远的地方，正走得好好的，却看见有个人头在他脚边，已完全脱离了身体。

游猎时，布里克斯的镇定就没离开过他，那当口也同样如此。他只是觉得，岁月不饶人，彻夜买醉也让他比以前晃得更厉害了一些。他挺起胸膛，准备继续前行，这时发现还有其他人正围成一圈站在水泥人行道上：他们正盯着那颗脑袋，傻兮兮地议论着。这让布里克斯骤然醒悟过来，人和脑袋都不是幻觉：有个人在电车快速通过时摔倒在电车轨道上，身首异处。

没有警察，没有救护车，没有人想做些什么努力，只是目瞪口呆地站着。布里克斯虽习惯了暴力，却无法习惯悲剧面前的冷漠。他跪在人行道上，抱起那颗头，将它归还给它的身体。那是一具埃及劳工的尸体，布里克斯站在他旁边，用瑞典语对着那帮看客破口大骂，就像一名勃然大怒的预言家痛斥他的信徒。等到有关当局抵达后，他才离开自己可怕的岗位，悄悄穿过人群，紧闭双唇走向谢菲德旅馆。

他瘫倒在椅子上给我讲这个故事，窗外，开罗清晨的车流开始嗡嗡作响。

过了一会儿，我叫了咖啡。喝着咖啡，我心想，只要人的基本礼教端正得还能战胜六小时的朗姆酒带来的恶劣影响，那么这个世界毕竟还存着些希望——要应付朗姆酒这种恶魔可比别的酒要难得多。

"你要放弃彻夜狂欢了吗，布里克斯？"

他摇了摇头："啊，我觉得那也太草率、太不近人情了吧。但回来的路上要避免走路——我向你保证！"

我们在开罗的第六天中午，意大利当局终于说服自己，我们进入利比亚的行为并不会引发暴动，这才归还了我们的护照。隔天早上我们动身，往北飞向亚历山大港，再向西到马特鲁，接着继续前往苏卢姆。

坐飞机从苏卢姆到阿姆塞特只要十分钟。阿姆塞特是位于意属埃及边境的一个哨卡，当时那里只有风、沙漠和意大利人。据我所知，风和沙漠时至今日依然在。在你前往内陆前，必须先在这里降落。哨卡建在高原上，降落场地不过是由想象中的线画出的一块利比亚疆土。

我们降落后，立即被六个全副武装的摩托车手包围。他们向飞机疾驰而来，仿佛已经在沙丘后埋伏了好几天才终于等到自投罗网的猎物。这些步步紧逼的卫兵还没下车，又有三十个摩托车手穿过沙地呼啸而来，将"豹蛾"机团团围住，如此这般，完成了一场对他们来说战绩卓越的军事演习。只是这次活动安排似乎遗漏了一个小细节：他们缺少一位领导。他们各抒己见，争执着，精力无限充沛地挥舞着手臂，表露出对共和制秩序的偏爱——这在一位敏锐的政治观察家眼里，一定意味深长。乍看之下，这好像是墨索里尼滴水不漏的政体首次在我们面前露出破绽。但事实绝非如此。最后，一个皮肤黝黑的士兵以坚定的男高音宣布他会说英语，这虽是夸大之词，却立即平息了歇斯底里的混乱。

"把证件给我。"那个皮肤黝黑的士兵说。他伸手拿过我们的护照，特殊许可和医疗证件。

阳光很毒，经历过开罗一役，我们又都失去了耐心，但这位男高音审讯者却不慌不忙。几乎阿姆塞特的全部防守部队都在他身后探头探脑，他则盯着我们的证件，这时布里克斯开始咒骂，先用瑞典语，然后是斯瓦希里语，最后终于用上了英语。这样的语言能力实在令人侧目，但是没有人留意。大约过了半个小时，一个男人跨上他的摩托车，呼啸着在沙漠中绝尘而去。五分钟后，他带着一张折叠帆布椅回来了。他将椅子展开，放在沙地上。所有人都郑重而安静地等待着。布里克斯和我走出飞机后，就一直靠飞机站着，在毒辣的阳光下，脑海中翻腾着野蛮粗暴的想法。时间分分秒秒地过去，凑成一个小时后，又来了另一辆车，旁边还有车辆护卫。从车上走下来一个身披蓝色长斗篷的军官，斗篷上琳琅满目的勋章大概可以在枪林弹雨中起到防弹背心一样的保护作用。我们发现，这位承担着这么多荣耀的人，也同样承担着享受那张折叠椅靠背的特权。他坐下来，开始检查我们的文件。

"我一早就该带上我的来复枪。"布里克斯说，"我可以和你打赌，只要一杯金汤力，我就能打中左边数起第六枚勋章，就是已经开始掉色的那块。"

"你正在奚落恺撒军团的统帅，知道这会带来什么下场吗？"

"不知道。我想，他们会让你下半辈子天天都读盖达①写的评论？为了这个，似乎值得。"

"你都不知道自己在说些什么。"

"安静！"这话是指挥官自己用有板有眼的英语说的，接着又用急促的意大利语下了一些指令，效果相当神奇。四名士兵跃入"豹蛾"机，将所有能移动的东西都拖了下来，在沙地上一字排开。一名士兵再次以高超的技艺驾驶着他的摩托车，和我们的证件一起消失在沙漠中。

我们在阿姆塞特降落三个半小时后，终于有了个说法（我怀疑是直接从罗马传来的），我们可以继续前往班加西。

"但是，"指挥官说，"你们不可以沿着海岸飞，必须飞沙漠航线，并且要在堡垒上盘旋：每座堡垒绕三圈。"

---

① 盖达，指意大利新闻编辑维吉诺·盖达，二战中，是墨索里尼政府的御用传声筒。

"可是没有沙漠航线啊。"

"你们要绕过这些堡垒，"指挥官说，"否则就会在班加西被捕。"他把脚跟碰得啪啪响，行了一个法西斯式的军礼，全体卫队也照着做了一遍后，我们就起飞了。

我们的地图上被画了三个叉，每个叉都代表着一座堡垒。叉号呈之字形排列在利比亚沙漠中。这是我第一次不被允许在托布鲁克①降落，毫无疑问，意大利人正在进行精心地准备某个比保卫利比亚更宏伟的计划。他们的堡垒和他们的胸膛高高挺起，远远超过了平常水平。

从空中俯瞰，第一座堡垒很符合孩子对堡垒的想象，仿佛用玩具铲子做的沙雕。这不过是因为它被广阔无垠的空旷包围，不管上面飘扬的旗帜是什么花色，任何沙漠堡垒看来都大同小异。但我们在寻找这座城堡上花了很多宝贵时间，已是满腹怨言。所以，当我们终于到达目的地时，觉得大失所望。

军营盖在一片看来空无一物的巨大广场中央，旁边还有些看起来像监狱的塔楼。要是有枪，它们一定被藏起来了。不知是出于设计理念还是军事需要，堡垒的建筑材料和沙漠的颜色一样。在我们盘旋的时候，人们从屋里跑出来，有些人还挥舞着手臂，有几个更是拼命挥着。我想，有一半是因为愤怒，因为我们诱人的飞行自由反衬出了他们的枯燥单调，另一半是表

---

① 托布鲁克，港口城市，位于利比亚东北部。

示欢迎，我们的出现代表着这个世界存在理性，允许人们拥有自由飞翔的权利——不管怎么说，某些人有着这样的自由。

这座乏味的堡垒没有显露出任何的英勇冒险精神，居住其中的人都被连根拔起，移植到了沙漠中，同样，他们凄凉的居所也被危险地建立在不确定的事物上。这座堡垒象征着对持续升级的紧张局势的盲从，就像指挥官胸前矫饰的勋章，它也是被自负地别在沙漠中的诸多勋章中的一枚，只是不知它能留存多久。

我们再次盘旋，然后水平飞行，继续寻"堡"之旅。

"只要一枚炸弹，"布里克斯说，"就能夷为平地。"

多亏上帝的仁慈，我们找到了第二座堡垒，却找不到第三座。"堡垒"这个词会在脑海中绘制出巨大的景象，但在利比亚沙漠中，堡垒不过是诸多小沙丘中的一种。我们没有可参照的航线图，只有几个铅笔画的标记，而一件东西的大小要视其背景的规模而定。天空中有星星，沙漠中则只有距离。海洋中有岛屿，而沙漠后面还是沙漠，就算你在上面建造堡垒或是房屋，那依旧于事无补。无论你盖的房子有多大，都不会带来任何改变。

三月的利比亚，夜色像百叶窗骤然落下。一架耗尽燃料的飞机也会同样落下，或者盘旋下坠，被记忆尘封。

"我们就别为那最后一座堡垒费神了，"我对布里克斯说，"我情愿在班加西被捕，也不想被困在这里。"

"你是飞行员，"布里克斯说，"特维大夫和我不过是乘客。"

第二十二章
烛光里的班加西

统治过昔兰尼加 ① 的希腊人称其为赫斯珀里得斯 ②。热恋着妻子的托勒密三世 ③ 称其为贝勒尼基 ④。我不知道又是谁将它更名为班加西，但这已不是这座古老城池经受的第一次文化浩劫。班加西的基石由建造者与征服者的墓碑堆积而成，它的大部分历史仍深埋在手工搭建的石头地窖中。

城市位于锡德拉湾与沼泽荒野之间的狭长地带，几个世纪以来，这座城市投下的影子不断改变着形状。曾经，这道影子纤细而微小；曾经，这道影子变得宽阔，最高处装饰着城堡堂皇的尖顶。曾经，有个修道院每天将它寂静的轮廓变成冷峻的

---

① 昔兰尼加，利比亚东部沿海地区，曾属希腊殖民地。
② 赫斯珀里得斯，希腊神话中守护金苹果园的仙女。
③ 托勒密三世（约前 276 年—前 222 年），埃及托勒密王朝的法老，曾统治埃及二十四年，在第三次叙利亚战争中夺取了小亚细亚西南部地区。
④ 贝勒尼基，利比亚公主贝勒尼基二世，而"贝勒尼基"一词在古希腊语中意为"掌握胜利的人"。

剪影投射在默默无言的沙丘上。现在，尽管城堡和修道院依旧存在，但它们的影子已经被溶解在杂乱的现代建筑群中。影子曾改变过形状，并且将继续改变，因为班加西身处通往战争的路途上。战神将这座小城踩进泥土中，而它再次倔强地复生，只是缩小了规模，但这都只是暂时的。这是一座拥有灵魂的小城——或许是一个肮脏腐朽的灵魂，但拥有灵魂的城市不容易消亡。

班加西像东非的所有港口一样喧嚣而原始，它既疲惫，又聪慧。它的繁荣一度依赖商队穿越沙漠带来的象牙，以及将珍宝、鸵鸟毛和不值钱的玩意儿卖给另一个慧眼识珠的世界，但如今，它的生意平淡无奇，或者说是所剩无几：只不过是等待着另一场战争经过，而且心下明白，除了为军队提供落脚点之外，实际上自己一无是处。

布里克斯和我在天黑前几分钟降落在班加西，那里的意大利机场很是不错，飞机库也同样如此。后者尤其合我的胃口，因为我知道，我们的飞机会立即被拖走，锁进飞机库（事实也确实如此）。而布里克斯却煞风景地提醒，监狱正等着我们。

"如果他们够宽宏大量，"他说，"我们会为忽略最后那一座堡垒蹲至少五年牢。这可是大不敬！"

但什么事都没有。阿姆塞特驻军那狂热的效率似乎只是三分钟热度而已，还没等任何人发电报给班加西当局，通知他们我们即将抵达，而且必须经过三座堡垒，这效率就已经烧完了。

根本没人在乎。

当然，我们还是要费尽唇舌，向各式官员解释我们为什么会来这里——更别提我们为什么还活着。但这对我们来说，已是家常便饭，对他们来说更是如此，所以他们有些无动于衷。

允许我们前往旅馆的指令到达后，我们离开了这一路上要经过的最后一幢政府大楼，雇了一辆菲亚特出租车，车上的阿拉伯司机在我们走近大楼的那一刻就已经开始在门外埋伏。司机想必清楚，班加西所有的旅馆都没有空房间，但他打算将这条令人沮丧的情报循序渐进地透露给我们。他开车到了一家又一家旅馆，手握方向盘，脸上挂着某种意料之中的坏笑，用一口糟糕的英语喃喃地说：下一家旅馆可能会有房间。但是哪一家都没有。墨索里尼的军队比我们早一步到达，班加西已经被五万只锃亮的军靴占领。

最后我们决定放弃。我们又饿又渴，累得半死。

"随便找个地方。"布里克斯说，"任何地方，只要有两间房就行！"

这个"任何地方"是班加西肮脏的边缘地带，窝藏着来自二十个民族的落魄者与失意者。矿渣被倾倒在路边，随即被遗忘，有时肯定也被穿行或践踏。"任何地方"要经过蛛网般的小路和破落街道才能抵达，那里弥漫着贫穷的气息，充斥着一成不变的生活才有的凝滞之气。"任何地方"是任何城市都有的地方：人渣聚集的垃圾堆。

我和布里克斯坐在出租车后座上，疲惫渐成绝望。出租车减速，转弯，然后停下。

　　我们停在一座两层高的方形泥土房前面。只有几扇窗装着玻璃，有些遮着破布。没有一扇窗内有灯光。这房子透着哑然的本质，带着呆傻的疲惫表情盯着街道。

　　我们的司机朝开着的大门挥动手臂，门内渗出昏黄的光亮。"啊呀！"他说，"我是你们的福星呢。不是吗？"

　　布里克斯没有答话，只是付了车钱。我们走进四面都是墙的院子，里面还晾着破破烂烂的衣服。空气一片死寂，闻起来也毫无生机。

　　"好地方！"布里克斯说。

　　我点了点头，但我们都不觉得这话好笑。我们傻傻地站着，我穿着一件早已不是白色的白色飞行服，布里克斯穿着皱巴巴的裤子和看不出形状的衬衫。我们全身上下都透着外乡人的气息，也感觉自己格格不入——几乎都带着歉意，我想。

　　院子尽头的门开了，一个女人朝我们走来。她将手中燃烧的蜡烛举到我们眼前，她的脸混杂着好几个种族的特征，却没有一种特别明显。那只是一具带双眼的皮囊。她开口说话，但我们一句都听不懂。她的语言我们两个都没听到过。

　　布里克斯用双手比划着，要求找两间房，女人很快点头，带我们进屋上楼。她带我们看了两间房，中间甚至都没有间隔的门。每间都有一张铁床，上面铺着黏糊糊的毯子，床头放着不带枕套的枕头。其中一间房有一个搪瓷水盆，与之配套的水罐则放在另一间的地板上。所有的东西上都蒙着层污垢。

"全世界的疾病都生存在这里。"我对布里克斯说。

他的回答言简意赅："我们也是，直到明天。"

他随女主人下楼，希望能找到食物和饮料，我则用手帕洗着脸，直到能再次辨认自己的面容。然后我也跟着下了楼。

我发现他们都在屋后一间发霉的小房子里，看来就像牢房。房间里有一只炉子、两排架子，墙上爬满蟑螂。布里克斯已经拿到一罐汤和一罐三文鱼，他一边开着罐头，一边和那个疲惫的女人交谈。他们终于找到一种共同语言，虽然两个人都不是很熟练，但已够用。

"我们说的是荷兰语。"布里克斯告诉我，"可能你还没注意，这里是座妓院。她是老板。"

"噢。"

我看了看那个女人，看了看墙上的蟑螂，又看了看布里克斯。

"明白了。"我说。

好像事情理当如此：这地方是座妓院，这女人是这里的老鸨。虽理所应当，却很难让人觉得心安，我想。事物间如此的关联，肮脏不堪。

布里克斯将汤罐头打开，倒进一口锅里。妓院老板将她娇柔的肩膀靠在墙上，小鸡啄米似的点着头。她穿着一条破烂的紫色长裙，它挂在她身上的样子，透着她那一行特有的风情。

尽管如此，我觉得要改变还是易如反掌。给她穿上围裙，洗掉她脸上的彩色面具，她就是个合适的主题，所有画家都可以用她来表现被奴役的女人的那种悲苦、绝望和孤寂。她原本可以当裁缝、农妇、女佣，还有清纯不再的酒吧招待——她原本可以做任何工作，但为什么选这一行？

布里克斯递给我一盆汤，仿佛这是一个让她退下的暗示，我们的女主人走出房间，留下一个没有温度的微笑。她老早就忘记了微笑的涵义，只是她的身体依旧保留着微笑的机能。像一只操控不得当的木偶，她的笑过犹不及。她走了，拖鞋的脚步声被黑暗中的走廊吞噬。但是那刻意而脆弱的微笑依旧悬在我眼前：孤立无援，几乎触手可及。它在房间里飘浮，就像孩子们在马戏团赢来的彩色廉价饰品，它们曾被视若珍宝，直到破碎。我感觉，如果你伸手触碰这个妓院老板的微笑，它将支离破碎，落在地板上。

"你心事重重。"布里克斯说。

他喝着他那碗汤，看来也一样。"几个世纪前，"他说，"班加西被称为赫斯珀里得斯：众神的花园。"

"我知道。但花园需要打理。"

布里克斯拿出一瓶白葡萄酒，是某个意大利士兵留下的，后来者忽略了它的存在。我们用搪瓷杯喝着葡萄酒，解决掉汤和三文鱼，进餐的同时还要与蟑螂打持久战。

木头餐桌将这间房子的烹饪史都记录在它表面的油渍中，

一支蜡烛插在瓶中，还有一只煤油炉，四面墙都没有窗户。很难不拿这里和开罗的谢菲德旅馆做比较，但我们谁都没提。

布里克斯更喜欢谈论妓院老板。凭借潜质作家的耐心，凭借糟糕的荷兰语，他已经从她嘴里套出了人生概要。这人生还是保持在概要状态比较好：太过污秽和悲惨，甚至都无法承载起一个传奇故事的框架。

六七岁的时候，她从父母身边被偷走，坐船到了非洲。她记得船身漆成白色，一路上她都晕船，其余的都不记得了。有时她会遭到毒打，但并不是经常。她不记得有什么印象深刻的恐惧和折磨，也没有留下任何快乐的记忆。她告诉布里克斯，一切记忆都不清晰。她没有任何恨意，但是近来，那些没有地名和时间的早期记忆，却开始侵蚀她的思维。

"她要到大约十六岁，"布里克斯说，"才知道自己被卖到了妓院。我读到过白人被奴役的事，但从未遇见过受害者。在别人告诉她之前，她都不知道那是奴役，只以为生活就该是那样。"

"她现在怎么想呢？"

"她想离开这里，只是没有钱。她想回到自己出生的国家，她觉得可能是荷兰，但是她不知道。她说那里有结着果实的树，有时候会很冷。就知道这些了。我觉得她为了记起更多，都想得有些傻了。这对所有人来说都是很悲惨的事情：就像早上起来不记得自己是在哪里过的夜，甚至更糟糕。想象一下，不记得自己是从哪里来的！"

"她的母语是什么?"

"那也是个谜。"布里克斯说,"她从一个荷兰水手那里学了荷兰语,然后又在不同的妓院里学了阿拉伯语、意大利语和其他各种语言。她把它们都混到了一起。"

"唉,这真叫人难受,但你什么也帮不了她。"

"我能尽绵薄之力。我打算给她一些钱。"

当我们还在开罗的时候,布里克斯在一家理发店被抢了两百英镑。这几乎是他从上一次游猎中赚到的所有收入。我猜他还剩下五十英镑,但我知道他是个无可救药的博爱主义者。我想,任何想要从布里克斯身上诓到一英镑的人都必须冒生命的危险,或者就是缺胳膊断腿。但如果有人问他讨一先令,那他一定能拿到二十。

"是你的钱,你的高尚情操。"我说,"但你怎么知道她说的是真的?"

布里克斯起身耸了耸肩:"任何下场像她这样凄惨的人,都不会愿意说真相的吧。但我觉得她说了一部分真话。不管怎么讲,你都别指望拿几英镑就买到真理。"

我们上楼,想要睡一会儿。我将床垫从床上扯下来,直接睡在弹簧上,一件衣服都没脱。大约十分钟以后,就听见布里克斯在他那间房间的地板上发出如雷的鼾声,我知道,他一定觉得地板就和这些年来他当床睡的林地一样舒服。

我不知道他会在何时以什么方式将钱捐给那个女人,用以反抗这世界的压迫。我猜当他告诉我这个打算的时候，就已经给了。总之，当我们凌晨四点三十分准备离开她这间悲伤破烂的道德败坏之所，我们的女主人已经起床在厨房忙碌。

我看不出她的脸被新的希望之光点亮，或者相比昨夜，她的双眼中闪现着更为振奋的光芒。她沉默寡言、不修边幅，正像一个典型的被遗弃的女人。但她煮了一壶茶，又以愤怒的姿态挥开桌上千年不散的蟑螂。当我们喝完茶，走出院子，走向依旧漆黑的街道，这个妓院老板在门口站了很久，烛泪不停滴到她手上。这是我们在众神的花园里见到的唯一的光亮。

我们越过锡德拉湾，先在的黎波里，然后在突尼斯降落。最后，我们终于再次看见青色山脉，抵达沙漠的尽头，也抵达了非洲的尽头。

或许，当我从突尼斯机场起飞的时候，我该盘旋一两周，并摇摆机翼以示敬意。因为我知道，尽管非洲会万古长存，却不会再是我记忆中或者布里克斯记忆中的样子。

对于离去又复返的人们来说，非洲永远不会保持原样。它不是一片充满变迁的土地，却有万千情绪。它并不无常，但它不仅照顾人类，也照顾着各类物种，它不仅仅哺育生活，还哺育着文明。非洲目睹过消亡，也目睹过新生，所以它可能意兴阑珊，可能不为所动，可能温情脉脉，也可能愤世嫉俗，一切都弥漫着因太多智慧而生的倦怠。

今天，非洲可能像是块只在一步之遥的"应许之地"，但明天，它可能再次成为黑暗大陆，变得封闭、孤傲，突然对自伊甸园时代开始就依附于它的劳苦大众失去耐心。在各大洲组成的大家庭中，非洲是静默而沉思的姐妹。几个世纪以来，帝国主义就像流浪骑士一样不断前来献殷勤。但她都一一谢绝了，因为她太过睿智，对他们的锲而不舍也略觉厌倦。

盛气凌人的迦太基人曾将非洲视作他们的一个省，他们的明日帝国。这个希望被今日早已不再是罗马人的罗马子民毁灭，而他们撤退时的脚步，又比恺撒在骑兵阵前的撤军更不坚定。

所有的国家都声称拥有非洲，但没有人能够完整地拥有它。将来它会被征服，不是屈服于纳粹或法西斯，而是臣服于能和它比肩的坚贞，臣服于懂得它并能分辨财富与成就的睿智。非洲与其说是原始大陆，不如说是储藏基础和根本价值观的宝库；与其说是蛮荒之地，不如说是我们不熟悉的召唤。不管它用多么醒目的野蛮装点自己，那都不是它的本质。

"我们会回来的。"布里克斯说。我们当然会，但当我们飞向地中海的撒丁岛，突尼斯的海岸线还在我们机翼下方，非洲似乎根本没有留意到我们的离去，或者它根本就不在乎。所有的一切终将重归它的怀抱，甚至是我们这样无关紧要的存在。

我们找到了撒丁岛，然后抵达卡利亚里①，这是我们必须面

---

① 卡利亚里，撒丁岛首府。

对的最后一个法西斯要塞，却足足扣留了我们两天。首先，我被怀疑不是女人，而是伪装的男人。其次，由于我们的护照上都有过埃塞俄比亚的签证，所以他们推断我们两个一定都是间谍（显然也都不够聪明）。最后，审问者终于决定放行。

他们释放我们时的不情愿几乎催人泪下。这里又是一群荣膺"全球最佳着装军队"奖的军官与士兵，闲得骨头发慌，数星期来盼星星盼月亮似的等待着外国飞机的降落，这样他们不仅能获得敲击扁平橡皮图章的机会，还能将上面的乘客团团围住，并将他们当作俘虏关起来。我们在离开卡利亚里的时候计算了一下，原本不出一周就能完成的六千英里航程，意大利军方让我们多耽搁了足足十天。

在卡利亚里和戛纳之间，我们遭遇了整段旅程中真正危险的天气。蔚蓝的天空变成了不断膨胀的云团堵在风口，雨幕遮住了我们的视线。

"豹蛾"自信地承受着这场挑战，但当风速达到每小时六十英里的时候，我们还在撒丁岛上空。我采取超低空飞行，知道海就在前方某处，尤其清楚这岛上只有一个机场——它就在我们身后某处。法国的海岸线仿佛比我们在内罗毕起飞那一刻离得更加遥远。

我转身朝布里克斯微笑，他也回以同样欢快的微笑：也就是说，毫无笑意。我意识到，在这样的气候条件下，乘客要保持镇定可比飞行员难得多。尤其是对布里克斯这样的人来说，他向来习惯于自力更生，不管是什么情况下都喜欢亲力亲为。但眼下他只能坐在那里，和行李一样无用，也和行李一样无助，知道我们没有可以用来导航的无线电或者特殊设备。

迫降是不可能的，勉强尝试的结果只会让保险公司委婉地表示，保险合同已"一笔勾销"。身后的暴风雨也已经像陷阱般合拢，我们只有横向飞往海面。我将机头保持在航线上，机身倾斜二十度。飞机就像被困在飓风中的纸屑，控制着地球的自然力量再次向觊觎它冠冕的人类宣示其所有权（同时也表达了它的蔑视），我也感受到了所有飞行员都感受过的无力感。

保持在一百码的飞行高度，我们看见陆地碎裂为海洋，看见海洋用苍白绝望的手臂拽着狂风。蓝色的地中海不再是旅游手册里的地中海，而是尤利西斯的海洋，狂风挣脱风神的控制流窜其上。所有的风都挣脱了枷锁。

"现在不可能降落。"布里克斯说。

我摇了摇头："从碰上暴风雨那一刻起就没可能了。我们不能一直飞这么低，所以必须上升。"

我尽可能仔细地测量了偏离的角度，重新将航向设为戛纳，然后开始爬升。我们向上飞，一英尺一英尺地上升，但感觉丝毫不像飞行，而像和看不见的敌人赛跑，他们不断朝我们挥拳，即便在黑暗中也招招命中，每击中一次，飞机就发出一阵呻吟。

在五千英尺的高度，仍是一片昏暗，七千英尺、八千英尺，依然如此。我开始觉得天色本该这样，但"豹蛾"这个名字货真价实，它伸出利爪顺风暴的脊梁往上爬，到一万英尺的时候，终于找到了顶点。它找到的这片天空如此湛蓝宁静，好像扑闪翅膀就能将它击成碎片。我们在白色的云堆上滑行，就像奔驰在雪地里的雪橇。光线亮得让人目眩，就像夏天照射在北极的光芒，事实上那也是北极的重要组成部分。

我转身来看布里克斯，但他已经带着孩童般的信念沉沉睡去，坚信这样明亮的世界中不可能有任何灾难。

至于我，我无法确定偏离角度是否计算正确。"零高云幕"（ceiling zero）这个词顾名思义，人人都懂，但对于飞行术语来说，还缺少一个同样简单的词汇来描述对云下状况的一无所知。"零高地板"（floor zero）似乎不是什么好词，但我拿它来抛砖引玉，以同样的慷慨，我决定用"跳云"（cloud-hopping）来形容飞行员在云朵间寻找空隙下降，避免因盲目而坠机的努力。

我们滑行的这一片白色平原上无边无际，也没有空隙。它由水汽凝成的冰组成，耀目的光线，以及空气中的舒畅与寂静，让人们不相信也不希望下面还存在着另一个世界。要相信下面的世界不存在很容易，几乎都要祈祷这是真的。但此刻沉迷于这种微妙的虚无主义是不明智的，如果我们偏离航道，即便只是几度，也很可能导致我们降落在西班牙或者意大利的海岸上——甚至，可能是无所不在的海洋。

我正准备再次检查仪表——只是出于习惯，因为此刻没有参照物来重校指南针，它们根本派不上任何用场——"豹蛾"

开始剧烈震动，把布里克斯从睡梦中惊醒。他在强光中闭上眼睛，低声咒骂着。

"我们到哪儿了？"

一分钟以前我还无法回答这个问题，但刚才的颠簸只能说明下面是山脉，而且是科西嘉岛的山脉。虽然我从没根据无法触摸（更别说无法看见）的东西判断过我的方位，但这次我做到了。

我在座位上松了口气，宣布一个小时后将抵达法国海岸，并让布里克斯注意看海岸边的阿尔卑斯山。但我们根本就没能看见。一小时后，我们从洁白的冰雪世界下降，从一千英尺的高度看见戛纳就在十英里开外。我们在巴黎过夜。第二天中午，汤姆·布莱克、布里克斯和我坐在伦敦梅费尔区，身边围绕着便利舒适的现代文明，同为非洲举杯。因为我们知道，非洲已离我们而去。

有一天，布里克斯会与它重逢，我也一样，但它依然离我们而去了。再看见它不代表能再活一次。你总是可以重新找到过去的那条小路并漫步其上，但你所能做的不过是说："啊，是啊，我记得这个转弯！"或者是提醒你自己，虽然你还记得这令人无法忘怀的山谷，但这山谷早已不再记得你。

第二十三章
夜航西飞

　　我几乎很少做那些值得做的梦，起码没有任何一个值得记录。我的梦并不神秘，里面都是些明理的人，他们做合理的事，而其中最讲道理的人就是我。梦中所有人都有一副平静的嗓音，就像那位在一九三六年九月的某个清晨，打电话到埃尔斯特里找我的人，他说英格兰西部与爱尔兰海上空有雨和迅猛的顶风，而且风向变幻不定，大西洋中部天空晴朗，纽芬兰海岸则雾气弥漫。

　　"如果你还是决心要在这么晚的季节穿越大西洋，"那个声音说，"根据航空部的预测，今天晚上到明天早晨这段时间，大概是能预计到的最佳时机。"

　　那个声音还说了些别的事情，但并没说什么长篇大论，接着它就消失了。我躺在床上，有些怀疑这个电话以及打电话的男人是否只是我平淡无奇的梦境的一部分。我以为，如果我闭上眼睛，这条虚幻的消息将会变化重组，于是，当我再次睁开眼睛时，那将会是平淡无奇的一天，平淡开始，平淡收场。

但我当然无法闭上眼睛，也无法停止思维、阻挡记忆。我可能躺了一小会儿，依旧记得事情是怎样开始的，我漫无目的地不断告诉自己：到明天早上，你要么已经飞跃大西洋到了美国，要么没飞成。无论如何，你都该在今天试一下。

我凝视着阿尔登翰住所卧室的天花板，它和所有的天花板一样平淡无奇。感觉焦虑多过坚定，莽撞远胜于勇气。我对自己说："当然啦，你没必要这么做。"这么说的同时，也深知没有什么能够动摇我对自尊许下的承诺。

如同一开始那样，我可以追问："为什么要冒这个险？"我也可以回答："为着顺应天赋。"一个水手生性就该远航，一个飞行员生性要去飞翔。我想这就是我飞越两万五千英里的原因。我能预料到的是，只要我有架飞机，只要天空还在，我就会继续飞下去。

这一切并没有什么非凡之处。我掌握了一项技能，曾费尽艰辛才得以掌握它。我的双手学会了驾驭飞机的技能，这技能凭借的是熟能生巧。现在它们已游刃有余，就像鞋匠的手指操纵锥子。只有"操控"才能为人类的劳动带来尊严。当你的身体体验到你赖以谋生的工具带来的孤独感，你就会明白其他的事物：试验、无关紧要的职位、你曾紧抓不放的虚荣，对你来说都是虚妄。

事实上我自己对创造飞行纪录从来不是很感兴趣。有些人以为这类飞行是为了招来仰慕和公众关注，或者更不堪的目的。

但所有的飞行纪录——从路易·布莱里奥①一九〇九年第一次飞越英吉利海峡的飞行，到金斯福德·史密斯②由旧金山飞抵澳大利亚悉尼的飞行，都不是由业余飞行员创造的，也不是由飞行新手创造的，他们都经过失败的千锤百炼，都是行业中的行家里手。这其中不存在弄虚作假。带着纯粹的敬畏与纯粹的抱负，他们这群人值得你不仅仅是尝试着去跟随。

卡贝里家族当时在伦敦，而我记得有关他们家晚宴的所有细节——甚至菜单。我记得裘·卡贝里和她的每一位客人，以及那个名叫麦卡锡的男人，他来自桑给巴尔，俯身越过餐桌说道："J.C.，你为什么不赞助柏瑞尔的创纪录飞行呢？"

我可以躺在那儿，懒洋洋地盯牢天花板，回忆起 J.C. 就事论事的回答："许多飞行员已经飞越过北大西洋了，从西到东。但只有吉姆·莫利森从不同的方向飞过：从爱尔兰起飞。还没有人从英格兰起飞过——无论男女。我只对这个感兴趣，别无其他。如果你想试试，柏儿，我会支持你的。我想埃德加·佩斯瓦③会造一架可以担当此任的飞机：如果你要飞的话。想试一下吗？"

---

① 路易·布莱里奥（1872—1936），法国发明家、飞机工程师、飞行家，一九〇九年成为驾驶飞行器飞越英吉利海峡的第一人。
② 金斯福德·史密斯（1897—1935），澳大利亚飞行员，被誉为二十世纪初最杰出的飞行员，创下多项飞行纪录。
③ 埃德加·佩斯瓦（1897—1984），澳大利亚飞机设计师、飞行员，他造的飞机外形优美，速度出众。

"想。"

我清楚地记得自己这么说，记得比其他事情更清楚——除了 J. C. 咧嘴露出几近残忍的微笑。他的这一席话让此项协议盖棺定论："就这么说定了，柏儿，我来造飞机，你来飞跃大西洋——但是，天呐，就算给我一百万我也不干啊。想想那些漆黑的海水！想想它们该有多冷！"

我两者都想过了。

我将两者都考虑了一番，接着考虑别的事情。我已经搬到了埃尔斯特里，距离位于格瑞夫桑德的佩斯瓦飞机制造公司只有一小时航程，有三个月的时间，我几乎每天都开着租来的飞机飞到工厂去看他们正为我造的那架"织女银鸥"。我看着它诞生，看着它成长。我看着它的机翼渐渐成形，我看着木头和纤维覆盖到模型上，组成它修长光滑的机身，我也看到它的引擎被装进它体内，被稳稳地装了进去。

"银鸥"拥有蓝绿色机身、银色双翼。埃德加·佩斯瓦精心打造了它，凭着技艺，也怀着担心：作为老飞行员的精心，作为设计大师的技艺，作为朋友的担心。事实上这架飞机只是航程六百六十英里的竞技性机型，但它经过特殊设计的起落架可以搭载额外的燃料和汽油箱。油箱被装进机翼内，装进机身中间，也装进座舱内。在座舱内，他们在我的驾驶座四周围了一道保护层，每个油箱都有独立活栓。活栓很重要。

"如果你打开了一个，"佩斯瓦说，"却没有事先关闭另一个，你就可能遭遇气塞。你知道座舱内的油箱没有测量仪，所以最好先让一个完全用完，再打开下一个。你的飞机引擎可能中途熄火——但它会再次启动。它是哈维兰德吉卜赛型发动机，吉卜赛人永不停止。"

我和汤姆谈过了。我们花数小时的时间研究大西洋的航线图，我发现这位莫洛燃油公司的智囊、如今英格兰最优秀的飞行员之一，已经用他的梦想交换到了一件更好的东西。汤姆也老了，已摆脱那些不切实际的期盼和疑惑带来的重负，惟留下一条准则：没时间迎合他人或者感伤。

"我很高兴你这么做，柏瑞尔。这并不简单。带着这么重的燃料，开始时你能顺利起飞就不容易，然后你要独自在飞机里待一个晚上和一个白天——主要是晚上。自东向西飞，是逆风。九月的时候，天气就是这样。你不会有无线电，要是你的航线偏离了几度，你就会飞到海上的拉布拉多岛①——所以不要有任何偏差。"

就算这样，汤姆照样笑得出来。他笑了，说："无论如何，你一定会觉得好笑，你的赞助人住在一个叫'死亡之地'的农场，而你的飞机是在一个叫'格瑞夫桑德'②的地方造的。要是你想贯彻始终，就该将你的'银鸥'命名为'飞行墓碑'"。

---

① 拉布拉多岛，隶属加拿大，位于北冰洋和阿德逊湾之间，是北美最大的半岛。

② 格瑞夫桑德，英文为 Gravesend，意为：来自墓地。

我并没有贯彻始终。尽管我目睹了飞机的建造过程，并像运动员一样为飞行做锻炼。现在，我躺在床上，睡意全无，依旧能听见航空部那位工作人员用平静的声线吟诵着："……今晚以及明天的天气情况是……大概是能预计到的最佳时机。"我想在起飞前再和汤姆商议一下这次飞行，但他到北部去执行特殊任务了。我起床洗漱，穿上飞行服，带着几块装在纸盒子里的鸡块飞到位于阿宾登①的军事基地，"银鸥"就在那里接受皇家空军的照料，并等待着我。我记得那天晴朗无风。

吉姆·莫利森将他的手表借给了我，他说："这不是件礼物。我无论如何都不会弃它于不顾。它陪我飞越了北大西洋和南大西洋。别弄丢了，还有——看在上帝的份上，别把它弄湿了。海水会毁了零部件。"

布莱恩·刘易斯送了我一件救生夹克。我来回埃尔斯特里和格瑞夫桑德时驾驶的飞机就是他的。他为这份临别礼物想了很久。还有什么能比一件可以用橡胶管充气的充气夹克更实用呢？

"你可以在它附近漂上几天。"布莱恩说。但我必须在救命服和保暖衣物之间做出选择，因为它们的体积，我不能两样兼得。我讨厌寒冷，所以我没带那件夹克。

---

① 阿宾登，位于英国牛津郡。

还有丘克·卡梅隆，布莱恩的机械师，给了我一捧石楠。那是一整丛石楠，根脉齐全，种在一个陶土罐里。我觉得我真该带着它，不管它是否过于庞大。这是苏格兰式的保佑，来自一个苏格兰人的赠予，不该被抛之脑后。来自地面机械师的任何良好祝愿都不该受到轻慢对待，因为这些人是维系飞行员与现实世界的纽带。

我们在数十年间就学会了飞行，此前那么多个世纪的行走历史使之成为一件非常了不得的事。这会让人飘飘然，让人忘乎所以。惟有机械师手上的污渍、扭曲的老虎钳、飞机库地板上踩到的细小金属螺栓——惟有这些东西，以及飞行前丘克·卡梅隆脸上流露出的对飞行员和飞机的担忧，才能提醒我们：就如同那些石楠一样，我们是来自地面的。我们飞翔，但并未"征服"天空。我们该了解，大自然保有它的尊严，允许我们学习和掌握它的某些力量。一旦我们擅自做出逾越之举，想当然地接受它的宽容，严厉的惩罚就会降临在我们放肆的手脚上。到时我们会揉着痛处，仰头凝望，被自己的无知震撼。

"这是一枝石楠。"丘克说。我接过来，将它放在飞行服口袋里。

阿宾登机场外停着几辆媒体的车，还有几架媒体和摄影师的飞机，但皇家空军只让机械师和我的几位朋友靠近跑道。

卡贝里家族一个月以前就启程去纽约了，他们会在那里等我。汤姆还是没回来，并不知道我已经决定启程，但这没什么要紧，我想。这没什么要紧，因为汤姆不会改变，他既是能共患难的飞行员，也是能共患难的朋友。要是我们有一个月、一年或是两年不见，依旧没什么要紧，这次也一样。汤姆从不会说："你本该告诉我的。"他认定我已经学会了他想教给我的一切，而对于我来说，即便在那时，每当想起他，都依旧像是学生想起她的导师。是我坐在围满油箱的驾驶舱里飞向北美洲，但我掌握操纵杆的技艺是汤姆的技艺。他那些警示的话，那些引导的话，许久之前就已说过，且说过无数次：在阳光明媚的早晨飞越草原或是森林时说过，在遥远的山脉越过我们的机翼时说过。假如我要求，会再次在我耳畔响起。

所以这没什么要紧，我想。为这事挂怀很愚蠢。

可能等你过完自己的一生，到最后却发现了解别人胜过了解你自己。你学会观察他人，但从不观察自己，因为你在与孤独苦苦抗争。假如你阅读，或玩纸牌，或照料一条狗，你就是在逃避自己。对孤独的厌恶就如同想要生存的本能一样理所当然，如果不是这样，人类就不会费神创造什么字母表，或是从动物的叫喊中总结出语言，也不会穿梭在各大洲之间——每个人都想知道别人是什么样子。

即便在飞机中独处一天一夜这么短的时间，不可避免地孤身一人，除了微弱光线中的仪器和双手，没有别的能看；除了自己的勇气，没有别的好盘算；除了扎根在你脑海的那些信仰、面孔和希望，没有别的好思索——这种体验就像你在夜晚发现有陌生人与你并肩而行那般叫人惊讶。你就是那个陌生人。

天已经黑了，我正飞行在南部爱尔兰上空。有来自科克郡的灯光湿漉漉的，它们都被爱尔兰的雨水浸透了。我凌驾于这一切，保持干爽。我凌驾于这一切，飞机轰鸣在一个潮湿的世界，但这一切并没有让我伤怀。我感到独处的圆满，逃离的愉悦。每当我看见灯光，想象着人们在灯下行走，就感到自私的成就感，仿佛我逃避了责任，将雨水带来的小愁绪留在了他人的手里。

距离我离开阿宾登已经超过一小时了。经过这么些时间，英格兰、威尔士还有爱尔兰海已经被抛在身后。长途飞行和时间流逝是一回事。但有那么一个时刻，时间停止了——距离也一样。就是那个时刻：当我驾驶蓝银相间的飞机从机场起飞，当摄影师举起相机对焦，当我感觉到飞机抵抗自身重量并战胜地面引力。最后，只需听从操纵杆升降舱的指示。计划书上那些一成不变的参数说：飞机必须飞，因为数据已经验证过。

所以飞机起飞了，一旦升空，一旦它屈从于游戏规则，它会说："好了，我飞起来了。现在，我们去哪儿?"——答案让我畏惧。

"我们要去距离这里三千六百英里的地方——其中两千英里是连绵不绝的海洋。一路上大部分时间是夜晚。我们将趁着夜色西飞。"

于是科克郡被抛在我身后，前方是柏哈芬的灯塔。它是最后一座灯塔，站在最后一片陆地上。我看着它，计算着它闪烁的频率——每分钟闪好多下啊。然后我经过它，飞向海洋。

现在恐惧已经消散了——不是被克服的，也不是靠说理摆脱的。它消失了，因为有些别的东西替代了它的存在：自信与依赖，对脚下那片土地与生俱来的依赖——如今已转化为对飞机的信赖，因为大地已经消失不见，没有其他事物可做寄托。飞行，不过是短暂的逃离，逃离来自大地的禁锢。

雨继续下着，机舱内是全然的黑暗。我的高度计显示，大西洋位于下方两千英尺处。我的斯佩里仿真地平仪显示，我正在水平飞行。遵照气候图表的数据，我将航向调整了三度，并照着飞行。我盲目地飞着，任何可参照的线索都有帮助。无线电是个帮助，但晴朗的天气也会是个帮助。航空部的那个男人并未说将有暴风雨。

我感觉到风速加快，雨势加强。机舱内的汽油味是那么浓烈，飞机的轰鸣声又是那么嘈杂，我几乎已经失去了知觉。渐渐地，你都不相信自己还能以其他方式生存。

晚上十点，我正沿着大圆航线①飞向纽芬兰的格雷斯港，时速为一百三十英里，顶风时速为四十英里。由于天气，我不知

---

① 大圆航线，地理术语，即在航行中通过最短距离经过呈球面的地球表面。

道自己要多飞多少时间，但我觉得应该是十六小时到十八小时。

十点半，我仍在使用机舱大油箱内的油，并希望能用尽这些汽油，顺便终结起飞以来一直让机身摇晃的液状旋流。这只油箱没有测量仪，但在侧面写着一句保证："这箱油管用四小时。"

这句保证里没有任何似是而非的东西。我相信它，但距离十一点还有二十五分钟的时候，我的引擎咳呛着熄火了，"银鸥"在海上失去了动力。

直到那一刻，我才意识到，飞机低沉的轰鸣才是种完满而抚慰人心的寂静。引擎发出最后的断续声响，随后降临的真正的寂静让我惊呆了。我感觉不到任何恐惧，感觉不到任何情绪。我带着某种愚蠢的漠然旁观自己的双手忙得歇斯底里。当它们移动的时候，我知道自己已经被测高仪的指针催眠了。

我猜想，对本能反应的抵抗就是所谓的"保持镇定"，但本能反应是有缘由的。如果某个夜晚，你坐在一架引擎熄火的飞机里，而你和海面之间隔着两千英尺的距离，你的本能反应一定是拉起操纵杆，指望能加大这两千英尺的距离，尽管只是增加那么一点儿，没什么反应比这更合理。但那些观点、知识、准则会告诉你，你的寄托不在于此，而是正相反——该引导你珍贵的飞行器朝向海面，这看来似乎是可怕的自暴自弃，却不但是理智之举，还是明智之举。你的意志和感情会拒绝这么做，而你的双手——陌生人的双手，将带着无情的精确遵守这条行为准则。

我坐在那儿看着自己的双手推下操纵杆，感觉到"银鸥"做出反应，开始朝海面俯冲。这当然是再简单不过的事，机舱油箱显然已提前见底了。我只需要打开另一个小活栓……

　　但机舱里很暗，要看清楚测高仪发光的标度盘，并意识到我现在的高度是一千一百英尺非常容易，但要看见靠近机舱地板的某个活栓并不容易。一只手不停地摸索，再次出现时握着手电筒，而手指，带着令人崩溃的镇定移动着，找到了活栓，打开，然后我等待着。

　　在三百英尺的高度，引擎依旧没有动静，我清楚测高仪的指针正像纺锤般高速旋转着，走完飞机与海面之间剩余的距离。有一些雷电，但迅疾的闪电只是更突显了黑暗。海浪能卷多高——二十英尺？或者，三十英尺？

　　这或许是我航行的终结，想要摒弃这个念头毫无可能。但我的反应并不符合常规。我这一生中经历过的各种事件并没有像发疯快进的电影镜头一样经过我的脑海。我只是觉得一切仿佛发生过——确实如此。它曾上百次出现在我的脑海、我的梦境，所以此刻我并不真的恐慌。我感觉这场景很熟悉，就像一个世代相传的家族故事，因为被讲了太多遍而不再激动人心。

　　我不知道引擎再次启动时距离海浪有多远，但所有声响几乎已经失去了意义。我看着自己的手重新放松地握住操纵杆，并感觉到"银鸥"开始向暴风雨爬升。我看见测高仪的指针再次像纺锤般旋转起来，增加着我与海面之间的距离。

暴风雨很猛烈，却叫人宽慰。它就像个朋友，摇晃着我说："快醒醒！你刚才只是在做梦！"

很快我就能思考了。经过简单的计算，我发现刚才引擎大概熄火了超过三十秒钟的时间。

我该感谢上帝——我确实感谢了，但是通过间接的方式。我感谢了设计无敌"吉卜赛"型发动机的杰弗里·德·哈维兰德，毕竟，一开始的时候，他也是由上帝设计出来的。

一艘闪光的船——破晓时分，一些矗立在海中的峭壁。对于飞行员来说，这些东西的意义永不会更改。假如有一天，人类能在一小时内飞越海洋，如果人类真能创造出这样一架战胜时间的飞机，那对于这架魔幻飞行器的驾驶者来说，陆地的景象不会再如此友好。他使用狡猾的科技教给他的作弊手段，欺骗了规则。他会感觉羞愧，急于寻求大地的庇护。

我看到了船只与破晓，接着看到纽芬兰的悬崖站在缭绕的雾气中。我感觉到了想象已久的欢欣，还有带负罪感的喜悦，因为我战胜了天气和海洋不可动摇的威仪。但我的胜利只属细微，我敏捷的"银鸥"并没有敏捷得可以轻易摆脱它们。夜色和暴风雨困住了它，我盲目地飞了十九个小时。

现在我很累，觉得冷。机舱玻璃上可以结冰，雾气与陆地玩着魔术师的把戏。但陆地在那儿。虽然我看不到，但我已经见过。除了相信它就是我想要寻找的那块陆地外，我无法接受别的念头。我无法想象我的导航仪出了差错，因为已没有时间去怀疑。

向南是莱斯角，向西是布兰顿角岛。凭借量角器、地图和指南针，我一边重新设定了航线，一边还哼着汤姆教我的小调："偏向西——磁场密，偏向东——磁场稀。"韵律很傻，但它是种慰藉，尤其在此时此刻。它指明了两极——指明了磁场与真相。我向南飞去，发现莱斯角的灯塔伸在雾气中像根示警的手指。我盘旋了两周，向着圣劳伦斯湾飞去。

过不了多久，就会到新不伦瑞克，接着是缅因州——然后就是纽约。我可以预计这一切。我几乎可以说："好了，如果你保持清醒，会发现现在剩下的只是时间问题。"——但要保持清醒是不可能的。我很疲惫，而且自从飞机搭载重负在阿宾登离开地面起飞的那个不确定的时刻起，我就没有移动过一英寸。但我不能闭上眼睛。我坐在由玻璃窗和油箱包围的驾驶舱里，感激着太阳和它的光芒，也感激能看见下面的海洋。这些实际上是我要跨越的最后一段水域。四百英里水路，接着就又是陆地——布兰顿角。我可以在悉尼市 ① 重新加油再继续飞行。事情变得简单，就像在基苏木停靠一下，然后接着飞。

成功助长了自信。但除了上帝，谁又有自信的权力？我在顺风飞行，最后一箱油还有超过四分之三，世界在我眼里就像

---

① 这里的悉尼市是指加拿大新斯科舍省的工业城市。

崭新的世界般明亮，从未被染指。如果我有更多智慧，我早就该知道，这样的时刻就像童真一样转瞬即逝。还没有看见陆地的时候，引擎就开始剧烈颤动。它熄了火，咔咔作响，再次启动，蹒跚向前。它咳呛着，向海面排放出阵阵黑烟。

一切都有对应的说法。这种情况的对应说法是气塞，我想。因为还有足够的燃油，所以这一定是气塞。我觉得我可以通过连续打开和关闭空油箱来排除它，于是我这么做了。栓塞的把手是锋利的小金属销子，当我开开关关十多次之后，发现我的手在流血，血滴到了地图和衣服上，但这种努力却没有奏效。我凭借一台运行不良、走走停停的引擎滑行着。油压表与油温计都很正常，电磁发动机也在工作，然而，随着遭遇失败的念头逐渐渗透进我的脑海，我的高度正在缓缓下降。如果我成功抵达陆地，我将成为第一个从英格兰出发飞越北大西洋的人。但在我看来，在一个飞行员看来，迫降是场失败，因为纽约才是我的目标。但愿我能降落再起飞，那样我还是能完成计划……但愿，但愿……

引擎再次停摆，接着又缓过气来，每次当它突然加速，我就竭尽全力爬升。接着它又喘息着停止，而我又向海面滑行。然后我再爬升、再下降，就像只海上的蜂鸟。

我发现了陆地。现在能见度非常高，我看见陆地就在四十或五十英里开外。如果我还保持着航向，那下面就是布兰顿角。时间分分秒秒地过去，每分钟都几乎清晰可见：它们像绞索般缓慢地经过你眼前。而每次引擎熄火，我都能看见绞索断裂，于是屏住呼吸等待裂口过去。

陆地出现在下方。我抓过地图确定自己的方位。即便以我目前这样磕磕绊绊的飞行速度，离悉尼机场也只有十二分钟的航程，我可以在那里降落、整修，然后继续飞。

引擎再次熄火，我开始滑翔，但现在我不再担忧。它会重新启动的，就像它一直在做的那样，而我会飞到足够的高度，抵达悉尼。

但它没有再次启动，这次它是彻彻底底地睡了。"银鸥"向着我丝毫不认识的地面下降。那是巨石林立的黑色土地，我悬浮其上，单凭希冀与毫无动静的螺旋桨。只是我不能长久地悬浮其上。地面正加速迎上来。我倾斜、转弯、侧滑避开巨石，机轮着地，我能感觉到它们陷入地面。飞机的鼻翼扎进土中，而我继续前冲将头撞在驾驶舱前端的玻璃窗上，听见它碎裂的声音，感到鲜血顺着我的面孔流下。

我踉跄着爬出飞机，精疲力竭地站在没过膝盖的淤泥里，站在那儿呆傻地凝视着，不是看着无生机的土地，而是我的手表。

二十一小时二十五分钟。

飞越大西洋。从英国阿宾登到某处无名沼泽，一路马不停蹄。

一位布兰顿角岛上的居民发现了我，这个在泥塘中举步维艰的渔民先是看见"银鸥"鼻子栽在泥里、尾巴翘在半空，接着看见我挣扎在他世代生活的松软土地上。我已经漫无目的地晃了一个小时，黑色淤泥已经漫到半腰，从头部伤口流出的鲜血就和这些淤泥狭路相逢。

远远地，看见那个渔夫挥动手臂为我指路，大喊着指出泥沼中较为坚硬的地方，我在上面又朝他走了一个小时，就像被烈日灼瞎的冥府来客，但我不是被烈日灼瞎的，我已经四十个小时没有睡觉了。

他将我带到他位于海边的小屋，我发现小屋建在岩石上，屋里还有一台古老的电话机——放在那里以备沉船事故。

我打电话给悉尼机场，告诉他们我很安全，并阻止了一场没有必要的搜救。第二天早上在纽约班内特机场，我的确走出一架飞机，那里依旧有人群在等待我，但我走出的那架飞机不是"银鸥"。其后在纽约逗留的那几天中，我一遍又一遍不住地希望着：我要是能从"银鸥"走出来就好了，直到这愿望失却了意义，而时间继续前行，战胜一路上与之相逢的许多事情。

第二十四章
海洋会以此为傲

如同所有的海洋，印度洋仿佛没有边际，航行其间的船只都显得小巧而缓慢。它们不紧不慢，毫无匆促之意。它们并不穿行于水域之间，它们就生活在水上，等待着陆地归航。

船的名字我已不复记得，但我曾搭乘这艘小货轮从澳大利亚到南非。近一个月的时间里，它好像纹丝未动。航行期间，我就坐在船头读书，想想陈年旧事，要不就和这座漂流孤岛上有限的几个居民闲聊。

我正要回非洲去见我父亲，中间隔着长久的分离与纷杂的世事，如今这分离终于要结束了。我正处在某个阶段的末期，觉得自己已经长大成熟，这就如同一片生长的树叶般无可避免。我想，无论如何，我都可以在陆地上随便哪个地方立足，但最后我却来到这里，在一条玩具船上数日子。

我的随身行李是积攒起来的纸片珍宝：因为跨越大西洋的飞行而收到的各地电报，从众多报章中选取的部分剪报，一张"银鸥"的照片：它倒栽葱地扎在新斯科舍省的沼泽里。还有一些关于汤姆的报道。

汤姆已经去世。他死于驾驶事故，很久之前我就在纽约得知了他的死讯。电话从伦敦打来的时候，我正坐着，因为纷至沓来的电话和电报而头晕目眩，人们迫切想要告诉我，我的作为几乎成就了弗洛依德·班内特机场①——我愿意签个名吗？档案夹中甚至有一封狗写来的信，署名：乔乔。我对美国民众的热情与无尽好意深表感激，但对自己声名的稍纵即逝也从无任何抱怨。

汤姆的死因很简单，本来也可避免：他死在陆地上。在利物浦小机场，当他正向起飞点滑行的时候，一架刚降落的飞机撞上了他的飞机，事情就是这样。没有其他人受伤，但汤姆却死了。我觉得，他被刺入心脏下方的螺旋桨叶片夺去性命不过是巧合。

"银鸥"也失去了生命力，飞行完成后我无力购买它，所以 J. C. 把它运到塞莱曼，卖给了一个富裕的印度人，此人或许博学，却对一架飞机的美好以及需要一无所知。他把它留在达累斯萨拉姆②机场任凭风吹雨打，直到它的引擎生锈、机翼脱落，并被所有人遗忘，除了我，大概。或许，如今某个眼里容不得沙子的官员已将它的遗骸拖到海边并葬在海中，海洋会以此为傲。"银鸥"从不曾让我失望。飞行结束之后，它经过了检

---

① 弗洛依德·贝内特机场，纽约小机场。
② 达累斯萨拉姆，坦桑尼亚城市。

测，发现在纽芬兰海岸某处起飞之后，冰块就堵塞了最后一个油箱的空气注入口，部分阻挡了燃料进入汽化器。我也曾百思不得其解，如此破损的情况下，"银鸥"究竟是如何飞过这么长的距离。

但这一切确实发生了，如果其中的某些事让我难以置信的话，我有飞行日志和成沓的纸片来作证——白纸黑字的证据。只等着某人说上一句："你该写写这些事。你知道吗，你应该写！"

这条小货轮就这样静坐在海上，尽管非洲大陆日复一日地走近，它却依然纹丝不动。它已经老了，历尽风雨沧桑，它已学会了让世界来到它面前。

译后记

翻到这一页，你已经读完这本书，知晓了柏瑞尔·马卡姆生命中最精彩的篇章。或许你并不知道，《夜航西飞》的命运本身就是一个颇精彩的故事。就像每个人都有不同际遇，每本书也都有不同命运。六十多年来再版超过十次的《夜航西飞》，和它的作者柏瑞尔·马卡姆一样，堪称传奇。

一九三六年九月，柏瑞尔·马卡姆成为首个独自驾驶双翼飞机从英格兰飞越大西洋到达美国的飞行员。逆风带来的艰难让这次创纪录飞行为世人瞩目，柏瑞尔·马卡姆一时成为媒体焦点。

一九四〇年，柏瑞尔·马卡姆与法国著名飞行员、作家圣埃克絮佩里（Antoine de Saint-Exupéry）再次在美国纽约相遇，使她听见了等待已久的那句催促："你该写写这些事。你知道吗，你应该写！"

翌年，派拉蒙影业公司计划拍摄柏瑞尔·马卡姆的专题片。这次合作最终没能实现，却让她结识了小说家和剧作家司考特·奥戴尔（Scott O'Dell），并通过他遇见了第三任丈夫、好莱坞影子写手拉乌尔·舒马赫（Raoul Schumacher）。柏瑞尔·马卡姆给拉乌尔·舒马赫看了自己已经写完的最初几章，拉乌尔·舒马赫发挥专业所长，担当起编辑的责任。尽管柏瑞尔·马卡姆在书的扉页表达了对拉乌尔·舒马赫的感谢，但这次合作也带来了一个永无解答的谜题：柏瑞尔·马卡姆究竟算不算本书真正的作者。如果是，那为什么如此才情却再无其他著作问世？

一九四二年，在拉乌尔·舒马赫的大力推荐下，司考特·奥戴尔的出版人出版了第一版《夜航西飞》，并因为作者的身份赢得了不少关注。二战让美国人民失去了探索非洲的浪漫情怀，虽然后来战争结束，但那个温情脉脉的旧时代已经一去不返，在战后的新世界里，这本书像过时的猎枪被尘封了。

一九五〇年，与拉乌尔·舒马赫分道扬镳的柏瑞尔·马卡姆重新回到内罗毕，成为肯尼亚历史上最优秀的赛马训练师。

三十年后，海明威的长子约翰·海明威（John Nicanor Hemingway）与经营餐厅的乔治·古特肯斯特（George Gutekunst）出海钓鱼，中途，约翰·海明威突然问："你看过我父亲的书信集吗？它们透露了很多事。"约翰·海明威的母亲伊丽莎白·哈德雷·理查德森（Elizabeth Hadley Richardson）是海明威的第一任妻子，两人因海明威出轨而在巴黎离婚。约翰·海明威一直对有关父亲的一切讳莫如深，所以他的这句话让乔治·古特肯斯特心生好奇，回去后立即翻阅了海明威的书信集，其中有一封是海明威于一九四二年在古巴的寓所里写给文学编辑马克斯威尔·帕金斯（Maxwell Perkins）的信，正是这封信，促成了《夜航西飞》的再版以及随后的畅销。

信中，海明威写道："你读过柏瑞尔·马卡姆的《夜航西飞》了吗？在非洲时我和她很熟，从不怀疑她有朝一日会在记录飞行日志之外，拿起笔写写别的。如今所见，她写得很好，精彩至极，让我愧为作家。我感觉自己只是个处理词语的木匠，将工作所得拼装到一起，有时略有所成……由于我彼时正在非洲，所以书中涉及的人物故事都是真实的。我希望你能买到该书，并读一读，因为它真的棒极了。"

一九八三年，《夜航西飞》终于在乔治·古特肯斯特的努力下，由旧金山 North Point 出版社再版。《夜航西飞》登上《纽约时报》平装书畅销排行榜的一九八六年，柏瑞尔·马卡姆在内罗毕郊外去世。彼时她依旧在训练赛马，经济条件和她人生中大部分时间一样，家徒四壁，住在赛马会借给她的房子里。性格也和她人生中大部分时间一样，宁折不屈、无所畏惧，以八十多岁的高龄与入室抢劫的盗贼搏斗。一九八六年底，也就是在她去世四个月后，《夜航西飞》最终成为排行榜冠军。

如果逆转时间回望过去，一切都有了些许浪漫的味道。我二〇〇〇年买到的第一本《夜航西飞》，正是一九八三年 North Point 出版的第二版，那时距离我翻译它还有十年时间。

二○○八年春天，我因工作缘故前往肯尼亚。此时距离我开始翻译《夜航西飞》还有两年，在乘坐小型飞机从内罗毕前往马塞马拉草原的路上，东非大裂谷就在螺旋桨下方不远处。柏瑞尔·马卡姆也曾在夜色中俯瞰大裂谷的暗影，猜想失踪的飞行员伍迪是否会在那里的某处。那一刻觉得自己从未如此接近柏瑞尔·马卡姆，却并不知道自己后来将以更亲密的方式与她相逢：将她写下的文字一字一句地转换成中文。

十年前第一次读到《夜航西飞》时就想将它翻译成中文。你若问我这书为何迷人，那我只能反问你：非洲怎么能不迷人？飞行怎么能不迷人？

最初吸引我的是《夜航西飞》的"遥远"，那时候我对世界充满好奇，书中的那个非洲如同一个天尽头的伊甸园，狂野而神秘。后来因为工作到处旅行，在旅行箱中陪伴我的是英国Virago出版社推出的旅行版。我知道了地球也不过是机翼下方一个小星球，《夜航西飞》吸引我的特质转为它在字里行间透露出的孤独。每次坐在夜航飞机上看着舷窗外的夜色，如果不是发动机的噪音，丝毫感觉不到飞机是在前行，我就会想起曾在这样牢不可破的黑暗中独自飞行的柏瑞尔·马卡姆，也真正明白了她的沉默。

可能等你过完自己的一生，到最后却发现了解别人胜过了解你自己。你学会观察他人，但从不观察自己，因为你在与孤独苦苦抗争。假如你阅读，或玩纸牌，或照料一条狗，你就是在逃避自己。对孤独的厌恶就如同想要生存的本能一样理所当然，如果不是这样，人类就不会费神创造什么字母表，或是从动物的叫喊中总结出语言，也不会穿梭在各大洲之间——每个人都想知道别人是什么样子。

即便在飞机中独处一晚和一天这么短的时间，不可避免的孤身一人，除了微弱光线中的仪器和双手，没有别的能看；除了自己的勇气，没有别的好盘算；除了扎根在你脑海的那些信仰、面孔和希望，没有别的好思索——这种体验就像你在夜晚发现有陌生人与你并肩而行那般叫人惊讶。你就是那个陌生人。

概括说来，人生不过是与对的人以及错的人相逢。而柏瑞尔·马卡姆的人生，似乎只与传奇的男人相逢。除了圣埃克絮佩里，还有同样出现在《走出非洲》中的传奇布里克森男爵与丹尼斯·芬奇·哈顿，著名飞行员汤姆·布莱克是她的飞行老师，创下无数飞行纪录的吉姆·莫利森是她的好友，她曾为英国首相丘吉尔担任猎象向导……无数精彩故事，无数传奇场景，却似乎唯独她自己缺席。

因为书写了这一切的双手，并不是一双舞文弄墨的手。这双手更喜欢飞机操纵杆和缰绳。那也不是一颗伤春悲秋的灵魂，它习惯了冒险开拓，只愿意屈从于自然的美与命运的力量。她在书中表现出了与之相符的果断坚决，对自己的私人生活只字未提，包括缺席的母亲、三段婚姻、无数风流韵事。这本精彩的畅销书，原来是一本不合格的回忆录。让许多对她的传奇经历好奇的人士失望而回。随之，各种传记也应运而生。

对此，柏瑞尔·马卡姆在《夜航西飞》中用这样一句话作为回答："我独自度过了太多的时光，沉默已成一种习惯。"因为"夜航依旧是种孤独的工作。但飞越牢不可破的黑暗，没有冰冷的耳机陪伴，也不知道前方是否会出现灯光、生命迹象或标志清晰的机场，这就不仅仅是孤独了。有时那种感觉如此不真实，相信别人的存在反而成了毫不理性的想象"。那些没有陪伴她共同经历成长与险境的人，就如同随时都会被她甩到地平线尽头的城市，或者时常被黑暗吞没如同不存在的人世。所以她选择沉默以对，将他们留在黑暗中。

柏瑞尔·马卡姆在全书开篇时说，故事可以在任何地方开始。但她却选择了那次半夜的飞行作为开头，她从睡梦中醒来，独自穿越黑暗，为生死不明的病人运送氧气瓶。完成任务后，在矿工营地停留期间遇见一个垂死的黑水热患者。他迫切想要知道外面的世界，他依旧记得所有的朋友。后来，在内罗毕的酒吧，柏瑞尔·马卡姆居然真的遇见了这个病人去世前念念不忘的那个朋友，而这个人却早已忘记他，以及他们之间曾打过的赌。这个故事仿佛一则寓言，说出了柏瑞尔·马卡姆眼中的人际关联。这个被非洲领养的白种姑娘，是个灵魂的混血儿，这个特殊身份让她逃脱了西方世界的规范束缚，又拥有非洲无法给予的现代教育与飞行技术。这些优势让柏瑞尔·马卡姆在两个世界里都成了独一无二的存在。

"不知死，焉知生。""黑"非洲很早就让她明白了死亡的不可避免，以及人力的渺小。从小与纳迪猎手们出没于丛林，而不是乖乖坐在学堂做淑女的柏瑞尔·马卡姆对很多所谓"人之常情"抱着漠然的态度。所以遭遇狮子袭击时她没有过多谈及自身的感受，更不用说恐惧，而是以令人捧腹的幽默描述故事的全过程，并带着惆怅讲述了狮子后来凄凉的囚禁生涯以及最后的英雄式结局。在遭遇野猪攻击时，她表现出了同样的冷静。十八岁的时候，持续三年的干旱迫使柏瑞尔·马卡姆的父亲前往秘鲁谋生，而她选择独自留在肯尼亚谋生，行李只是一套换洗的内衣。比起人，她对无畏的猎犬布勒、埃尔金顿家的狮子帕蒂、流亡贵族般的骏马坎希斯康，甚至冷冰冰的飞机有更多的感情。

和著有《小王子》和《夜航》的圣埃克絮佩里一样，对飞行的热爱、对飞机技术的熟练掌握、对飞机的了解，最终让柏瑞尔·马卡姆在脱离地球引力的同时，脱离了人世的规则，活在只属于她的小星球上。"山丘、树林、岩石，还有平原都在黑暗中合为一体，而这黑暗无穷无尽。地球不再是你生活的星球，而是一颗遥远的星星，只不过星星会发光。飞机就是你的星球，而你是上面唯一的居民。"

这个女性版本的"小王子"一心一意热爱着自己孤独的星球，而让她低头的那朵"带刺的玫瑰"则是烈马。她将最没有保留的情绪留给了马，而不是人。幼时玩伴长大成人，至交好友纷纷远走或离世，只有一匹匹纯种马，带着一脉相承的桀骜不驯与天赋来到她身边，互相了解、互相征服、并肩作战，一直到生命尽头。

柏瑞尔·马卡姆在驯马与飞行领域都是顶尖高手，写作中的她则是彻底的业余选手，或许正是她的业余身份，成就了本书。专业作家需要有目的地搜集资料，有技巧地落笔，努力把握自己的风格。而柏瑞尔·马卡姆书中所写的一切都是她的生活，曾经每天触手可及，鲜活、自然。而她开始写作的时候，并没有功利的目标，只是觉得自己应该写，所以直抒胸臆，并不在乎将写出一本怎样的书，以及要培养出什么样的个人风格。海明威在评论乔伊斯时曾说：技术上来说，没人能写得更好。这句赞扬的重点不是"更好"，是"技术"。而海明威这个"专业演员"在柏瑞尔·马卡姆这个"非专业演员"无视"技术"的本色演出中，看见了自身缺乏或者已经丢失的东西，那些能打动人的本真，所以给出了衷心的赞扬。

正如柏瑞尔·马卡姆所说："非洲的灵魂，她的完整，她缓慢而坚韧的生命脉搏，她独有的韵律，却没有闯入者可以体会，除非你在童年时就已浸淫于她绵延不绝的平缓节奏。否则，你就像一个旁观者，观看着马塞人的战斗舞蹈，却对其音乐和舞步的涵义一无所知。"

对于四岁开始就在非洲生活的柏瑞尔·马卡姆，非洲已经融入她的呼吸与生命。当无数作家试图描绘一个出现在他们视野与梦境中的非洲时，她早已经是非洲的一部分。她没有猎奇心，无意炫耀，只是用平静的语气讲述了一个遥远的、已逝的非洲，她曾经的乐园。在她的书里，有许多生动的细节与近乎奇迹的巧合，共同描画了一个时代、一片热土，以及一群按自己的规则生活的人。柏瑞尔·马卡姆笔下的非洲是独一无二的，是无法靠写作技艺复制的，所以如此独特，分外真挚感人。

毕加索曾说："我一生都想学会孩子画画的方式。"正是这样的单纯，让这本书引发了共鸣，拥有了和诸多名著一样感人的力量。书中，深夜飞行的章节很难不让我想起《夜航》，有人说，与圣埃克絮佩里的相遇，对柏瑞尔·马卡姆的写作风格影响很深。《寻找伊利亚堡垒》的章节让我想起了迈克尔·翁达杰的《英国病人》，同一片北非沙漠，同样无视世俗规范的飞行员，同样高超的飞行技术。书中狩猎远行的描写，则让我想起海明威的《非洲的青山》与《乞力马扎罗的雪》，而最后独自跨越大西洋的创纪录飞行，那种孤注一掷的、近乎绝望的坚决，又与《老人与海》何其相似。

在这个阅读只为消遣的年代，这本书或许只是短暂的逃离，让你去往一个不复存在的非洲。合上书的时候，什么都没有改变。但你知道，曾有过那样的生活、那样的世界、那样的信念、那样的人。

最后，回到关于柏瑞尔·马卡姆是否本书真正作者的疑问。当事人的相继去世让这个疑问成为永远的悬案，但读者可以在阅读中得出自己的答案。在我看来，《夜航西飞》是柏瑞尔·马卡姆用生命历程写成的书，无人可以代笔。

至于柏瑞尔·马卡姆为何再无其他作品问世，我想说的是，她从未表露出要成为作家的意向，她想做的，只不过是向没有经历过她那个非洲的人们讲一个精彩的故事，这个故事就是她的人生。

我们都只活一次，所以这个故事也只需讲述一次。

陶立夏

上海，二〇一〇年十一月

为永远的地平线

（再版手记）

像当年翻译时我会在旅行途中随身带着原版的 *West with the Night* 一样，为新版再次校对的过程中，我一直随身携带第二版的《夜航西飞》。记得那次跨年的长途飞行，我在睡梦中醒来，飞机正飞跃伊斯法罕灰绿色的群山，山脉间的平地建立起城市，它们在阳光下如线路板一样渺小整齐，闪现银色光芒。那些山的颜色就像巧克力蛋糕上涂抹香草冰激凌再撒上肉桂粉，隔着舷窗都能感觉它松软的质地和浓郁的口感。

柏瑞尔是否也曾在东非大裂谷的上空有过这些与飞行毫无关联的奇思妙想？我去肯尼亚旅行并决定翻译这本书的那年初入职场，现在暂时以写作为生。多年梦想终于成真，自由自在，毫无羁绊，几乎有种近乎疑惑的感觉。

这些年我一直想要全面修订当年翻译中存在的错误与不足，

如今终于得偿夙愿。

再次走进恩乔罗如水的黎明。

再次高高飞跃非洲的青山。

再做一次关于虎尾兰的梦。

再走一遍苏德冥府般的纸草沼泽，也再次经历当初翻译时的痛苦和快乐。

一本一九八三年首次面市的书，经由诸位编辑、校对、设计师与我的手，两次版权更迭，如今已是第三个中文版。或许这就是我喜欢书并决定以此为生的原因：这份工作不会那么容易被时间左右。你亲身体会什么是"白纸黑字"的慎而重之，你也获得人生里未必会遇到的"修订"的机会。

初次完成《夜航西飞》的翻译是二〇〇九年，这七年中发生了很多事情。很多坚持我已放弃，很多梦想在实现之后再看，也不过是一时一地的目标而已。这一城一池的得失，像柏瑞尔怎么也找不到的那第四座伊利亚城堡，不太经得起推敲，但也的确是我们生命轨迹的一部分。想必阅读这本书的你，也经历了许多变迁。如今再次翻阅，是否从同样的字句中体会到别样的意味？是否从年复一年的日常生活之中，经由不懈的追求而眺望到一条更为宽广的地平线？

陶立夏

上海，二〇一六年六月